# *Mi Adonis de Ébano*

# Mi Adonis de Ébano

Flavia Benjamín Fell

Número de Control de la Biblioteca del Congreso de EE. UU.: 2022903119
ISBN: Tapa Blanda 978-1-5065-4007-8
Libro Electrónico 978-1-5065-4008-5



Información de la imprenta disponible en la última página.

Fecha de revisión: 08/03/2022

**Para realizar pedidos de este libro, contacte con:**
Palibrio
1663 Liberty Drive, Suite 200
Bloomington, IN 47403
Gratis desde EE. UU. al 877.407.5847
Gratis desde México al 01.800.288.2243
Gratis desde España al 900.866.949
Desde otro país al +1.812.671.9757
Fax: 01.812.355.1576
ventas@palibrio.com
840002

# *Epílogo*

Tras la disolución de un insípido matrimonio con un hombre frio y casi ausente, Adriana decide cerrar las puertas al romance y entregar todas sus energías, amor y dedicación a la crianza de sus hijos y su carrera profesional. Sin embargo, en medio de la remodelación de su nueva casa contrata al espectacular, polifacético y atractivo José Alejandro, quien no solo remodelará su hogar sino también su vida e intimidad mientras le enseña mil y unas maneras de alcanzar el paraíso.
¿Podrán el amor y la pasión vencer el adoctrinamiento y los estándares sociales sobre cuál es el hombre adecuado para una mujer madura y profesional?

# *Capítulo Primero*

Mis dos pequeños amores no daban señales de levantarse de su área de juegos e ir a verificar quién tocaba el timbre a horas tan indecentes y en pleno sábado. Los chicos estaban molestos con el Divino Creador por dañar su día, estando levantados desde temprano para ir al juego que fue suspendido por la lluvia. Tras ese cambio de planes, había regresado a la cama olvidando totalmente el haber quedado con María en recibir un conocido suyo para cotizar la remodelación de la cocina y unas reparaciones menores de mi nueva casa. María, una señora encantadora y parlanchina, me ayudaba en los quehaceres del hogar y con los niños cada vez que tenía compromisos de trabajo fuera del área metropolitana o del país.

Después de varios timbrazos me levanto de la cama con pereza, con la cabellera revuelta, vestida con unos diminutos pantalones y camiseta. Abro la puerta un poco molesta y sin preguntar quién tocaba el timbre a esa hora. En una urbanización con acceso controlado si alguien llega hasta tu puerta sin avisar o es residente o tiene permiso para entrar. Por lo tanto, el intruso debe ser alguien de la localidad. Cosa que no sucede muy a menudo teniendo en consideración que era prácticamente desconocida en la comunidad.

Cuando abro la puerta y empiezo a decir buenos días me quedo en una pieza. Me paso las manos por la cara verificando si tengo algún rastro de migajas del cereal que me había comido horas antes cuando los chicos me despertaron para ir a su juego, y también para verificar si estoy soñando. Ante mí tengo parado a un hombrazo de más de seis pies de estatura. Al menos eso es lo que pienso, pues en comparación conmigo cualquiera es enorme. Apenas mido cinco pies con cinco pulgadas. Me quedo con la boca abierta. Si imponente es su tamaño, más grandiosos son sus ojos casi negro azabache, y ni hablar de su cuerpo. Lleva puesta una camiseta gris marcada y unos pantalones ajustados que dejan poco a la imaginación. Le hago una inspección ocular involuntaria y rayada en la indecencia.

—Buenos días, señora Masías. Soy José Alejandro y me envía María para que la evalúe. Perdón, evalúe su casa, y poder cotizarle unas reparaciones y la remodelación de la cocina.

*Sí, por favor, repárame que estoy completamente dañada, y también remodélame la vida con todo eso que veo.*

¡Dios, me perdí en mis pensamientos y olvidé por completo el sentido de las palabras de mi visitante inesperado!

—Ah, sí, es cierto… Mucho gusto, Adriana. Por favor pase y tome asiento —digo mientras con un gesto le indico donde sentarse—. Disculpe mis fachas. Permítame unos minutos para ponerme algo decente. —Y que mala idea. Al parecer mis palabras fueron invitación para un reconocimiento minucioso de mi precaria vestimenta y de mi maltrecho equipaje.

Observo lo que entiendo como un asomo de sonrisa. Él estira su mano derecha indicándome que pase. Le doy la espalda y me dirijo a toda prisa hacia mi habitación y cuando me veo en el espejo confirmo que de verdad parezco un espantapájaros. Con los harapos que llevo puestos y con el cabello suelto y sin peinar estoy hecha un desastre. Me acomodo las greñas en un moño lo mejor que puedo y sobre el pantalón corto me pongo una sudadera y me dispongo a salir al encuentro de ese ángel caído. Eso es lo que debe ser este hombre: un ángel. Tener ese cuerpo, esa sonrisa y esos ojos debe ser algo prohibido aquí y hasta en el cielo.

Ya con lo que asumo es un mejor aspecto, o por lo menos donde no dejo ver mis flácidos muslos y mi estriado vientre, me dispongo a enfrentarme al intruso. Creo que con cubrir esas partes de mi anatomía es suficiente para sentirme protegida y menos vulnerable ante los encantos de este espécimen de hombre.

Cuando nos sentamos en la silla del comedor ya mi invitado, si se le puede llamar así, había sacado su libreta. Al parecer también había realizado su primera evaluación. Me fijo en que tiene en sus manos una serie de apuntes sobre lo que él entiende que debe trabajar.

—Señora Masías, ya inspeccioné la cocina. Tengo sus dimensiones. Ahora diga usted qué desea, cuál estilo prefiere o si tiene algún modelo en mente para la cocina. Luego me enseña las áreas que desea reparar —dijo haciendo énfasis en la palabra reparar con sus ojos posados en mí.

No sé si es mi imaginación, pero intuyo un asomo de sarcasmo en sus palabras, sobre todo cuando dice "reparar". ¿Será que me veo tan mal que está insinuando que necesito una reparación? Si eso es así se está ganando a pulso que le diga dónde debe hacerse él una reparación. Respiro profundo y continúo con la conversación.

Le muestro los lugares donde entiendo que hay necesidad de hacer reparaciones. Y ya con la idea de lo que quiero, en términos de su trabajo, le digo —: Cuando tenga lista su propuesta me puede llamar a la oficina. —le entregó una tarjeta de presentación —. Si no respondo, mi asistente Miguel le puede ayudar y separar una fecha para reunirnos.

Una pequeña sonrisa se forma en los labios de José Alejandro al tomar la tarjeta—. Muy bien, Señora Masías. Será un gusto reparar su cocina — dijo y seguidamente nos estrechamos la mano.

El gesto es formal, un acto común entre desconocidos, pero algo en la forma en la que sostiene mi mano me hace sentir una sensación que recorre toda mi piel y me inquieta.

Lo despido con un hasta luego y me dirijo al cuarto de juegos para ver en qué andan mis hombrecitos. Los veo jugar tranquilos y regreso a mi habitación a tratar de continuar leyendo, pero no consigo volver a concentrarme en la lectura. Dejó a un lado de la cama el libro *Las 21 leyes irrefutables del liderazgo,* de John Maxwell. Trato de hacer un resumen de las primeras tres leyes y lo único que se me ocurre es aplicarlas a mi vida, más que todo a mi vida íntima.

"La Ley del Límite: La capacidad de liderazgo determina el límite del crecimiento de una persona." Cuando analizo esta ley y la aplico a mi vida me doy cuenta de que gracias a mi liderazgo he llegado muy lejos en mi trabajo. Se puede decir que soy una buena madre, buena hija y buena ciudadana. Como dice el autor, mi liderazgo me ha conducido a un grado de eficacia mayor. No obstante, en lo que se refiere a algunos aspectos de mi vida personal, soy un desastre. No ejerzo liderazgo sobre algo tan importante con el disfrute de la vida. Toda mi felicidad está basada en la felicidad de mis hijos y en lograr las metas de mi trabajo. Ni siquiera en aspectos tan básicos como el disfrute de mi sexualidad estando sola o acompañada es algo a lo cual le he prestado atención en los últimos años. He tenido éxito en casi todos los aspectos de mi vida relacionados con la satisfacción y felicidad de los otros, pero reconozco que es sumamente importante si deseo tener éxito en la vida, ejercer primero liderazgo sobre mi propia felicidad.

Justo hoy llegan a mi mente estas elucubraciones, acompañadas de un pequeño desasosiego o inquietud poco usual en mí, que no me dejan tener la mente ni las piernas tranquilas. Continúo con esos pensamientos sobre lo rutinaria y aburrida que es mi vida a nivel personal hasta que mis dos trogloditas me interrumpen con el grito de "Tenemos hambre". Ir tras el llamado se desvanecen esos pensamientos de insatisfacción de mi mente y también consiguen desaparecer la imagen del dios de ébano que vi hace unas horas. La rutina vuelve a apoderarse de mi vida y todo sigue su agitado curso.

# *Capítulo Segundo*

Esta es la peor semana de mi vida. Tengo que dar una conferencia mañana para un grupo de asesores machistas, racistas y retrógrados. Además, estoy en esos días del mes en los que toda la ropa me queda apretada, el cabello se me reseca y se para como erizo. Para colmo, me salió un barro enorme en la punta de la nariz. ¡Este no es mi día!

Abro el armario y sacó diez conjuntos de chaqueta y pantalón, cada uno de un diseñador diferente. El primero en probarme es uno de color rojo. Me miro al espejo y noto que el tono es muy intenso para las nueve de la mañana. Además, en la sala de conferencia, me haría parecer una loba agresiva. Quizás el azul cielo quedaría mejor. Sin embargo, es muy claro y hace que mis caderas se vean más anchas. Lo que menos deseo es estar frente a un grupo de hombres y que mis curvas atrapen más atención que mis palabras. El negro parece una mejor elección. La chaqueta es larga y entallada, por lo que me estiliza más la figura y disimula las caderas, pero no voy a un funeral y me hace ver como una vieja.

Termino por probarme los diez conjuntos sin tomar una decisión. Ninguno me favorece. Por lo tanto, llego a la conclusión de que no tengo ropa para la ocasión.

Observo la hora en la pantalla de mi celular, las cinco de la tarde. Todavía me da tiempo para visitar el centro comercial. Antes debo comprar algo de comer a mis hijos y luego dejarlos en las prácticas de balompié. Eso me daría unas dos horas aproximadamente para conseguir la ropa y los zapatos adecuados para ese gran día.

A toda prisa monto los nenes en la guagua y comienza la primera odisea: que ellos decidan lo que quieren comer; y digo *quieren*, porque con el ajetreo no creo que yo pueda comer nada.

—¡Mami, mami, yo quiero pizza! —grita Sebastián mi chiquitín de cinco años.

—¡Y yo quiero sushi! —dice el mayor de nueve años, Diego.

—A ver, cálmense. Hay que buscar un punto medio, un lugar donde puedan comer los dos —digo con voz firme—. No tenemos mucho tiempo y no quiero que lleguen tarde a la práctica y luego me echen la culpa a mí.

—Mami, qué tal si vamos al centro comercial y mientras tú le compras la pizza a este, — comienza a sugerir Diego señalando a su hermano menor—, me das dinero para yo ir a comprarme una bandeja de sushi.

Su idea me parece buena, pero hay un solo problema.

—Si nos desviamos hacia el centro comercial no podremos llegar a la práctica. Además, tengo que bajar urgentemente para comprarme una ropa para la presentación que tengo mañana a primera hora.

—¡Tú siempre! —responde—. ¿Qué piensas hacer con nosotros? ¿Dejarnos tirados en la cancha? ¿Y si pasa algo? Yo no voy a estar pendiente a este mocoso —dice señalando nuevamente a su hermanito.

—¡Mocoso serás tú! —grita Sebastián desde la otra esquina de la guagua—, que cada vez que te caes o te dan con la bola comienzas a llorar como… —Me mira y no se atreve a terminar la frase, pero de inmediato comienza a forcejear para tratar de quitarse el cinturón de seguridad y darle con el puño a su hermano.

¡Dios, comenzó la guerra de nuevo! Y pensar que estos son los mismos que se unen en confabulación para decidir dónde serán las vacaciones, qué película vamos a ver y hasta qué carro comprar. No lo puedo creer, pero así son los hermanos.

—Vamos a ver si nos respetamos — comienzo a decir mientras enciendo el carro—. Primero, yo nunca los he dejado tirados. Y no le pongas sobrenombre a tu hermano —amonestó al mayor—. Y tú —digo luego, refiriéndome al pequeño—: respeta a tu hermano mayor y que sea la última vez que digas eso de que llora como una nena. Los hombres, al igual que las mujeres tienen derecho a llorar si algo les duele o les molesta. Llorar no es cosa de hombres o de mujeres, es de seres humanos, de personas que tienen sentimientos. — me coloco el cinturón de seguridad y los observó por el espejo retrovisor—. Ahora bien, hay que decidir. Si vamos al centro comercial para que cada uno coma lo que quiere, no vamos a la práctica y me tienen que prometer que se van a portar bien mientras yo me compro la ropa que necesito para mañana. Díganme qué quieren hacer.

—¡Ay, no! Mami, mejor cómpranos pollo con papas fritas en el parque y déjanos en la práctica.

Esa fue una petición a coro. Para mis hijos, cuando se trata de sus prácticas o juegos de balompié, cualquier sacrificio es válido.

—¿Sí? Qué bien. Los dejaré tirados en la práctica.

Ambos se miran y se echan a reír con esas caritas de pícaros que me roban el corazón. ¿Qué mujer se resiste a eso?

Los dejo en la práctica comiditos, no sin antes hablar con todas las madres para que me los vigilarán y me llamaran si se presentaba cualquier eventualidad. Luego salgo a toda prisa para mi otra misión: conseguir una ropa adecuada en menos de dos horas.

Llego al centro comercial y rápido camino hacia la tienda por departamento. Allí, para mi suerte, me encuentro a la chica que siempre me atiende. Ella fue una de mis estudiantes en la universidad y conoce todas mis manías. Es que una madre soltera con dos hijos siempre va de compras a la misma hora.

Esta parte de mí pocos la saben. Sucede que al principio de mi divorcio mi salario no era suficiente para mantener a mis hijos con el estilo de vida al cual ellos estaban acostumbrados, y el colegio al que iban, por lo que, aparte de mi trabajo en la empresa, también dictaba clases en varias universidades. No sé cómo lo hacía, pero lo hacía.

—Bienvenida, doctora Masías. Vamos a ver cómo le ayudamos hoy. ¿Qué actividad o evento tiene?

—Hola, Marta —la saludo mientras me acerco—. ¿Cómo estás? ¿Cómo están tus niñas?

—Todo bien, doctora. ¿Y sus niños, cómo están?

—Muy bien, Marta. Me alegra que estés aquí. —Si alguien podía ayudarme a conseguir el atuendo perfecto esa era ella—. Mira, necesito algo elegante y profesional, pero, como ya sabes, todo lo mío es urgente. Así que lo necesito para ayer. No hay tiempo de entalle, de ruedos, de lavandería. Esto es prácticamente una emergencia nacional. Tengo una conferencia mañana a primera hora para presentar una nueva propuesta y no encuentro qué ponerme que sea adecuado para la ocasión.

—Bien. Nos acaban de llegar unos conjuntos espectaculares. ¿Qué desea, falda o pantalón?

—Oye, como que me olvidaste. Pantalón, por supuesto, no me gusta usar falda con estas "hermosas" piernas espectaculares que me dio la divina naturaleza —le digo sarcásticamente y me rio.

Admiro la paciencia de todo vendedor, sobre todo si está asignada en el área femenina. Marta tiene la paciencia de un monje budista. Tras mi explicación se va a buscar varios atuendos y al regresar trae consigo lo que parece el almacén entero. Me apresuro en comenzar a probarme los conjuntos. Ella por su parte se va en busca de otros accesorios para combinar, como zapatos y carteras. Incluso llama a una asesora del área de maquillaje para que me recomiende los tonos a utilizar con X o Y atuendo. En todo eso se nos va las dos horas volando, pero cuando salgo de la tienda estoy satisfecha. Al final un conjunto de pantalón con chaqueta gris plateado es el ganador. Eso lo combinamos con una corbata gris con puntos rosados intensos, y zapatos y maquillaje a juego.

Salgo corriendo del centro comercial, con apenas treinta minutos para que se termine la práctica de balompié de los chicos. Hago veinte mil malabares, pero llego a tiempo para no perderme ni un detalle de la reunión de último minuto pautada por la mamá presidente del equipo. Lo que me hacía falta: una reunión de equipo para ponernos de acuerdo en lo que nunca nos pondremos de acuerdo: como la cantidad de la cuota, el color del uniforme, las actividades que se realizarán durante la temporada, la inauguración del torneo, etc. Como siempre, después de más de una hora de discusión, y con todos hablando a la vez, se termina la reunión y nos quedamos como empezamos: en nada. Al igual que todos los años, la palabra final la tendrá la mamá presidenta y todas las demás haremos lo que ella decida, estemos o no de acuerdo.

Tomo a mis dos apestosos hombrecitos y me dirijo al todoterreno, aún montada en mis zapatos de tres pulgadas y con dos bultos repletos de bolas, rodilleras, zapatos deportivos y mil cosas más. Llegar a las prácticas deportivas es una cosa... en ese momento mis hombrecitos son superhéroes. Pero salir de la práctica y llegar a la casa sí que es un acontecimiento.

"Mami estoy cansado", "Esto pesa mucho", "Me duele la rodilla", "Es que Diego me pegó con la bola", "Mami tengo mucha hambre y no tengo casi ni fuerzas" ... bla, bla, bla.

De camino revisamos las libretas para ver si en el horario extendido del colegio hicieron las tareas, si hay algún proyecto pendiente o examen para esa semana. Esta es otra materia en la que hay que ser práctica y astuta. Mis deportistas nunca tienen asignación y menos después de una práctica y una reunión que se extendió hasta pasada las diez de la noche. Efectivamente no hay tareas.

Llegamos a la casa; un rico baño para los chicos, una taza de cereal con leche y frutas y a dormir. Mi jornada, sin embargo, aún no termina. Queda cambiar los libros y libretas y quitar lo del día y poner lo correspondiente a las próximas materias, preparar las loncheras con la merienda, verificar que los uniformes están limpios y cocidos. Toda madre de dos varoncitos sabe que las rodillas y las entrepiernas de los pantalones vienen defectuosas en esas áreas, aunque los compre reforzados. También que los pies de los chicos crecen tres pulgadas por semana. Para mi deleite todo está en orden gracias a mi extraordinaria ayudante María: uniformes limpios y planchados, zapatos enteros y medias con sus pares del mismo color. ¿Qué sería de mi vida sin ella? María lleva conmigo más de una década; desde antes de nacer mi primer hijo. Aparte de ser mi ayudante en la casa, es mi paño de lágrimas, mi desahogo, mi consejera financiera y amorosa. Me encantan sus despedidas de los viernes.

—Doña Adriana, si tiene alguna salida no lo piense dos veces: me llama y caigo aquí enseguida a cuidarle los chicos. No se preocupe por la hora o la paga. Yo llego y hago una noche de película y pizza con sus hombrecitos. ¿O qué tal un fin de semana de *pijama party?*

—Gracias, María. Lo tomaré en cuenta para cuando se presente la oportunidad.

—Disculpe, doña, pero la oportunidad no se va a presentar así porque sí. No va a llegar vestida de ese diseñador Chuchu que tanto le gusta, tocar a la puerta y decir "Bella dama, ¿usted desearía salir a cenar conmigo?

Rio por su comentario antes de decir—: María, primero, el diseñador que me gusta es Jimmy Choo. Segundo, no necesito que llegue ningún galán a invitarme a cenar. Si quiero salir a cenar, llamo, hago una reservación y ceno. Además, con lo rico que tú cocinas no tengo que ir a cenar a ningún lado.

—No, no, mi doña, usted es un caso perdido. Esos dos hombrecitos ahorita crecen, se casan y se van y usted se va a quedar solita.

—¡Por Dios! No lo lleves tan deprisa si apenas son unos críos. Dale, María, ve a descansar y procura aplicarte el consejo. Búscate un novio para que te lleve a bailar esa música que tanto te gusta.

—Ni loca. Ya estoy vieja para eso.

—Y no eres tú la que me dice que para el amor no hay edad.

—Mi doña no es lo mismo, yo ya voy picando los sesenta, pero usted es aún una pollita.

—Dale, María, nos vemos el lunes. —Le doy un beso y hago como que la empujo. Que ocurrencias la de esta mujer, como si yo tuviera tiempo para eso y mucho menos ganas, para muestra basta un botón llamado Isaac

Sigo en mis divagaciones y haciendo las cosas como autómata. Miro el reloj... ¡Santo Dios!, son las doce de la noche. Con el día que me espera mañana y yo aquí pensando en pájaros preñados. Término de organizar las cosas de los niños a toda prisa, me baño, me retiro el maquillaje, me pongo crema humectante, abro el cajón de la ropa y saco un conjunto de lencería negra y roja; no he perdido la costumbre de dormir con ropa sexy, esa es una de mis pasiones, comprar ropa de dormir sexy y dormir en sábanas de seda, aunque solo sea para que me vean en sueños. Luego al levantarme es otra cosa. Me pongo lo primero que encuentro y me dispongo a levantar a mis dos críos.

# *Capítulo Tercer*

Seis de la mañana. Suena el reloj despertador con esa música de *Hotel California,* ridícula como dice Diego. Me levanto a toda prisa y comienza la carrera. Ya María tiene el desayuno listo, pero me gusta ser yo quien despierte a los nenes con una canción. Desde que se fue su padre el pequeño despierta varias veces en la noche llorando. Dice que sueña que me voy y lo dejó solo, así que siempre trato que cuando despierte sea mi cara sonriente lo primero que vea. Levantarlo de la cama no es una tarea fácil, siempre y cuando no sienta el olor de los panqueques con banana o fresas que prepara María. Pero como hoy tengo mucha prisa llevo en las manos mi arma secreta.

—Tesoro, hora de levantarse. Hay que ir para el colegio. —Le acercó a la nariz la bandeja con el desayuno, y santo remedio. Sus ojos adormilados se abren con entusiasmo, expande sus fosas nasales y su tierna sonrisa me deslumbra.

—Mami, mami, eres la mejor. —Extiende sus manos regordetas para alcanzar la bandeja.

—No, no, no —le digo—. Primero lo primero.

—Pero mami —responde—, solo un cantito.

—No, no. Primero a darle un besote rico a mami, lavarse la boca y luego a desayunar—. Pone su carita de yo no fui, que me recuerda tanto a su padre.

Rápidamente aparto ese pensamiento y colocó la bandeja en la mesita de noche. Le quitó las sábanas y lo sacó de la cama. —Vamos, campeón, a bañarse rapidito que mamá tiene un día complicado hoy.

Mi chico mayor es menos dificultoso. A sus nueve años no quiere que mami entre a su cuarto y lo despierte, y mucho menos que invada su privacidad. Así que se levanta solito. Parece un hombrecito en miniatura. Bueno, chiquito no es. Ya mide cinco pies casi tan alto como yo, pero tiene cara de bebé. Mi bebé gigantón. Ya está sentado en la cocina bañando una torre de cuatro *pancakes* con sirope de chocolate. Es que come como una draguita. Pero con ese cuerpo, ¿quién no?

Nos preparamos y salimos a toda prisa. Ruego porque el tránsito no esté congestionado para llegar a la oficina con suficiente anticipación y verificar que mi asistente Miguel tenga todo listo. Sé que así será, pues este chico es supereficiente. Lo conozco desde sus inicios en la carrera cuando llegó para hacer su práctica de último año de universidad en Ciencias Secretariales. Desde que lo vi hubo química; llevamos nueve años trabajando juntos y somos un extraordinario equipo. Él es mi complemento: es un joven organizado y práctico y yo soy la típica creativa, caótica y despistada.

Hago un paréntesis y repaso mental de mi agenda.

—Dale, Sebastián hoy te toca hacer la oración que acostumbramos a realizar todas las mañanas de camino al colegio, o los fines de semana a los juegos.

—Papito Dios, gracias por este día. Cuida a mi mamita, a mi papi y a mi hermano. En el nombre de Jesús, amén.

Al llegar al trabajo, como de costumbre, confirmó que todo está en orden. La sala de conferencia y todos los equipos están listos. Las copias de la propuesta encuadernada descansan sobre la mesa. Mi ángel de la guarda ya había probado el sonido, corrido la presentación para comprobar que todo fluyera. Por si fuera poco, realizó una prueba con nuestros socios del otro lado del charco en Estados Unidos, para verificar que pudieran escuchar y ver claramente la videoconferencia. Y, por supuesto, el café está humeante.

—Miguel si no fuera porque a ti no te gustan las mujeres, y yo odio a los hombres, me casaría contigo —le digo a mi asistente—. Aunque, viéndolo bien, eres muy guapo para ser mi tipo. Hay, perdón. Que por menos que esto me demanden y me acusan de hostigamiento. Nada, gracias, Miguel, eres un sol. Después de esto nos merecemos unas vacaciones por las islas griegas.

—Sí, pero sin los dos terremotos de sus hijos, jefa.

— ¡Por qué tenías que dañarlo! Sabes que sin mis hijos no hay paraíso, y no me vengas con el discurso de siempre, que necesito un compañero. Tú y María me tienen hastiada con el tema. Por favor, no hables de eso y mucho menos cuando dentro de media hora esta sala estará atestada de testosterona y de machos...

En esos momentos hace su entrada triunfal el socio mayoritario de la empresa y para colmo mi jefe inmediato, quien al parecer escuchó toda la conversación. Incluidos el comentario de la testosterona y los machos. Gracias a Dios que no completé la frase y dejé a los machos sin sus apellidos, de trogloditas, acomplejados e impotentes. Gracias, Señor, por el color de mi piel que no permite que se me note si estoy ruborizada. Mi cara quiere arder, me subió un calor que, de ser blanca, estaría colorada como un tomate.

—¿Qué decían de los machistas de esta compañía y sus hormonas? —preguntó el jefe.

—Nada —respondí apenas sin voz.

—Nada, que usted no sepa, jefe —dijo Miguel.

Alabado sea el Padre. Si Miguel continúa con el tema y suelta la lengua después de la presentación vamos directo a la oficina de desempleo; seremos dos más en la estadística de desocupados de este país. Por suerte decide no agregar otro comentario y es el jefe quien habla.

—Tranquila, Adriana. No escuché nada que no sepa y que yo mismo no haya pensado. Pero en lo concerniente a ti, estoy totalmente de acuerdo con Miguel.

—¿Si, en qué se puede saber? —pregunté.

—Qué necesitas hacer algo más que trabajar y complacer los antojos de esos críos tuyo. Necesitas sacar tiempo para ti, de vez en cuando hacer algo que te guste con alguien que te guste.

—Deténgase un momento, como que aquí se está manejando mucha información personal, que no tiene nada que ver con el trabajo. Retiro lo de los machos y todas esas cosas, pero hasta aquí.

Miro para el lado solo para darme cuenta de que el traidor y conspirador de mi asistente se ha marchado y me ha dejado sola con el orangután de mi jefe. Que no sé qué insecto raro le ha picado, pues me mira con ojos de cordero degollado. ¡Solo esto me faltaba en un día como hoy!

—Tranquila, querida, podemos continuar esta conversación en otro momento y en otro lugar.

Miro mi reloj de pulsera y me doy cuenta de que faltan menos de diez minutos para que todos lleguen. Necesito componerme y calmarme un poco. Pido permiso para salir un momento al baño quitarme el brillo de la cara y tomar un poco de aire no contaminado. Ni el café me he podido tomar. Ni modo, tendré que empezar sin mi antídoto para los nervios.

Tras el pequeño incidente la presentación resulta todo un éxito. A los socios les ha encantado la propuesta y todo marcha de maravilla. El resto del día se va volando y llega el momento de tomar mis pertenencias y dirigirme a mi otro trabajo a tiempo y medio: el de atender a mis hijos. Por suerte hoy solo hay práctica de natación y son de una hora.

Frente a la puerta de salida me topo con mi jefe.

—Adriana, disculpa, te estaba esperando. Nuevamente felicidades por la propuesta. Como siempre, tu presentación ha sido magistral.

Esto como que no me está gustando, no me pinta bien todos estos halagos y coincidencias.

—Necesito hablar contigo. ¿Tendrás dos minutos para que hablemos?

Mi menta sagaz comienza a divagar sobre el porqué de esta conversación, mil cosas pasan por mi mente y mi corazón se acelera. Soy una empleada eficiente y mis aportaciones han hecho crecer la empresa pero la vida da tantas vueltas. No quiero ser cortante con mi jefe, su tono me puso a la defensiva.

—Bueno si son dos minutos. Tengo que recoger a los chicos en el colegio.

Me sorprendo al escuchar mi tono de voz, nunca me había dirigido a mi jefe de un modo tan cortante.

—Si mal no recuerdo tienes hasta las seis y media para recogerlos. ¿Cuál es la prisa?

Este comentario levanta más mis alertas y mis deseos de salir cuanto antes de este momento embarazoso. Aprecio mucho mi trabajo, pero tengo mis límites y no los cruzaré por nada del mundo.

—Usted como que está muy bien enterado de mi vida y de mi agenda personal.

Hice especial énfasis en *personal* para que no le quedara la más mínima duda.

—De acuerdo —le digo—. ¿Qué le parece si pasamos a mi oficina para hablar con más tranquilidad? Serán solo unos minutos.

—Prometido —contesta, y levanta la mano derecha como niño escucha.

En cuanto llegamos a la oficina me abordó con el asunto de su próximo retiro.

—Adriana como sabes llevo unos años anunciado mi retiro.

—Sí, lo sé.

—Ese momento llegó y tengo varios planes para la compañía.

—No me diga que va a cerrar o vender la compañía.

—No, eso no ha pasado por mi mente.

¡Uf! Suspiro aliviada.

—¿Entonces?

—Mira, mi hija acaba de terminar su maestría de Negocios Internacionales en la Universidad de Harvard y me gustaría que viniera a trabajar aquí. Le hice una propuesta y lo está pensando. Sabes que tiene un novio anglosajón y no sé si eso la detenga, pero, vamos a ver.

—Perfecto, ¿y qué tengo que ver yo con esta decisión suya?

—Las condiciones de mi hija son complejas, pero lo primero es que si ella acepta va a necesitar un director general de confianza. Alguien que conozca el negocio y que la pueda ayudar a tomar decisiones acertadas, desde su posición de gerente de la División Internacional y Desarrollo de Nuevos Negocios.

—¿Gerente de qué? —Me quedo helada. Pero si ese es mi puesto…

Apenas me salían las palabras. Condenados hombres. Acabo de presentarles una propuesta ganadora que le traerá varios millones de dólares a la compañía y me pagan con un despido. Sustituyéndome por una niña caprichosa y consentida que nunca ha trabajado en su vida. ¡Por Dios! ¡Esto no me puede estar pasando! No ahora que acabo de comprar casa y cambié a los niños a un colegio más caro solo porque me queda en la ruta y más cerca. ¡Oh no, Dios mío, no!

—¿Eso quiere decir que si ella acepta estoy despedida?

—Por favor, Adriana, detén tu imaginación. Para nosotros tu eres un recurso valioso y por nada del mundo te despediremos. El crecimiento de nuestra compañía a nivel internacional tiene mucho que ver contigo, tu liderazgo y tu mente sagaz.

—¿Entonces?

Lo que te voy a proponer, pero no me has dejado hablar, es que seas la gerente general y ayudes a mi hija a conocer el negocio tan bien como tú lo conoces.

—Eso es imposible. Para ser gerente general hay que ser uno de los socios mayoritarios y yo apenas tengo unas cuantas acciones.

—Adriana, no me subestimes ni te subestimes. Eso yo lo sé. Pero existen maneras de hacer las cosas.

Abrí los ojos como plato, pensando en qué me iba a proponer mi jefe ahora. ¿Que me case con él solo por mantener el control del negocio y asegurar que su hija no le eche a perder la fortuna? Si es capaz de eso lo mando a la mierda, aunque me quede en la calle.

—Sigues imaginando cosas, niña... ¿Es que no me vas a escuchar? Por lo menos déjame terminar y después dices o piensas lo que quieras. Esto ya lo hablé con los socios más cercanos y de mayor poder, y todos están de acuerdo con que tus manos son las mejores para manejar el negocio. Así que tranquilízate y escucha mi propuesta con detenimiento. ¿Cuántos años llevas en la compañía?

—Catorce años.

—Bien. ¿Qué te parece si con tu liquidación de catorce años de servicios, más algunas bonificaciones pendientes por las dos últimas propuestas sometidas y ganadas las inviertes en acciones? Yo te voy a vender algunas de las mías y te conviertes en una buena socia. Solo se necesita tener un 20% o más de participación para ser gerente general. Estarías en igualdad de condiciones que la mayoría de los socios, con excepción de Andrés y yo. Y en mi caso, al dividir las acciones con mi hija y venderte una parte a ti dejo de ser socio mayoritario. ¿Qué te parece la propuesta?

Ahora sí que un ratón me tragó la lengua. Me siento miserable, soy una malpensada, desagradecida. En fin, una imbécil. Siempre estoy viendo fantasmas donde no los hay.

—¿Adriana?

—Señor no sé qué decir. Esto me tomó de sorpresa. No me lo esperaba. ¿Podemos reunirnos mañana para hablar con más calma y analizar las cosas? —Miro mi reloj y apenas han pasado cinco minutos, pero para mí ha sido una eternidad—. Tengo muchas cosas que pensar y analizar. Si me da hasta mañana puede que vea todo más claro.

—No hay problema. Te acompaño al estacionamiento y hablamos mañana. Ah, no te dije… mi hija Paulette expresó que si tu aceptaba la propuesta ella tomaría el trabajo.

No, no, no, esto es demasiado. Ahora soy yo la responsable, no solo de decidir llevar las riendas de este negocio, si no también del futuro de la hija de mi jefe.

¡Por Dios!

# *Capítulo Cuarto*

Han pasado dos semanas desde aquel embarazoso encuentro con José Alejandro. Entre el ajetreo con mi nueva posición como gerente general, con la hija de mi ahora ex jefe pegada a mis costillas, los exámenes finales de los chicos y proyectos de clases de última hora, he olvidado por completo los planes de remodelación de la cocina, las reparaciones, pero menos de su ejecutante.

La cordura regresa a mi vida y dejo de inquietarme pensando en esos hermosos y misteriosos ojos oscuros, en esos carnosos y jugosos labios violeta y en ese pecaminoso cuerpo. Sin embargo, esta dura hasta esta tarde de miércoles en la que escucho el timbre de mi teléfono móvil. Estaba revisando unos estados de cuenta del departamento de mercadeo y me sobresalto con el sonido del celular. Cuando miro la pantalla y leo "José Alejandro contratista", me entra un pánico increíble. Por fin daba señales de vida. Contestó al cuarto timbrazo.

—Buenas tardes. Adriana Masías, a su orden.

—Saludos, señora Masías, soy yo. No me diga que me olvidó tan pronto... Es decir, no me diga que olvidó nuestra cita.

—No, para nada. Disculpa, siempre contesto el teléfono así. ¿Cómo estás?

—Muy bien, gracias.

*Claro que tienes que estar bien… si lo sabré yo, que duré varios días rememorando ese cuerpazo de gladiador romano.*

—¡Ah, me alegro! ¿Y a qué debo el honor de tu llamada?

Otra vez perdí el hilo de la conversación. Me acaba de decir que teníamos una cita. ¿Qué me pasa con este hombre?

—No, para nada; el honor es mío. La llamó para decirle que ya tengo lista la propuesta de remodelación de su cocina y me gustaría que pudiéramos reunirnos para presentarle los bocetos, y si le parece bien cerrar el contrato. Acordamos que sería hoy en la tarde, pero si no tiene tiempo indíqueme para cuándo podemos quedar.

—No hay problema. Si te parece puedes pasar por mi oficina en una hora vemos la propuesta y de una vez ultimamos cualquier detalle.

—Seguro. Déme la dirección y llego allí en una hora.

Le dictó la dirección y salgo corriendo al baño con cartera en mano para evaluar mi aspecto. Acostumbro ir siempre bien vestida al trabajo, pero no sé por qué me entra pánico al verme al espejo. Tengo un conjunto de pantalones negros con camisa azul marino brillante que, según mis compañeros, me sienta fantástico, pero yo me siento incómoda. Considero que me hace parecer mayor, y a mis treinta y nueve años no es que necesitara muchos arreglos, pero no me encanta mi imagen en el espejo.

Me acomodo un poco la camisa y abrocho todos los botones. Mi costumbre es siempre dejar dos botones sueltos. Sin embargo, esta vez no lo hice, en busca de protección y seguridad.

—Por favor, ubícate —me digo—. Esta no es una cita con un desconocido o de enamorados, es un encuentro de negocios. *Tú interactúas con montones hombres poderosos y difíciles diariamente.* ¿Te vas a poner así por reunirte con un simple contratista? ¿Y en tu oficina? No.

Estoy varios minutos en ese diálogo con mi voz interior.

Salgo del baño hecha un manojo de nervios y apretando el teléfono móvil como si me fuera la vida en ello. Solo han pasado quince minutos desde la llamada y me parece que el reloj se ha detenido y no avanza. Me sirvo mi quinta taza de café del día, para luego salir corriendo de nuevo al baño a lavarme la boca y retocarme el lápiz labial. Es la segunda vez que salgo al baño a toda prisa en menos de media hora, y esta vez mi asistente Miguel deja a un lado lo que está haciendo en el ordenador para preguntarme:

—¿Jefa, está todo bien? ¿Qué le pasa que ya la he visto salir dos veces al baño en menos de un cuarto de hora? ¿Necesita ayuda, quiere que busque algo en la farmacia o que llame al médico?

—No, Miguel. Gracias. Estoy bien, gracias. Dicho sea de paso, estoy esperando un representante de una compañía que me refirió María para la reparación de la cocina. Se llama José Alejandro y debe llegar como en media hora. Lo haces pasar a mi oficina, por favor.

Miguel abre grande los ojos e hizo una expresión de asombro. Yo no entiendo su reacción de momento.

—¿Dijiste José Alejandro? El morenazo de los ojos de lobo y cuerpo de...

—Miguel, por favor detente. Sí, dije José Alejandro, pero todos esos epítetos están de más. Es solo un contratista.

—Sí, pero también un pollazo. Recuerdo cuando fue a instalar mi *jacuzzi*. Por poco infarto cuando tocó el timbre y abrí la puerta y me encontré con aquel tronco de hombre al frente, y yo solo e indefenso.

—Miguel, te dije que pare con eso. No sigas con el tema. Solo hazlo pasar a mi oficina y terminemos con el asunto.

—Uhhh... pero, pensándolo bien, es eso lo que te tiene nerviosa, yendo al baño cada dos segundos y mirando el teléfono como si fuera la lámpara de Aladino, y de allí fuera a salir el genio para concederte un deseo.

Pongo cara de consternación. Aunque aguantando las ganas de reír por las ocurrencias de este hombre.

—Cállate. Un comentario más sobre el tema y te mando de asistente con la hija del jefe. Que esa también trae su rollo contigo y te mira con cara de "Me lo como, o no me lo como, me lo como...".

—Ay no, jefa, mejor me callo. Mira que trabajar yo con esa chiquilla que no sabe ni lo que quiere y menos lo que tiene entre manos...

—Miguel, no seas lengüilargo. Ella apenas está comenzando en el negocio. Dale tiempo.

—Bueno, que se apure porque para haberse graduado de Harvard, y con honores, como que es medio lenta.

Le hago seña con el dedo índice de que se calle y se vaya a su lugar de trabajo. Pone cara de niño bueno y se marcha. Me dirijo a mi oficina y en el trayecto escucho mi teléfono móvil. Es José Alejandro.

—Hola, señora Masías, ya llegué. ¿Hacia dónde me dirijo para que me anuncien?

—Solo dile al guardia de la recepción que vas al piso diez, a presidencia, que tienes cita con la doctora Masías.

—¿Cómo, perdón? ¿Doctora Masías? ¿Es médico?

—No. Doctora en economía y finanzas internacional.

—Ah... De momento se me ocurrió desmayarme para que me dieras primeros auxilios y me estabilizara. Por favor, perdón, doctora, perdón. Subo en cuanto me lo indiquen.

Suena el intercom y es Miguel anunciando la llegada de José Alejandro.

—Por favor, hazlo pasar —le digo.

Me levanto del escritorio y le abro la puerta a otro hombre distinto al que vi en mi casa aquel día. Este también está vestido con pantalones de mahón super ajustados y una camiseta gris, pero acompañada de un *jacket* de cuero negro, zapatos negros impecables, afeitado y perfumado. Olfateo el aire en busca de ese olor a hombre y sudor que sentí el otro día, pero lo que invade mis fosas nasales esta vez es un aroma a madera, a canela y a brisa de mar.

*Ay Dios mío... si es como para volverse loca,* pienso.

Y para colmo, tiene esa sonrisa de niño malo que tira la piedra y esconde la mano.

—Pasa y siéntate, por favor. Ponte cómodo.

Y como la primera vez, ahí está él: con la mano extendida y yo aferrándome al teléfono como una tabla de salvación. Cuando lo suelto para darle la mano mis nudillos están violetas y las manos entumecidas. Y de nuevo ese corrientazo al sentir su contacto.

—Gracias. Es hermosa su oficina, y tiene una vista espectacular.

No sé de qué vista habla. Aunque hay una pared de cristal al frente con una vista impresionante al mar Caribe, él solo mira bajo mi cuello. Tal vez mi escote. La verdad no sé qué observa, tengo la camisa cerrada hasta el último botón. Algo que hice por impulso cuando Miguel anunció su llegada. Había pasado la última hora abotonado y desabotonando la camisa.

—José Alejandro, no es necesario que me trate de usted. De verdad puedes tutearme para el trabajo que le voy a contratar no hace falta tanta formalidad.

—Gracias por la confianza. De verdad, me sentía un poco raro tratando con una mujer tan joven y hablarle de usted.

¿Esta vista es hermosa?

—Si, debe ser inspirador trabajar aquí. Aunque la vista no es tan hermosa como tú. Perdón, no debí decir eso, pero es que llegar y verte aquí en tu mundo... Pensé que te encontrarías más segura que cuando te visité en tu casa y estábamos solos, pero es todo lo contrario. Estás más tensa y hasta te pusiste la armadura de dama de hierro.

—La armadura de... ¿De qué hablas?

—Si mal no recuerdo no acostumbra a abotonar los dos últimos botes de la camisa. La última vez que te vi con aquella camisa blanca transparente estaban sueltos, aunque trataste de cubrirlos por el agua que se te derramo.

—Ahh, eso. Eres muy observador.

—De eso vivo.

—¿De qué?

—De observar los detalles para predecir el gusto de mis clientes.

—¿Y la ropa de tus clientes te ayuda a diseñar la cocina y los baños de sus casas? —digo de manera sarcástica.

—Bueno, aunque no lo creas sí. Te sorprendería todo lo que puedo descubrir y crear con solo observar. Lo que se ve a través de una blusa y sostén transparente, o un botón de un pantalón a punto de soltarse.

Por instinto llevo mis manos a ambos lugares. Cubro con una mis pechos y con la otra trato de abotonar un imaginario pantalón desabotonado. Cuando levanto la vista lo veo sonreír con esos labios violetas y carnosos, como la uva lista para hacer el vino tinto.

—Por favor, basta de juegos y muéstrame la propuesta.

Abre su bolso y saca una libreta ancha, como de pintar, y lo que me mostró a continuación me dejó sin aliento. En la libreta había un boceto de mi cocina, porque esa sería mi cocina, hecha a carboncillo en varias tonalidades de gris con un contraste de claroscuro que le daban luz y vida a cada rincón, a cada pieza, a cada detalle; había desde un interruptor de energía, hasta una estantería con una canasta de frutas.

—¡Guau! ¿Esto lo hiciste tú? —. Es lo único que puedo decir.

Cierro la boca de un golpe, pero ya está dicho. Espero que lo tome por lo del dibujo y no por los sueños que he tenido con sus manos en mi cuerpo todas estas semanas.

—Puedo hacer mucho más con un poco de inspiración.

Mira mi cara y lee al instante que estoy lista para ponerlo en su lugar, pero me eclipsa con su comentario.

—De niño siempre fui bueno con los dibujos y armando cosas y siempre decía que sería un arquitecto y un pintor famoso, como Miguel Ángel. Que le haría una casa grande y hermosa a mi mamá, con una cocina enorme y un patio con muchas flores y frutas. Pero eso nunca llegó.

Me parece ver un asomo de tristeza en el brillo de sus ojos, pero enseguida la espanta con otro tema.

—Bueno. Ahora me dedico a remodelar la cocina de chicas lindas y ejecutivas de compañías para que les hagan galletas y gelatina a sus chicos.

—¿Acaso estás insinuando que no sé cocinar?

—Bueno, por lo que me dijo María es ella quien se encarga de alimentarte a ti y a tus chicos.

—Oh, ¿sí? Bueno, confieso que la uso poco por eso no me había dado cuenta de que era zona de desastre. Durante la semana estoy muy ocupada entre el trabajo y los asuntos de mis hijos. No me queda tiempo. Por eso tengo la ayuda de María y lleva conmigo desde que nacieron los chicos, y los fines de semana con el ajoro de los juegos de balompié apenas paramos en la casa. Generalmente llegamos a dormir.

—Disculpa, no te estaba criticando. Además, tampoco imagino esas manitas tan delicadas limpiando un pollo o quitándole la cáscara a una naranja.

—Tú también te sorprenderías de todo lo que estas manitas delicadas pueden hacer.

*¡Oh Dios, para que habrás abierto la bocota!*

—Bueno, me refería a que no se me da tan bien la cocina, pero hago unos postres exquisitos. Está bien. Regresemos a la remodelación de la cocina.

Veo un poco de desilusión en sus ojos, pero el tiempo apremia y hay que seguir.

—Me parece perfecto, me encantó todo. ¿Dónde te firmo?

—Espera. ¿Vas a firmar sin leer los términos del contrato? Una mujer de negocios como tú no debe ser tan confiada. ¿Firmaras sin saber si incluyo en una de las cláusulas que te comprometes a tener una cena conmigo a la luz de las velas en un paisaje solitario?

—Ya basta. Déjate de bromas y dame el contrato. Lo voy a leer pero confío en tu buen juicio.

—¡No confíes mucho!

—¿Cómo? —pregunté de manera automática.

—No, nada, firma aquí.

Leo el contrato. Todo bien excepto el precio. Es muy bajo, pero no quise preguntar para no ofender. Luego indagaré con Miguel. A menos que sea solo el depósito y el costo de los materiales. Sacó la chequera y hago un cheque por el monto total de lo que creo es la primera parte del trato.

—¿Siempre acostumbras a dar todo por adelantado?

—No estoy dando nada, estoy cerrando un trato.

Le abro la puerta tratando de dejar el mayor espacio posible entre los dos, pero eso no está en sus planes. Antes de salir me extiende la mano de nuevo y siento que me hala hacia él. Eso es suficiente para que se enciendan todos mis sensores de alerta y suba la voz para llamar la atención de Miguel que sé que está más que pendiente de la conversación.

—Gracias por la amabilidad de llegar hasta aquí, señor —digo con especial énfasis. Le aviso cuando esté lista para que comience con la obra.

—Hasta luego, *señora.*

Él también remarca las palabras, y ahora soy yo quien se siente como una vieja con ese *señora.* Pero, ¿qué esperaba yo?, ¿que me halara por el pelo como los cavernícolas y me besara a la fuerza? Si soy yo quien estableció la distancia desde un principio.

# *Capítulo Cinco*

—Y qué, jefa, ¿ya tiene una cita con el bombón de chocolate? —pregunta Miguel minutos más tarde, interrumpiendo mis pensamientos malsanos.

—Qué cita ni qué ocho cuartos. Ustedes los hombres solo pueden pensar en sexo.

—Yo no he hablado de sexo. Eso lo dijo usted, jefa. Yo hablé de cita.

—Mira, mejor retírate a tus labores.

—Sí, capitana. *¡Yes, sir!* —. Antes de irse hace un saludo militar y añade—: Pero no deje pasar a ese bombón. Yo no lo haría, aunque fuera diabético y me aumentaran la dosis de insulina.

Entro a mi oficina para recoger la cartera e ir por los chicos. Ya es suficiente por el día de hoy. El mes de junio no ha sido nada relajado como pensé sería. Por el contrario: el equipo de balompié de los chicos pasó a las finales de los juegos nacionales y ahora había que recorrer todo el país durante los fines de semana.

Mientras recojo la cartera me quedo pensando en las ocurrencias de Miguel. Me doy cuenta que él tiene razón, soy una cobarde. Una mujer valiente para tomar decisiones en el área profesional y en la educación de mis hijos, pero en el área personal estoy paralizada. No tengo una relación por miedo a sufrir.

En cambio, mi hermoso y valiente asistente, la historia de ese hombre es extraordinaria. Nacido en una familia de fuertes convicciones religiosas, su madre una mujer de fe inquebrantable directora del coro de la iglesia protestante a la cual asistía desde antes de nacer y su padre el guía espiritual de la congregación. El tercero de cinco hermanos siempre fue el centro de atención de su familia por su gran sensibilidad hacia todo ser vivo, en especial los animales, las plantas y por su casi obsesiva pasión por el orden de las cosas y la armonía.

Desde la temprana adolescencia Miguel tenía cierta inclinación por la moda, la decoración y las artes. Contrario a sus otros cuatro hermanos que practicaban todos los deportes existentes y le encantaban las actividades físicas, Miguel odiaba y odia sudar más allá de sus horas en el gimnasio, los maratones de sexo que él mismo describe con vehemencia. Después de muchos intentos de su madre, sus maestros de educación física, sus hermanos y su padre para que formara parte de algún equipo deportivo todos se dieron por vencidos, Miguel entró feliz a tomar clases de pintura y música, allí pudo dar riendas sueltas a su prolífica imaginación y sensibilidad.

De esta manera, desde los trece años pintaba paisajes espectaculares donde siempre destacaba un juego armonioso entre la vegetación y los animales. Tocaba el violín como un virtuoso y sobre esta ejecución en la oficina solo podemos dar fe por los videos que hemos visto. Miguel nunca ha querido deleitarnos con la interpretación de ninguna pieza musical. Intuyo que algo pasó relacionado con la música que lo marcó de tal manera que no desea ni hablar del asunto. Solamente en una ocasión bromeó con la idea que si me casaba él tocaría en mi boda con la condición explícita que el candidato, el futuro esposo debía pasar por el cedazo de su aprobación.

Por lo que hemos dialogado en las pocas noches de sushi y chicas que Miguel ha hecho en su apartamento su padre siempre supo de su orientación sexual y aunque era un tema que no se tocaba en su casa nunca sintió un trato diferente al de sus hermanos. De una manera silente su familia aceptó su realidad y fue el propio Miguel quien cumplido los 18 años decidió reunir a su familia y hablarle con sinceridad de su orientación sexual y junto con esta información de su decisión de irse de su pequeño pueblo para estudiar, vivir y probar suerte en la gran ciudad. Contrario a sus dos hermanos mayores que habían optado por estudiar en el colegio universitario de su pueblo, él decidió trasladarse a la gran ciudad capital. Su padre fue el primero en oponerse por considerar que su hijo era muy inocente y sensible y que cualquier persona podría aprovecharse de estas cualidades para hacerle daño. Este fue un hecho que conmovió mucho a mi excelente asistente pues su padre siendo el pastor de la iglesia más grande del pueblo y por ello una figura muy conocida no puso en duda en ningún momento que para él la seguridad y felicidad de su hijo está por encima de cualquier otro asunto, incluyendo sus creencias religiosas.

Haciendo caso omiso a los consejos de su padre y los lamentos de su madre Miguel partió para la gran ciudad con una pequeña maleta con lo mínimo y un bolso en la espalda donde cargaba sus materiales de pintura y su violín. Ya habiendo vivido en esta gran ciudad por dos años desarrolló destrezas de socialización y se relaciona con personas que impactaron su vida para siempre, conoció el amor y el desamor, la amistad verdadera y falsedad. El amor le llegó a primer accidente, conoció a su primer amor mientras cruzaba la calle como en la gran ciudad como si estuviera en su pequeño pueblo, sin mirar para ningún lado. Anonadado con el majestuoso contraste entre enormes y modernos edificios y entre edificaciones coloniales no vio venir el carro de lujo que se desplazaba a escasa velocidad y fue impactado por este. Tanto el chofer como el apuesto Maximiliano se bajaron del auto a toda prisa para ver el estado del despistado joven. Miguel estaba ligeramente aturdido más por el susto que por el impacto, el lujoso auto apenas lo había rosado y aunque se miró los pantalones y el área las rodillas estaban rotas y manchada de sangre no sentía nada roto o fuera de lugar, más impactante fue el choque emocional cuando levanto la vista y vio los hermosos y profundos ojos de Maximiliano que lo observaba con una mezcla de preocupación y coraje. ¿Joven está usted bien? ¿Puede ponerse de pie o prefiere que llame una ambulancia? Para Miguel un joven parlanchín y extrovertido era inaudito que de su boca no saliera ni la más mínima palabra, solo se quedó perdido en aquellos hermosos ojos verdes y ese brillante pelo canoso más largo de lo habitual en un hombre, por lo menos para un chico de pueblo.

Pasaron unos segundos que parecieron horas para que Miguel pudiera articular palabras y responder al hermoso desconocido y al otro hombre igual de imponente, pero impecablemente uniformado, que imagino era el chofer o como mínimo el guarda espalda de aquel bombón que le seguía observando con cara de preocupación. Miguel sacudió la cabeza, se pasó las manos por la cara y contexto como pudo. Disculpe señor estoy bien, solo unos pequeños rasguños como podrá ver señalando a sus rodillas. Solo fue un buen susto. Maximiliano le extendió la mano a Miguel para ayudarlo a ponerse de pie. El contacto con esas fuerte y delicadas manos envió un corrientazo al cerebro de Miguel que no podía explicar, Maximiliano vio su reacción y la palidez de su rostro y lo sostuvo con mayor fuerza temiendo que el apuesto joven se desmayara de un momento a otro. Lo lamento joven, pero tendremos que llevarlo a la sala urgencias, no lo veo bien, puede ser que al caer se haya dado algún golpe en la cabeza y tenga una contusión que no vemos. Acto seguido ordenó a su acompañante recoger las cosas de Miguel y subió a la parte trasera del auto con un nervio Miguel todavía tembloroso. De verdad señor estoy bien, no tiene que molestarse ni alterar su agenda por un incidente sin importancia. Jovencito me parece que no ha entendido dije que vamos a urgencias y vamos a urgencias, según soy un poco mayor que tú, pero no tanto así que, elimina lo de señor, y nuevamente le extendió la mano, Maximiliano. Nunca dije que sea viejo, es solo costumbre de pueblo chico. Bien pues dígame su nombre para por lo menos saber quién tendré que liderar en los tribunales. Miguel se quedó congelado nuevamente, ¿en los tribunales? Señor si su auto sufrió algún daño puedo pagar su reparación, aunque soy estudiante tengo un trabajo a medio tiempo y tengo unos pequeños ahorros y si no me alcanzara puedo solicitar un préstamo estudiantil en la universidad, pero ir a los tribunales no, por favor.

Maximiliano soltó una sonrisa a carcajada donde enseñó a plenitud su hermosa dentadura y unas pequeñas arrugas se visualizaron entre la comisura de sus labios y en sus ojos. No tiene que burlarse, sé que este carro es lujo, pero no creo que el daño sea tanto que no pueda pagarlo. Se ve que usted es muy ingenuo, cuando un auto impacta a una persona, aunque esta haya cruzado la calle sin ninguna precaución generalmente es el dueño del vehículo a quien demandan y el que tiene que pagar al peatón los daños ocasionadas, por ende, serias tu Miguel quien me llevaría a los tribunales y como dispongo de poco tiempo para estos asuntos te pondré en contacto con mi abogado para que lleguemos a un acuerdo amistoso. Yo no tengo nada que reclamar, todo lo contrario, usted ha sido muy amable y como ve más allá del susto no tengo nada. De hecho, esta parada en la sala de urgencias no es necesaria, con un poco de jabón y agua esto estará como nuevo.

Lo entiendo Miguel, pero para mí tranquilidad lo llevó a la sala de urgencias, ya le avisé a un amigo médico que ya no está esperando, le hacen unas tomografías y unos análisis y quedamos en paz.

Llegaron a la sala de urgencias y después de varios análisis todo estaba en orden, no había lesiones más allá de la raspadura de las rodillas, las cuales fueron limpiadas y desinfectadas. Maximiliano junto a su chofer esperando que terminara todo el proceso. Miguel salió de la sala de urgencia con su habitual vitalidad y ya libre del impacto del primer momento. Vez que tenía razón, era solo un susto, gracias a los dos por su atención y paciencia. Me alegro de que sea así, vamos a terminar la encomienda y dime donde te puedo llevar. Miguel miró su reloj y se dio cuenta que tanto para llegar a su clase en la universidad como para presentarse a su trabajo en la galería de arte ya era tarde. Con la clase no tendría dificultad pues con solo pedir las notas a uno de sus compañeros sería suficiente, no obstante, lo que si estaba complicado era lo del trabajo, su supervisor era bien estricto con la puntualidad y él llevaba poco tiempo en ese trabajo.

No se preocupe ya no puedo cumplir con ninguno de mis compromisos, mi clase era a las nueve de la mañana y mi horario de trabajo comenzaba a las dos de la tarde y son las cuatro. Maximiliano vio la cara de preocupación de Miguel y a pesar de ser un hombre práctico y que no presta mucha atención a los detalles, quiso saber qué le pasaba al joven y cómo podía ayudarlo. ¿Disculpa veo que algo te preocupa, ¿puedo hacer algo por ti? Nada señor, es que no pude avisar a mi trabajo e imagino que tendré dificultades en ese sentido. ¿Me dijiste que trabajas en una galería de artes? Si, pero no tiene importancia, yo lo puedo solucionar, es la primera vez que me ausento o llego tarde en seis meses y espero que mi jefe pueda entender, si no lo entiende buscaré otro trabajo. ¿Cómo se llama tu jefe? no sabes todo lo que se consigue con una llamada. No se moleste señor usted también tiene que haber perdido mucho tiempo con este asunto del accidente. Permíteme el nombre de la galería y lo soluciono. Galería Mounet. Dame un momento. Maximiliano sacó el teléfono celular de la parte superior de su chaqueta, lo desbloqueo, marcó un número y dio unas instrucciones precisas y concisas. Alexa llama al dueño de la galería Mounet y dile que el señor Miguel. Miro al lado, ¿Cuál es tu apellido Miguel? Perdón, Miguel Manzanares no podrá presentarse hoy a trabajar porque nuestra corporación ha contratado sus servicios para que nos recomiende algunos cuadros para la decoración de la apertura de la nueva tienda de cigarros. Que disculpe la informalidad pero que estaremos cubriendo sus honorarios y luego pasaremos por la galería a comprar las obras recomendadas por el joven. Colgó el teléfono y extendió la mano a modo de complicidad, hecho, ya está, disculpa la pequeña mentirita pero no creo necesario entrar en detalles y lo de los cuadros es real necesitamos decorar nuestra nueva tienda de cigarros así que nos puedes recomendar algunas opciones para hacer más real este asunto. Miguel le indicó donde quedaba su pequeño apartamento de estudiante, Maximiliano le extendió una tarjeta, me llamas mañana para ir a ver la tienda y que me de tus recomendaciones. Desde este encuentro poco tradicional se entabló primero una rara amistad entre el joven e inexperto Miguel y el maduro y enigmático empresario

Maximiliano Russell que luego pasó a ser una apasionada y turbulenta relación amorosa. Maximiliano adoraba a Miguel, pero su estatus social y sus negocios le impedían reconocer en la vida pública lo que expresaba tan abierta y apasionadamente en la intimidad, su homosexualidad y el amor profundo que sentía por el joven estudiante de arquitectura.

También, aprendió a valorar más el trabajo de su madre para mantener una casa con seis hombres en orden, con comida caliente, ropa limpia y además participar en todas las actividades de iglesia y representar a su marido con la esposa del Pastor. Aunque él nunca dio que hacer pues era muy escrupuloso y ordenado, sus hermanos no cooperan de igual manera y dejaban tirado en cada rincón de casa ropa deportiva, zapatos, libros, utensilios de comer entre otras cosas.

La lucha que tenía cada día por permanecer a flote entre los estudios de arquitectura, su trabajo a medio tiempo en una galería de arte y mantener el orden su pequeño apartamento de estudiante. En dos años aprendió más sobre la gente y el valor de las cosas y el tiempo que en los 18 años con sus hermanos y su familia, la lealtad y el respeto era la regla no escrita en su casa, pero no era así en el mundo exterior. Fue relativamente fácil develar el velo de su sexualidad ante sus padres y hermanos más no lo fue ante sus compañeros de facultad y de hospedajes y también fue un gran escollo para conseguir trabajo. A pesar de todas las dificultades que enfrentó en tan corto tiempo, no se arrepentía de su decisión y seguía persiguiendo sus sueños con la misma pasión.

Todo cambió de repente cuando recibió una noche la llamada de la esposa de uno de sus hermanos para informarle que su madre estaba muy enferma, que tenía un cáncer de servís que se había extendido a todos sus órganos reproductivos internos y que por lo avanzado de la enfermedad le auguraban pocas posibilidades de cura. La noticia fue devastadora para Miguel y lo sumió por unos días en un proceso de negación, que luego se convirtió en una profunda tristeza y al final en una gran depresión que ahogaba con el alcohol. No entendía cómo pasó, como una persona tan buena, desprendida, amorosa y religiosa podía pasar por algo como la enfermedad del cáncer y lo más absurdo que no se pudiera hacer nada. A pesar de la distancia y sus múltiples ocupaciones nunca se distanció de su familia, la llamaba todos los días y en cada receso que podía regresaba a su pueblo para compartir con su familia, ahora extendida por el casamiento de sus dos hermanos mayores. Especialmente con su mamá habla todos los días, ya sea para pedirle consejos sobre alguna comida casera que quería hacer para sorprender a sus amigos o para hablar de cosas triviales como los ensayos del coro, los acontecimientos familiares o contarle algún asunto en el que estaba trabajando o la nueva maestra o maestro de tal o cual curso.

Ni en sus visitas a la familia ni en sus conversaciones diarias nunca notó nada fuera de lugar en su amada madre. Después de varios días sin tener noticias de Miguel su padre se trasladó a la ciudad y llegó al pequeño apartamento de su hijo donde lo encontró desalineado, ojeroso y más delgado que nunca. Para un hombre amoroso y entregado a su familia como él, ver a su hijo sumido en la depresión y el alcohol y sentir la muerte rondando sobre quien ha sido su compañera de vida por los pasados cuarenta años fue devastador. En cuanto abrazó a su hijo se desplomó en sus brazos. Esta reacción de ver a su padre en esas condiciones fue suficiente aliciente para que Miguel evaluará y se diera cuenta que en lugar de ayudar y apoyar a su familia como ellos habían hecho con él, con su comportamiento los había preocupado y abandonando. Reanimó a su padre, se abrazaron más fuerte, lloraron juntos para luego unirse al resto de la familia con la decisión de superar esta difícil prueba.

Su padre puso resistencia a esa decisión, pero como de costumbre Miguel no hizo caso, recogió sus pocas pertenencias y se trasladaron al hogar familiar.

Nada de lo que Miguel imaginó en sus cuatro horas viaje se comparaba al dolor que sintió al ver a su madre postrada en una cama con un color desconocido para él, su voz apenas era un susurro y su mirada, aunque iluminada por la presencia de su hijo adorado era solo una sombra de aquellas pupilas brillantes y aquellos ojos saltones y vivarachos. ¿Cómo pasó esto? Solo pasaron unos días desde la última vez que hablaron. Haciendo acopio de un valor que desconocía, se acercó a su amada madre, la beso en la frente con delicadeza y le dijo al oído.

—Estoy aquí mamá, todo estará bien, estaré aquí hasta que te pares de esta cama y me hagas mi lasaña de pollo que tanto me gusta.

Un asomo de sonrisa salió de los labios de esta valiente mujer y en ese momento Miguel supo que el final estaba cerca.

Durante los tres largos días que duró la agonía de su madre, Miguel no se apartó ni por un segundo del lado de la cama de su amada. Se hizo parte de sus momentos de lucidez, mejoría y también de sus espacios de dolor y desesperación. Hubo momentos en los cuales él quería salir corriendo sin rumbo para calmar el dolor que le aprisionaba el pecho, otros en los cuales reclamaba a Dios con desesperación.

—¡Dios por qué a mi madre, Tu fiel devota!

Hasta llegó a cuestionarse si los padres pagaban por los pecados de los hijos, si él tenía alguna responsabilidad en esta batalla que libraba su madre. Era en esos momentos de reflexión y abandono que aparecía la figura de su padre con una palabra de aliento, quien sin saber respondía sus dudas y calmaba su espíritu.

Días antes del deceso de su madre Miguel sentado frente a la cama tuvo un sueño donde contemplaba a su madre danzando y cantando en un hermoso jardín como lo hacía a diario en su casa y en la iglesia. En el sueño la abnegada mujer abrió los ojos y se entristeció al ver la cara de su hijo bañada en lágrimas, en ese instante toda la alegría que había en su rostro desapareció. Miguel contempló esa transición de la alegría al dolor y entonces entendió la lucha de su madre, ella estaba lista para irse, pero su familia no estaba lista para dejarla ir.

Le contó el sueño a su padre y a sus hermanos y todos acordaron hacer una reunión familiar. La hermosa familia elevó una oración, transformando la habitación donde solo se respiraba dolor y sufrimiento en un lugar de culto y adoración, en el aposento alto. Guiados por el esposo, padre, pastor y hombre ejemplar, realizaron un pequeño culto donde todos tuvieron la oportunidad de despedirse e indicarle a su amada que estaban listos para dejarla partir.

-Amada mía, estamos bien haz hecho un buen trabajo en este espacio, en este mundo y ahora te toca continuar con tu misión en otro lugar. ! vuela alto mi reina!

Entre cánticos y oraciones todos vieron apagar la tenue luz de vida de la matriarca de la familia. Después de este momento todo transcurrió dentro de una paz absoluta. Un ciclo de la vida que se cierra para dar paso a una nueva etapa. Después de varios días de este evento tan doloroso y traumático Miguel retornó a su apartamento de estudiante en la capital. Le fue imposible recuperar el semestre académico y perdió la beca de estudio.

Comenzó a buscar trabajo, la vida tenía que continuar y bajo ninguna circunstancia pensaba regresar derrotado a su pueblo. Cada día asistía a más de cinco entrevistas de empleo sin tener éxito, en algunos lugares le solicitaban experiencia, en otros un título profesional y él carecía de ambas cosas. Su única experiencia había sido en la biblioteca de la universidad y en la galería de arte. Cansado de ir de un lugar a otro y con el presupuesto en números rojos había que acudir a situaciones extremas. Fue a su billetera y sacó la tarjeta de quien fuera su primer amante, quien lo guió en las artes del amor, su profesor de cálculo. Se armó de valor e hizo la llama que un día se prometió que nunca haría. Igual que en su primer trabajo en la galería de arte, el profesor prometió llamar a uno de sus alumnos prominentes para recomendarlo.

Fue a través de esta llamada como Miguel llega a mi oficina referido por mi querido profesor y desde el primer buenos días quedé prendada de este joven, seguro, correcto y vestido con una pulcritud que me hizo sentir fuera de lugar. Entendí en ese momento que esa era la persona que necesitaba para llevar mi agenda y poder orden en el caos que era mi oficina desde que mi secretaria por los pasados cinco años se acogió al retiro para cuidar de su hijo autista.

La dinámica entre Miguel y yo fue tan efectiva que más que empleado y jefa nos convertimos en cómplices, en equipo. Conseguir a un asistente creativo, organizado, atento, amoroso y super eficiente es algo que hay que valorar, aunque a veces lo quiera estrangular, sobre todo cuando se refiere a Alejandro como el bombón de chocolate o cuando me dice que si no me apuro en comérmelo él lo hará por mí.

# *Capítulo Seis*

Durante todo este tiempo no he tenido noticias del bombón, digo, de José Alejandro. Hasta hoy sábado de finales de junio que lo veo asomarse entre las gradas. El corazón se me paraliza. No estoy segura de que hacer, si ir a saludarlo, hacer como que no lo veo o salir corriendo. Esto último es lo que más deseo hacer, pero salir corriendo hasta él y comérmelo a besos. Es que está tan deseable con unos pantalones cortos de hacer ejercicios. De hecho, son demasiado cortos para un hombre de su estatura y corpulencia. Los pantalones tenían una abertura a cada lado que enseñaban un poco más que los muslos. ¡Y que piernas!

Lo que mi imaginación había creado, al verlo la primera vez, con aquellos mahones ajustados no se asomaba ni un poquito a la realidad de esas dos columnas torneadas por un genio de la escultura que estoy observando. Sus muslos son dos músculos entrelazados de una manera magistral, firmes y fuertes, pero delicados a la vez, y sus pantorrillas son una obra maestra que hasta el dios Zeus envidiaría.

Para completar el atuendo mortal, lleva una camiseta sin mangas de esas que son tan holgadas y abiertas en los costados que permiten ver todo el interior. No puedo evitar tener una visión completa; desde los músculos de los brazos, los pectorales hasta el vientre. Debe ser ilegal tener ese cuerpo y salir a la calle en esas fachas. En mi ensimismamiento no me doy cuenta de la algarabía que se ha formado a mi alrededor. Todas las mamás del equipo se arremolinan para cuchichear sobre la aparición del bombón. Él, consciente de su éxito con las mujeres, se pasea como un pavo real entre ellas hasta llegar a donde me encuentro sentada. Se acerca y me saluda como si fuéramos los mejores amigos. Me plantó un beso en la mejilla, muy cerca de la boca. Miro hacia donde están mis hijos, y luego a todos lados para ver si alguien lo ha visto.

—Hola, Adriana. Pasé por aquí y quise parar a ver el juego un rato para recordar mejores tiempos, pero no sabía que este era el equipo donde juegan tus hijos, y mucho menos que te encontraría aquí. De verdad soy un hombre con suerte. ¿Y a ti cómo te han ido estos días?

No dije nada.

Durante todo el mes de junio José Alejandro trabaja en la remodelación de la cocina y algunas reparaciones de la casa. A pesar de que veo adelantos y sé que trabaja todas las tardes en mi casa, consigo verlo en pocas ocasiones. Los días que coincidimos es porque se me ha quedado algo en la casa y tengo que regresar en la tarde a recogerlo, o para dar la aprobación de algún que otro detalle.

En los meses de junio y julio María suele viajar para ayudar a su hija con el cuidado de los nietos, por lo que yo *medio* me encargo de los quehaceres del hogar y de la alimentación de los niños. Eso hace de mi casa un caos durante toda la semana. En una ocasión dejé por despiste en el mueble de la sala un *set* de ropa interior, y me sorprendió mucho cuando llegué en la tarde, después de recoger a los chicos en el campamento, y los encontré sobre una cama perfectamente arreglada.

En otra ocasión dejé mi ropa de dormir sobre la lavadora y, de nuevo, la encontré acomodada sobre la almohada en mi cama igualmente arreglada. Me sentía un poco molesta por la invasión a mi privacidad, pero también despertaba mi curiosidad y me producía una especie de excitación solo pensar a José Alejandro tocando algo tan íntimo, y sobre todo, pensando en cuál sería su reacción cuando encontraba estas prendas sueltas por la casa.

La última prenda que dejé, que fueron unas medias con ligueros, casi se me paraliza el corazón. En esa ocasión había, junto a las medias perfectamente acomodadas en mi arreglada cama, un retrato mío hecho a carboncillo con un *babydoll* negro, los ligueros puestos, unos zapatos de aguja y con los ojos y la boca bien abiertos. El dibujo estaba firmado con las letras JA y nada más.

Esa visión de mí misma tan sensual, que acentuaba cada detalle de mi cuerpo, el pelo revuelto como si me acabara de levantar o hubiese terminado de tener sexo, me mantuvieron todo el día teniendo fantasías con ese monumento de hombre que me estaba volviendo loca.

No pude evitar ser tentada a seguir su juego.

Con los chicos ya en sus camas me preparo para dormir. No puedo dejar de pensar en José Alejandro y en ese sensual retrato. En sus manos tocando mi ropa, colocándola allí sobre mi cama como una sugerencia. Tentándome a fabricar pensamientos pecaminosos en los que él es el protagonista. He caído en su trampa, caí en su trampa de seducción.

Decido dormir en una minúscula tanga para mañana dejársela de regalo. Me acuesto con él mi mente, y sueño con ese hombre de piel azabache arrastrándome hacia un lugar apartado donde me hace suya sin contemplaciones, sin mediar palabras. Al despertar siento los efectos de esas imágenes en la humedad entre mis piernas.

Antes de irme a la oficina me aseguro de tomar la minúscula tanga negra, con un lacito rojo que se perdía entre las nalgas, y colocarla sobre la lavadora. Es la declaración abierta que estoy ardiendo en deseos por él.

Ese atrevimiento no me permite concentrarme en el trabajo ni un segundo, y antes del mediodía estoy arrepentida de mi osadía. Me prometo corregir mi error de inmediato. A la hora del almuerzo salgo inmediatamente para recoger la evidencia de mi descaro antes de que ese perturbador hombre llegara a la casa.

Cuando llego, José Alejandro está trabajando con dos hombres más y los escucho discutir con ellos.

—Alguien se le ha adelantado. Le han comido la presa al lobo feroz —le escucho decir a uno de los ayudantes. No estaba segura de a qué iba eso, pero cuando veo a José Alejandro saltar sobre el ayudante y quitarle con rabia la prenda de mi delito, entiendo lo que está sucediendo.

¡Dios! ¿Cómo arreglo esto? La vergüenza hace que quiera que la tierra me trague. Esos dos hombres luchando por una prenda íntima mía y, para rematar, usada. Era el colmo de mi descaro. ¿En qué estaba pensando cuando hice tal estupidez?

No pensé que podría ser otro quien cayera primero en el señuelo que le dejé a ese adonis de ébano, ese que me tiene desquiciada desde hace dos meses. ¿O quizás fue un esfuerzo desesperado que hice al saber que esta semana le daban los toques finales a la cocina? Finalizarán el trabajo y no lo veré más.

De verdad no sé qué estaba pasando por mi cabeza, y por otras partes de mi cuerpo. Me desconozco. Nunca he sido una mujer con este tipo de comportamiento y mucho menos de provocar sexualmente a un hombre. Prácticamente soy asexual, o eso creía. Conocer a este monumento de hombre ha puesto patas arriba toda mi existencia.

—Buenas tardes —digo tras armarme de valor. Mi voz es suave y baja. Apenas me he escuchado yo misma. Sin embargo, los hombres me escuchan y ponen cara de sorpresa, incluyendo mi adonis.

¡Dios, estoy perdida! ¡Mi adonis!

Me hago la desentendida y nuevamente agradezco al Divino Creador por darme un color de piel que no transmite mis emociones de manera visible. Aunque mis orejas y mis pómulos estén calientes jamás se podrán sonrojar. Gracias a Dios por mis ancestros africanos.

—¡Qué bueno que llega, doctora Masías! Estamos dando los toques finales a su cocina para entregarle el trabajo mañana mismo. Me gustaría que se pudiera quedar un rato para que usted misma inspeccione la obra y me indique si hay algo más que deba hacerse.

—Hoy estoy un poco apresurada, pero si te parece bien mañana salgo un poco más temprano del trabajo y después de dejar a los chicos en el aeropuerto evaluamos los resultados.

Como ha sucedido durante los pasados cinco años envió a los chicos a pasar el último mes del verano con sus abuelos. Esta es una manera de compensarlos por la vida ajetreada que llevamos y para que tomen un poco de otro aire y compartan con sus primos.

—Me parece bien entonces, hasta mañana — responde José Alejandro.

Continuó divagando en mis pensamientos y me olvido de él por un momento. Me siento culpable con mis hijos, aunque los mantengo en constantes actividades sé que ellos sienten la ausencia de su padre. Este viaje de verano es uno muy deseado para ellos e inmediatamente termina la temporada de deportes sueñan con visitar a sus abuelos para que los consientan y mimen. También es un espacio ideal para mí, para poder disfrutar de mi soledad, dedicarme a hibernar en la casa, a leer, a meditar o simplemente a estar en la cama hasta que el cuerpo no pueda más.

—Disculpa hay algo que no le guste de lo trabajado hasta ahora? Si ese fuera el caso aún estamos a tiempo de solucionarlo.

—Tranquilo no pasa nada, además no puedo hacer un juicio sin antes hacer un verdadero examen del trabajo, por lo que puedo ver sin mucho detenimiento me gusta el trabajo que has hecho aquí.

—Entiendo, solo pregunto, al verla tan pensativa pensé que algo estaba mal con el trabajo.

—Para nada, solo estoy un poco ajetreada con los asuntos del viaje de los chicos.

—Perfecto, nos vemos mañana y hacemos esa evaluación que recomiendas. No sé si fue percepción mía pero cuando me gire para salir me pareció ver su asomo de sonrisa en sus labios tentadores.

Continúo con mis pensamientos enfocados en los preparativos del viaje en sí son toda una aventura, visitar las tiendas para comprar los regalos de los abuelos, los primos, los tíos, la vecinita bonita que le había hecho regresar el año anterior con el corazón partido y que el próximo año, según ellos, ya no era tan linda. Todo eso más prepararlos a ellos dos había que hacerlo los fines de semanas o durante las noches. Cualquier sacrificio vale la pena por ver las caras de felicidad de esos dos jovencitos que son los dueños de mi corazón y mi motivación para vivir.

Por otro lado, me sentía un tanto frustrada, la visita había sido en vano. Ya se me había adelantado, por lo tanto, no tengo nada que hacer. Decido tomarme la tarde libre para comprar los regalos acostumbrados del viaje, comerme un açai para matar el hambre y refrescarme un poco.

La imagen de José Alejandro con mi ropa interior casi destrozada en el puño, el cual mantuvo cerrado durante toda la conversación, me tiene muy inquieta. Más que avergonzada me tiene ansiosa y excitada. Desconozco por completo a esta nueva mujer que está dentro de mí.

Al otro día me llevó a los chicos a la oficina. Tengo poco trabajo que hacer, y así adelanto para salir de la oficina hacia el aeropuerto. Dejé a los chicos en el aeropuerto a las dos de la tarde y me dirijo a mi casa. Me tiemblan las piernas y me palpita fuertemente el corazón. Es el momento de enfrentar la verdad. Estaré a solas en casa con ese adonis que me tiene fuera de control.

No sé a qué atenerme. Si él saca a relucir el asunto de la tanga, pues le diré que se lo tiene merecido por haber estado dejándome señuelos y su olor en mi cama todos estos días. Me imagino a mi adonis tumbado en la cama mientras sus manos van, poco a poco, plasmando mi silueta en el papel, su aroma hace que reviva ese instante como si yo hubiese estado observando a medida que el carboncillo daba vida a mi cuerpo, imaginar su respiración con cada trazo hace que mi corazón se acelere y que mi piel vibre de placer.

Jamás pensé que mi anzuelo podría caer en las manos de uno de sus ayudantes, y punto. Tampoco esperaba que él lo hubiese olido, y se diera cuenta que estaba sucio, y no precisamente de sudor, sino de otros fluidos más íntimos y pecaminosos.

Llegó a la casa y veo su viejo dinosaurio estacionado al frente. Sabía que estaría aquí, pues hasta ahora ha sido un hombre de palabra. Espero que esté solo, aunque no sé qué es mejor. Abro la puerta del garaje, entró el todoterreno y antes de que baje la puerta llega José Alejandro.

—Buenas tardes, ¿estás lista para la inspección? —Percibo un dejo de picardía en la pregunta y decido seguirle el juego, estoy más que lista.

Asiento.

—Pues manos a la obra. Aquí está la copia del contrato con los acuerdos. Vamos espacio por espacio para que vea el trabajo realizado, y me diga si está en armonía con lo pautado.

Mientras recorremos cada estancia su respiración es más profunda y puede sentir el desacompasado latir de su corazón como si la distancia entre nuestros cuerpos no existiera.

Todo está en perfecto orden, menos mi interior que vibra a cada paso que dábamos. Mi subconsciente sabe que estamos solos y a merced de mis descontrolados pensamientos y deseos. Lo que no puede entender es cómo, en esta vorágine de emociones, él puede mantener la cordura mientras yo estaba a punto de perderla, queriendo saltarle encima para sentir su piel en mi piel. Hasta ahora no ha sacado el tema de la tanga y yo no pienso entrar en ese escabroso dilema.

—Bien, doctora Masías —dice muy cerca de mi oído, como para sacarme del ensimismamiento —. ¿Todo en orden y según tus deseos?

—Pues sí —digo arrastrando la voz, pues mis deseos, lo que se dice *deseos,* están intactos.

*Como el primer día en que te abrí la puerta aquel sábado, sigo deseándote con la misma intensidad.*

Le doy orden a mi vocecita interior para que haga silencio y poder poner fin a esa tortura.

—Siendo así podemos terminar el contrato. Me regalas una firma, como que aceptas el trabajo.

—Claro. —Firmo como autómata sin leer lo que escribo.

—También me firmas este papel, por favor.

Nuevamente firmó sin leer.

—Doctora, te dije que tenías que tener más cuidado con lo que firmaba.

Abro los ojos y miro a esos labios carnosos color uva Malbec madura, y esos dientes blancos relucientes como perlas oceánicas.

—¿De qué hablas?

—Acaba de aceptar salir a cenar conmigo mañana en la noche. Solo te toca poner la hora. Ah, y no puede despedirme ni dejar sin efecto el contrato. Desde hace dos minutos ya no soy tu empleado. Nos vemos mañana, Adriana. Si gustas puedes fijar tú la hora, de lo contrario, estaré a las siete en punto de la noche.

Sin decir más recoge sus documentos y se retira.

Después de salir de la sorpresa y pensando mejor, encuentro la oferta tentadora. ¿Qué puedo perder? En cambio, puedo ganar salir de la rutina y ver el mundo desde otra óptica, sin negar que ese hombre me inquieta y produce en mí algo más que curiosidad. Tengo que dejar de engañarme y aceptar que José Alejandro despierta mis más bajos instintos carnales como nunca lo ha hecho ningún otro hombre. Tan solo pensar en su mirada o recordar su sonrisa, me hace sentir extrañamente excitada.

# *Capítulo Siete*

El martes a las cinco de la madrugada despierto con calambre el vientre y en las piernas, con un dolor intenso de espalda, náuseas y un par de molestias más.

¡Oh, no, lo que faltaba! Mi amiguita menstruación viene en camino y está anunciando su llegada con bombos y platinos. No es el mejor momento para que llegue. ¿O tal vez sí? ¿Será una señal para alejarme de esa locura de salir con un completo desconocido? Un hombre que de solo mirarlo quiero saltarle encima y devorar esos labios carnosos. Si esta es una señal, Diosito, podía habérsela mandado con menos explosivos. Con una pequeña lucecita de bengala era suficiente.

Sacudo la cabeza y decido dejar mis miedos a un lado. Me tomo un analgésico. Si la cosa mejora estaré lista a la hora pautada. Entonces, comienzo a hacer ejercicio, yoga. Luego de varias horas los molestos síntomas premenstruales no solo persisten, sino que se hacen más intentos.

Alrededor de las dos de la tarde me tomo una segunda dosis de calmante. Despierto pasada casi cinco horas con el ruido del timbre de la puerta. Comenzaba a oscurecer y de momento me encuentro un poco desorientada.

Miro el reloj de la mesita de noche y me doy cuenta de que falta menos de un cuarto para las siete de la noche. Recuerdo la cita con el bombón de chocolate, pero tal como me siento ni el chocolate más exquisito podrá hacer que salga de la cama y me vista para ir a la calle. Adiós cena y adiós aventura.

El timbre continúa sonando y no me queda otra alternativa que levantarme e ir a afrontar la situación. ¿Qué le diré? ¿Qué le dice uno a un hombre doce años más joven? ¿Que no puedes ir con él a una cita porque tienes dolores premenstruales? Seguro me tildará de mentirosa. Esa es la excusa más usada por las mujeres para evitar la intimidad con los maridos, y lo digo yo que soy fiel testigo de esa mentira. Pero este no es mi marido, ni mucho menos, le diré que estoy indispuesta y que no fui ni a trabajar. Que piense lo que quiera.

No puedo negar que en el fondo estoy triste y molesta de no poder pasar un rato con José Alejandro. Reconozco que me muero de ganas por conocerlo un poco más. Además, me da pena decirle que tengo síntomas premenstruales y que en esos días no me apetece nada, solo quedarme en la cama y dormir.

Me obligo a levantarme de la cama e ir hasta la puerta. Al abrir la imagen que ven mis nublados ojos me precisa a despejarlo del estupor del sueño para tratar de enfocarme mejor. La visión celestial de este ángel color azabache vestido de lino crema, con un ramo de rosas en una mano y una botella de vino en la otra me deja sin aliento. Lo estudió de pies a cabeza, se me hace la boca agua y suelto un profundo suspiro. Su aroma a madera penetra mis fosas nasales cual brisa de mar que embriaga mis sentidos y me adentro en un éxtasis del que solo su voz logra despertarme.

—Hola. A la señora como que se le olvidó el contrato que firmó o, mejor dicho, la cita que tenemos hoy a las siete. Pero yo estoy preparado para las eventualidades. Sea aquí o en otro lugar, yo tengo varias cositas que decirle a la doctora. De hecho, esto es para ti —dice extendiendo la mano con la que carga el ramo de flores—, y esto es para nosotros dos —añade, enseñándome la botella de vino.

—José Alejandro, de verdad lo lamento. No olvidé nada, solo que me siento un poco indispuesta y no me he levantado en todo el día. —Veo su cara de preocupación y me pone en la necesidad de aclararle la situación.

No sé a qué se debe que a las mujeres nos cueste tanto hablar de nuestro ciclo menstrual y nuestros cambios hormonales, sé que es lo más natural del mundo, o eres niña, o estás embarazada, o te da la menstruación o en el último de los casos estás menopáusica.

—No me pasa nada grave ni tengo nada contagioso, son solo esos avisos que tenemos las mujeres cada veintiocho días de que la cigüeña no vendrá y que a algunas nos deja fuera de combate.

¡Bingo! Allí está él con la respuesta que me cuesta tanto dar, pero que puede saber un hombre de eso. Muchos de ellos como mi exmarido piensan que son tonterías de mujeres o excusas para no tener sexo.

—¿Lo que me quieres decir con tanto adorno es que tienes la regla y por eso no podemos salir?

—Bueno, casi, pero aún no me ha llegado. Para mí es peor el antes que el durante y el después.

Siento toda mi cara caliente con aquella confesión a prácticamente un desconocido y en la primera cita. ¡Dios pero es que estoy hecha un manojo de nervios!

—Si de hecho el después siempre es lo mejor… ¿Pero lo que me quieres decir es que estás ovulando? Pues bien, ahora entiendo mejor aquel olor de tu ropa íntima que volvió loco a más de uno, yo incluido.

—¿Cuál olor? —le pregunto poniendo cara de inocente—. ¿De qué hablas? Ahora sí que quería que la tierra me tragara y me escupiera en Júpiter, no es lo mismo llamar al diablo que verlo llegar, creo que mi táctica de seducción cruzó los límites de la decencia.

—El del regalito que me dejaste en el área de lavado hace unos días.

—¿Qué yo te dejé qué?

—No te hagas. Me dejaste una tanguita negra con un lazo rojo sobre la lavadora, y sé que no fue un accidente o un olvido como las veces anteriores. Ahí había premeditación y alevosía.

Pongo cara de yo no fui, pero también tengo una combinación de vergüenza y diversión al recordar la dinámica que encontré ese día al salir de mi trabajo y llegar a la casa. Rememoro a José Alejandro en plena batalla con uno de sus empleados para recuperar la prenda de mi lujuria.

Y llega el momento de la confesión, no me queda de otra. Tengo que admitir que ese era el plan, aunque en realidad no salió como quería.

—Disculpa, no sabía que alguien que no fueras tú tomaría la prenda. Y sí, lo hice con premeditación para darte un poco de tu propia medicina al dejarme tu dibujo y tu olor en mi almohada. Siento mucha vergüenza que tus empleados hayan tenido en sus manos algo tan íntimo y personal.

Lo que para mí es vergüenza para José Alejandro es un chiste o una especie de juego. Lo veo sonreír como burlándose de mi turbación, mientras yo me consumía entre la vergüenza y la satisfacción de haber logrado en parte mi objetivo.

—Si te tranquiliza en algo, ellos no saben que esa prenda era tuya, para ellos la traje de mi casa. Sospechan que existe alguien por quien suspiro, pero no se imaginan que eres tú. Aunque no te niego que me dio mucho coraje cuando Pedro sacó tu tanga de mi bolsillo y comenzó a olerla como si le perteneciera. Más aún cuando esta vez la prenda estaba impregnada de un olor que no podía descifrar, pero que ahora me queda tan claro como el día.

Ahora sí que el calor de mi cara y mis orejas estaban a cien grados con esa frase. ¿Acaso este hombre es adivino y sabe que el olor de la tanga proviene del sueño erótico que tuve toda la noche con él? No puede ser… ¿Será que me veo tan desesperada o soy tan predecible?

Pero si hay algo en que domina a las mujeres es la curiosidad, le suelto la pregunta sin más. *"Suelta la lengua Adriana y atente a las consecuencias"*.

—¿A qué olor te refieres?

—A ese olor que ahora mismo percibo y que es la causa de tu malestar. A las hormonas de tu proceso de ovulación. ¿No me digas que la doctora no sabe que cuando las mujeres están próximo a esos días son como cualquier hembra de la especie animal y expulsan un olor que nos vuelve locos, o por lo menos a los hombres primitivos como yo?

¡Dios, este hombre es una caja de sorpresas! No tiene estudios formales y habla de cualquier tema como todo un experto.

—Por lo que escucho tienes mucha experiencia en mujeres.

—Un poco. Fui criado por una mujer que hizo todo lo posible por enseñarme lo poco que sabía, y sobre todo por enseñarme que para ser un hombre de verdad lo primero que debo hacer es comprender a las mujeres. Que lo que algunos llaman caprichos, la mayoría de las veces son necesidades no satisfechas. Pero te pregunto... ¿Por cuánto tiempo me dejarás con la mano extendida y aquí afuera como un mendigo? Ya que sé el motivo de tu malestar, ¿qué tal si me dejas pasar y te ayudo a mejorarlo un poquito?

—¡Ah! Perdón, adelante, pasa. —Alejandro atraviesa la puerta con aire de galán seductor—. ¿Cómo será eso?

—Fácil. No hay nada que no resuelva una compresa de agua caliente, un poco de aceites esenciales y un buen masaje.

Esas fueron las palabras mágicas. Le regalo una sonrisa y él entra a ocupar mi espacio en todo el sentido de la palabra: mi espacio físico y emocional. Le indico que en el armario del baño tengo un botiquín en el que encontrará todo cuanto necesite.

—Excepto los masajes—dijo, y arquea una ceja—. Esos no los venden en ninguna tienda.

Segundos más tarde llega con la bolsa eléctrica para agua caliente, los aceites y una espléndida sonrisa, que pese a mi dolor daba ganas de comérselo a besos.

—Venga por aquí, bella dama, que su médico particular o mejor dicho, curandero, la va a ayudar con sus dolores. Dígame dónde le duele.

Le señalo el vientre y la espalda baja y por un momento lo veo dudar. Espero que no sea por lo que ve: mis ramificaciones de estrías o mis rellenitas nalgas. Como siempre, lee mis pensamientos o intuye mis inseguridades y me pone un dedo en la punta de la nariz.

—No se adelante a los acontecimientos. Solo estoy pensando por dónde debo comenzar primero, pero ya sé. Vamos a trabajar ambas áreas. —Se sienta en la butaca del área de juegos y me indica: — Venga, mi hermosa paciente, acuéstese aquí —, señalando sus magníficas piernas.

Ve mi cara de tribulación y rápido toma una almohadilla y la pone como barrera entre su hermosa anatomía y la mojigata que tiene como paciente. Me da tanto coraje ser tan predecible y que este hombre, sin conocerme, lea mis pensamientos.

—Venga, belleza, ahora estás protegida de cualquier intruso que se pueda emocionar más de la cuenta y alterar tu paz. —Me regala una coqueta sonrisa con sus dientes radiantes y sus carnosos labios, y me hala hacia él. Me acomodo como una niña cuando le van a dar unas nalgadas y el malestar de momento es reemplazado por una inquietud en mi parte íntima.

—No tan rápido, preciosura. Permita que su curandero la guíe en el proceso.

Me levanto la camisilla, baja un poco mis pantalones de dormir y aplica un chorrito de aceite que va bajando por todo mi vientre y hasta un poco más allá; hasta el inicio de mi monte de Venus. Mi sangre se alborota, pero hago todo lo posible por mantener el control, aguantando en mis pulmones todo el aire que fui capaz. Luego, con absoluta delicadeza, gira mi cuerpo lentamente hasta poner mi vientre sobre la almohada, acomodando antes la bolsa de agua. Baja un poco más mis pantalones, hasta la misma abertura donde comienzan mis nalgas, y hace lo mismo: me empapa de aceite. Esta vez sus fuertes manos inician una danza sobre mi espalda baja, llegando hasta el área del coxis, con movimientos de presión, luego circulares y fuertes, luego suaves como plumas.

Si esta es la manera con la que él piensa aliviar mis malestares, estaba perdida. Los dolores van mermando, pero solo para ser sustituidos por otros dolores más desesperantes: el dolor del deseo insatisfecho, de las ganas reprimidas, de mi… Doy un fuerte suspiro, que creo que se escucha a dos kilómetros de distancia, con el último movimiento que hizo José Alejandro sobre los dos hoyuelos de mis nalgas.

—Perdona, princesa, ¿te lastimé?

—No.

—¿Cómo te sientes?, ¿estás mejor?

Respiro profundo buscando encontrar la fuente de mis antiguos dolores y no la encuentro. Hay otra molestia que aumenta con cada momento, en vez de disminuir.

—Realmente me siento mejor. Podría decir que me siento bien. No sé cómo lo lograste, pero siento un gran alivio.

—Te voy a decir lo que pasa, que no es nada mágico ni algo especial que haya hecho, aunque ganas no me faltan.

Lo miro con los ojos fuera de órbita.

—De nuevo me malinterpretas. Ganas no me faltan de ser el mago que alivia tus dolores. Te explico: la mayoría de los dolores premenstruales son producidos por pequeños, y a veces no tan pequeños, coágulos de sangre que se forman y que si no se rompen con ayuda, por ejemplo, de compresas calientes y masajes, continuarán fastidiando hasta que llegue la regla y a veces perduran durante todo el periodo.

—¡Guau! Eres más que un curandero.

—No. Solo soy un hombre curioso. Bella dama, ahora que se siente mejor, debería comer algo. Hace rato siento tus tripas sonar y creo que eso es hambre. ¿Qué deseas?, ¿le cocino algo o salgo y le compro algo de comer?

—Creo que la última opción será mejor, que compres algo para los dos y muchas gracias por su atención y compañía. Lamento haberte dañado la cita.

—No se ha dañado nada. La intención era estar juntos y conocernos un poco. Ambas cosas las estamos logrando.

Además, vi y toqué más de lo que sé me permitiría en una primera cita.

Mi adonis sale a comprar comida, la cual devoramos tirados en el piso de la sala de estar. De verdad tenía un hambre increíble. Vemos un par de películas en Netflix y me río con todas sus historias. Al cabo de unas horas regresan los molestos dolores y recibo otra dosis de masajes cariñosos, y el mismo tratamiento de *pad* caliente y ungüento mentolado. A unos minutos de estar en la misma posición, acostada sobre su regazo, pero esta vez con él sentado en la alfombra, siento que algo se desprende de mis entrañas y baja caliente por mis muslos.

*¡Oh no! ¡Ahora no por favor!*

Llega la señal inequívoca de que la cigüeña no ha parado por mi cuerpo. Me llega la menstruación. Me levanto como un resorte y corro hacia el baño llena de vergüenza. Es la primera vez que tengo un episodio tan íntimo delante de un hombre. Ni siquiera mi exesposo llegó a presenciar algo así en todos nuestros años de matrimonio.

Evoco la memoria de esos días que decía con cierta repulsión que eso era algo de mujeres, y que prefería mantenerse alejado durante esa etapa. Siempre alegó que me ponía insoportable y aunque tenía un poquito de verdad. Luego se convirtió en mi mejor excusa para evitar su intimidad y cercanía. Con esa excusa nos fuimos alejando poco a poco, y llegó el momento en que ya ni preguntaba si me había llegado "la cosa esa". Cada vez llegaba más tarde a la casa y eran pocas las ocasiones en la cual yo estaba despierta; o si lo estaba, fingía no estarlo.

Salgo del baño con ropa limpia y protegida con una toalla sanitaria para evitar accidentes. También llevó paños con desinfectante para limpiar las gotas de sangre que había dejado en el trayecto de mi carrera, pero cuando salgo todo está limpio. Incluso el área de la alfombra que ya no tiene rastros de mi vergüenza. Lo miro, y siento un deseo inmenso de besarlo. Si esto es un ardid para conquistarme o conseguir mi admiración todo en este hombre invitaba a enamorarse: su cuerpo, su sonrisa, sus detalles, su forma de ser... Todo, o casi todo.

—Belleza, me retiro. Necesitas descansar... Espero que duermas mejor, fue un placer compartir esta velada contigo.

Nos despedimos con un casto beso en los labios y yo me quedo con la boca abierta en espera de más. Un "más" que no llega, por lo menos no hoy.

# *Capítulo Ocho*

Los próximos días transcurren sin novedades. Me levanto, asisto a mi trabajo, llamo a los chicos al mediodía, voy al gimnasio al salir de la oficina, regreso a casa, como algo ligero, como un cereal y una fruta, y verifico mi teléfono móvil en espera de algún mensaje de mi adonis curandero. Solo encuentro el mismo mensaje de siempre:

*Deseo que hayas pasado un hermoso día. Que descanses y, si puedes, me sueñas.*

Pienso que lo que vio de mi personalidad y de mi cuerpo lo condujo a pensar que no valía la pena perder el tiempo en una mujer así, y que sus mensajes son más por cortesía que por interés.

Cuando ya decido dejar de lado esa loca fantasía, de tener algo con ese bombón de chocolate, llega el viernes y en una hora poco usual: a las doce del mediodía.

Mientras almuerzo con mi asistente recibo un mensaje de José Alejandro.

*Hola, princesa, espero que estés bien y que ya la tormenta del mar rojo haya abandonado tu hermoso cuerpo. ¿Sería posible que podamos retomar nuestro encuentro para esta noche? Espero que sea un sí. Paso por ti a las ocho.*

Leo el mensaje varias veces con cara de idiota, y una sonrisa en los labios que parece que me la han tatuado.

—¡Wepa! ¿Qué es eso que te ha hecho reír y ponerte nerviosa? —pregunta el metiche de mi asistente.

—Nada. Bueno, sí… Es una amiga invitándome a dar una vuelta esta noche.

—¿Una amiga? ¿Y de cuándo acá te hace tan feliz la invitación de una amiga? A menos que me digas que cambiaste de liga… No, pero no creo. A mí me parece que me estás mintiendo descaradamente, y eso no se le hace a un amigo. Dale, cuenta, cuenta.

—Pues, sí, Miguel… Contigo no se puede. Es el bombón de chocolate que me está invitando a salir.

—Ah, por fin admites que es un bombón.

—Qué digo… es José Alejandro. ¡Mira las cosas que me haces decir con tus loqueras!

—Anda, contesta. Dile que sí, que encantada. Chica, aprovecha la vida. Estás sola, cómete ese bombón completito y luego yo te ayudo con la dieta.

— Dieta es lo que yo le voy a hacer a tu cabeza cuando te dé tres carterazos. Es solo una invitación a una cena y nada más. ¿Qué va a querer un hombre de veintiocho años con una casi cuarentona? Quizás que le provea una lista de contactos, o lo refiera con mis amigas, no sé.

—Ni se te ocurra referirlo a esas arpías del colegio o del club de balompié de tus hijos. Ellas sí no dudarán en devorarlo completamente. Si no te apetece me lo refieres a mí para que todo quede entre amigas.

—Tú no tienes remedio, Miguel. Voy a ir a la cita solo para coger un poco de aire y salir de la rutina.

Contestó el mensaje con un simple sí. Inmediatamente comienzo a pensar en qué ropa ponerme. Hace más de quince años que no tengo una cita y mi armario está repleto de ropa de trabajo. ¿Cómo se viste una mujer de treinta y nueve años para salir con un hombre de veintiocho sin que parezca la mamá, la hermana mayor o una asaltacunas?

—Jefa, se fue en un viaje. ¿En qué piensa?, ¿en cómo se lo comerá o con qué? Yo en su caso me lo comería primero completo y sin pausa y luego me lo volvería a comer poco a poco y con calma.

—No seas grosero… Todos los hombres son iguales.

—Ay, jefa, no hiera mis sentimientos. No estoy pensando como hombre, estoy pensando como un ser hambriento ante un banquete.

Me rio a carcajadas con las ocurrencias del loco que tengo por asistente.

—No. Solo pensaba en la manera de vestirme para salir con un hombre once años menor que yo.

—Eso es fácil, jefa, no salgan, quédense en su casa en traje de Adán y Eva, así le será más fácil comerse al bombón y perderán menos tiempo en vestirse, salir, pensar a dónde irán a terminar la noche y la tradicional pregunta "¿En tu casa o en la mía?". Quédese en su casa y ya, problema resuelto. No tiene que pensar en qué ponerse.

La idea de Miguel no es tan descabellada. La opción de quedarme en la casa en mi zona segura no está del todo mal. Pensándolo bien, aunque no pase nada de lo que dijo ese loco, no tengo que pensar en lo que vaya a pensar la gente si me ve con José Alejandro en algún lugar público, o si me encuentro con algún conocido. Dios, no pensé en esa posibilidad.

Pero, por otro lado, quedarme en mi casa puede darle señales equivocadas a mi Adonis.

¿Dios, qué hago?

Decido que aceptaré la invitación, me pondré algo casual y le pediré ir a un lugar discreto a comer algo.

Llegó a la casa a las seis y cuarto. Suelto todo, y de manera automática me dirijo al baño para darme una ducha revitalizante. Cuando me desnudo y me veo al espejo me doy cuenta de que hace más de un mes no me rasuro. Para ser exacta, desde mi revisión médica anual que fue hace tres semanas.

Me sorprendo al saberme preocupada por algo sobre lo que hace tiempo no le doy mucha importancia. Si rasuraba mis piernas y axilas como un asunto de higiene autoimpuesta, pero mis partes íntimas rara vez las sometía a esa rutina. Con ese sentimiento de sorpresa y confusión entró a la ducha y comencé la tarea de rasurarme, como presagiando, o preparándome para lo que me podía deparar la noche. Algo que es muy poco habitual en mí, o mejor dicho, algo que hace años no entraba dentro de mis posibilidades y mi vida de mujer divorciada, madre de dos pequeños torbellinos y ejecutiva de una empresa; no hay tiempo para más.

Terminó la tarea del baño, estiro un poco el cabello con la plancha y sacó ùn mahón azul que se ciñe a mi cuerpo como si de un guante se tratara. Elijo como acompañantes una camisa blanca con encajes y zapatos de tacón alto también blancos. Me echo perfume y un poco de maquillaje y listo. Me veo al espejo: no es la mejor versión de mí, ni mucho menos veo en el reflejo a una mujer despampanante o sensual, capaz de despertar el deseo en un joven de veintiocho años, pero me veo tal cual soy: sin disfraces ni artificios.

De esos pensamientos me saca el sonido del timbre de la puerta. Olvidé que José Alejandro tiene un control y puede abrir la puerta de la entrada principal a la urbanización sin anunciarse. Esto me sobresalta y a la vez me da un grado de tranquilidad, pues no tiene que anunciarse ni registrarse con el personal de seguridad cada vez que entre. Por alguna razón, me encuentro deseando que sean muchas las veces que llegue de esta manera, tocando a mi puerta para acelerar mi corazón y activar mis sentidos como lo está haciendo ahora.

# Capítulo Nueve

Salgo a su encuentro y no sé quién se sorprende más. Estamos vestidos prácticamente igual, con la diferencia de que el pantalón mahón de mi galán y la camiseta blanca esculpen cada uno de sus músculos sin dejar nada a la imaginación, desde sus bíceps, tríceps, lo torneado de sus muslos, la aureola de sus tetillas hasta la protuberancia de su entrepierna se pueden apreciar con esa ropa. Este hombre destila sensualidad y sexualidad por dondequiera; debe ser ilegal salir a la calle con ese cuerpo y esa vestimenta. Lo otro que hace la diferencia son sus zapatos mocasines color marrón.

Como en la primera cita no consumada, trae un ramo de rosas rojas en una mano y una botella de vino tinto en la otra.

—Buenas noches, señora. Esta vez sí estamos listos, y hasta nos vestimos iguales. Flores para una princesa y una botella de vino por si se extiende la noche. —Me da un beso en la mejilla, casi en la comisura de la boca, y yo de manera instintiva abro la boca y me quedo con ella abierta esperando ese tan anhelado encuentro de nuestras bocas.

—¿Nos vamos, hermosura?

—Claro que sí, vamos.

Nos vamos en su vieja pero inmaculada camioneta de trabajo. Mi galán me abre la puerta y por aparente accidente al momento de ayudarme a subir al vehículo, que es más alto que mi todoterreno, me agarra una nalga. Siento un flechazo en la parte más baja de mi vientre. Aprieto fuerte y me doy la instrucción precisa de controlarme.

Después de unas cuantas vueltas y un par de chistes inocentes llegamos a una estación de gasolina. De momento pienso que nos detenemos para echar combustible y me quedo en el asiento del pasajero hasta que lo veo llegar a mi lado.

—Vamos, princesa, dame la mano para ayudarte a bajar, llegamos.

Y sí habíamos llegado.

Dentro de la estación de gasolina, de una manera muy discreta, hay una pequeña pizzería al estilo italiano donde nos comimos, a mi juicio, la pizza más rica del mundo. La acompañamos con una jarra de cerveza artesanal, y al compás de un *jazz* suave pasamos una velada extraordinaria.

Después de tres cervezas mis inhibiciones se van a pasear y mi lengua regresa para también comenzar a contar chistes. Hablamos de la famosa tanga y cómo al levantarme mojada, después del intenso sueño erótico que tuve con un Adonis de piel de ébano, labios de uva cabernet madura y dientes de perla, se me ocurrió la maravillosa idea de dejarle aquel detalle para que se diera cuenta de lo que estaba provocando en mí.

Del bolsillo de la cartera mariconera, que lleva a juego con sus zapatos, saca la prenda del deseo y la discordia y la pone sobre la mesa.

—Este es el mejor y más erótico regalo que he recibido, y ahora espero que esos sueños que tuviste con ese príncipe, este mortal lo pueda hacer realidad.

Pasa la tanga por su nariz y se limpia la boca con ella.

—Aún conserva tu olor y sigue volviéndome loco como aquel primer día.

Hago un intento de quitársela, medio en broma y medio en serio, y lo único que logro es que atrape mis manos y me de el beso más caliente que he recibido jamás. Por unos segundos sus labios se comen mi boca y su lengua realiza acrobacias eróticas allí dentro. De momento me quedo paralizada, pero luego me uno a la locura y participo en esa danza erótica de nuestras lenguas. Le como la boca con frenesí tratando de saciar todas esas ganas reprimidas por tanto tiempo. Nos damos cuenta de que es mucha exposición para un lugar público y nos separamos sin muchas ganas, pero sin dejar de coquetear; nos tocamos con nuestras manos, y con los pies por debajo de la mesa, y succionamos nuestros dedos de manera erótica y ruidosa.

La temperatura ha subido tanto que ambos decimos a la vez:

—¡Vámonos de aquí!

Luego de esto se da el presagio de mi asistente Miguel, y ambos decimos a la vez:

—¿En tu casa o en la mía?

Ya la suerte está echada, no hay que añadir palabras porque sabemos de lo que estamos hablando. Los dos estamos claros en que lo que necesitamos es calmar nuestra calentura y que el lugar es lo de menos. Por primera vez tomo la iniciativa y le digo que en mi casa.

José Alejandro pide la cuenta y salimos a toda prisa, comiéndonos a besos y toqueteándonos sin inhibición alguna por todo el camino, que a mí me parece una eternidad. Al llegar a mi casa ya parte del trabajo de desvestirnos está hecho. Mi camisa y pantalones están abiertos, igual que los de él. Mi sostén está desabotonado, producto del juego sexual que experimentamos todo el trayecto.

Al llegar a la casa, apenas abro la puerta nos caemos literalmente uno encima del otro. Tirados en la alfombra continuamos besándonos y acariciándonos. Todo está de maravillas hasta que me veo completamente desnuda.

Toda la euforia y el deseo que sentía desaparecieron de golpe; llegan a mi mente todos mis viejos complejos de mujer de hielo, frígida, las palabras hirientes que me decía Isaac sobre las cicatrices en mi cuerpo, mis senos poco turgentes, mis anchas caderas y abultadas nalgas, y más que nada, la incapacidad de sentir y dar placer. Se me hace un nudo en la garganta y mis ojos se llenan de lágrimas, seguido de un sentimiento de angustia y terror. No puedo hacer esto, no debo abrirme de esta manera. Me ha costado mucho recoger los trozos de la muñeca rota que era para construir esta nueva mujer y no puedo tirarlo toda a la basura por un revolcón de una noche.

José Alejandro percibe mi cambio de estado de ánimo. De una mujer juguetona y excitada ha regresado la mujer acomplejada y temerosa. Deja de lado el juego amoroso y solo me abraza y acaricia mi cabello por largo tiempo.

—Cálmate, princesa. ¿Qué hice o qué dije para que cambiaras de ánimo tan repentinamente? Perdona si con algo te ofendí.

Continúa sosteniéndose con ese abrazo de oso que tanto bien le hace a mi alma rota.

—Mírame a la cara, Adriana, por favor. ¿Dime qué pasó? ¿Qué te hice?

—Tú nada. No has hecho nada —digo entre sollozos—. Es solo que no soy esa mujer que crees que soy.

—¿Y qué mujer crees que yo pienso que eres?

Esto parecía un trabalenguas.

—Una mujer sensual, atrevida, atractiva... Y no soy ninguna de esas cosas.

—¿Y quién dice eso? No es lo que yo he visto todos estos días, lo que he palpado en el ambiente, ni mucho menos lo que he sentido esta noche. ¿Cómo quieres que te demuestre que para mí eres la mujer más hermosa, sensual y deseable del mundo? Todo en ti me encanta princesa, déjame verte y adorar cada poro de tu piel y de tu corazón... Para mí eres perfecta tal como estás.

En un acto reflejo vuelvo a cubrir con mis manos mis senos, mis cicatrices de la cesárea de mis embarazos y las estrías.

—Ven aquí, no tienes nada de qué avergonzarte. Esas marcas son el recuerdo de que este cuerpo dio vida, son las huellas del amor hacia tus hijos y no te pueden producir vergüenza.

Seguimos hablando por un rato mientras mi ángel que me había caído de alguna otra galaxia continúa acariciando cada una de mis fisuras, de mis imperfecciones, y con ello también va acariciando mi alma y desatando todas las cadenas de años de maltrato emocional, de años de miseria, de castración sexual.

Sin darme cuenta estamos nuevamente sobre la alfombra de la sala y mi Dios de ébano devora mi boca sin darme casi oportunidad de respirar. Sus manos están en todas partes a la vez; en mis senos, mi espalda, mis nalgas, mis orejas. Abandona poco a poco mi boca para pasar a dejar un reguero de besos por mi cuello, mis orejas, mi frente y mi garganta. Desciende hasta mis senos los besa tiernamente pero no se detiene en ellos el tiempo que mis ansias anhelan; apenas los roza y yo me siento en la gloria.

Continúa su camino descendente de besos por mi estómago, mi barriga; se detiene largo tiempo en esta área besando y lamiendo mis fisuras, otro tiempo más entrando y saliendo de mi ombligo con su lengua. En esos momentos de la situación todas mis barreras están en el suelo; solo puedo sentir sus caricias llevándome al cielo. Mientras sus manos siguen masajeando los botones de mis hinchados senos, su boca sigue jugando en mi vientre y entre mi ombligo. De manera inconsciente comienzo a mover mis caderas hacia arriba en busca de más; en busca de la liberación total de mis ansias. Él lee mi necesidad y abandona el área. Cuando ya mi ser alberga la esperanza de que se mueva al centro de mi desasosiego sube hasta mis senos y los devora uno a uno con hambre infinita. Mi desesperación aumenta a niveles inimaginables. Jamás pensé que besar y succionar mis pezones me produciría tanto placer; estuve a punto de desfallecer. Y si desfallezco, cuando abro los ojos para salir de mi supuesto trance y lo observo abrir mis piernas con la quijada y entrar la cabeza para luego hacer todo tipo de acrobacias por mis labios vaginales y con mi clítoris. Mientras hace eso con sus carnosos labios y su lengua traviesa, dos de sus dedos penetran mi agonizante vagina y me llevan a otra dimensión desconocida. A los pocos minutos mi cuerpo se encorva, mis piernas se agarrotan, siento una corriente eléctrica subir desde mi espalda hasta la parte alta del cuello y ahora sí caigo en un trance que me conduce hacia el nirvana, un universo paralelo donde no hay gravedad y mi cuerpo y alma flotan.

Por primera vez conozco esa experiencia religiosa de la que hablan tantas mujeres y que yo creí incapaz de sentir. Sin mediar palabras mi Dios del sexo me toma en sus brazos como una muñeca de trapo y me acuesta en la cama. Abro los ojos y veo su mirada brillosa. Bajo la cabeza hacia su entrepierna y vi su enorme pene erecto. Aquello era de proporciones inimaginables. Me entra un poco de pánico, pero a la vez me da pena. Soy egoísta, solo pensado en mi propio placer y ni siquiera he hecho el intento de tocar a mi amante, de aliviar sus necesidades. Y ahí está de nuevo: el miedo paralizando. ¿Acaso seré capaz de satisfacer las necesidades de un ejemplar de hombre como este? ¿Seré capaz de acoger dentro de mí aquella espada incandescente que está frente a mí? Quise decir tantas cosas y solo pude pronunciar las de siempre.

—Perdón.

—¿Perdón?

—Sí, no fue mi intención dejar a un lado tus deseos. Fui una egoísta y lamento mucho que te hayas quedado en ese estado. —Me atrevo a señalar su erecto y engrosado pene.

—Hermosura, ¿y quién dijo que me voy a quedar así? ¿Quién te dijo que el juego terminó? Esto apenas comienza.

Y con una risa pícara vuelve a comerse mi boca, mis senos y a hacer un recorrido desde mis senos hasta llegar a mi húmedo sexo. Lame cada área como la vez anterior y cuando está a punto de llevarme hasta el paraíso nuevamente se acomoda sobre mí y, apoyando sus brazos en la cama para no aplastarme con su musculoso cuerpo, abre con sus manos mis pliegues, asoma el glande de su pene a la entrada de mi vagina.

Siento como algo con una textura extraña se abre paso en mis entrañas. Supe entonces que se puso un preservativo y no me di cuenta de cómo. Es bueno que tenga el juicio suficiente para tomar previsiones, pues a mí ni se me pasó por la cabeza que debía actuar de manera responsable y protegernos.

Lo siento abrirse camino poco a poco, y mientras más se hunde, más se pierden mis pensamientos. Me dejo envolver nuevamente en una vorágine de placer mayor a la anterior. Cuando no creo que sea posible sentir más placer él se va moviendo de manera circular, de arriba hacia abajo y de abajo hacia arriba, dándome pequeñas y profundas estocadas. En mi desesperación levanto las piernas y doy un abrazo de oso invitándolo a llegar más adentro, a darme más. Le suplico en un susurro que me de más, que apresurara la marcha. Mi Adonis me complace y acelera sus movimientos. Entra más y más profundo dentro de mí. Siento toda su extensión llegar hasta el final de mi interior. Hago un alarido de placer; unos espamos y unos escalofríos más intensos que los anteriores recorren mi cuerpo. Me dejo ir hacia el infinito, pero esta vez el viaje es más largo. Siento la verdadera muerte chiquita de la que hablan los franceses mientras una lava caliente sale de mi vagina. En una última embestida mi amante también da su grito de guerra, pero antes de dejarse caer baja hasta mi aún palpitante intimidad y absorbe y lame el líquido tibio que sale de mi vagina y que ya recorre mis muslos. La sensación de sentir de nuevo su lengua sobre mi ahora supersensible sexo es exquisita, íntima y acogedora.

Minutos más tarde despierto a la realidad con un único pensamiento.

*¡Oh, Dios, me he orinado, que vergüenza, me quiero morir!*

Uhhhh, pero el placer, el regocijo… la sensación es tan divina. Es inaguantable, no puedo ni pensar y mucho menos hablar con coherencia. Me tengo que disculpar. ¿Cómo lo hago? Dios, por dónde empiezo.

Y escucho esa vocecita interna que siempre me tortura. Por el principio idiota.

*Solo dile que fue genial, que tenías la vejiga llena y no lo pudiste controlar. No, va a pensar que soy una vieja sin control que se orina encima. No, mejor me hago la loca y como que no sé nada de lo que pasa. Puede que no se haya dado cuenta. ¡Sí, claro!... Si mojaste todas las sábanas y hasta tú sentías como bajaba los chorros calientes. Ahh, y lo peor de todo, su cara, esa cara de satisfacción, de triunfo, de lujuria y su lengua... Oh Dios, su lengua, recorriendo toda mi pierna, primero una y luego la otra, o las dos a la vez, no sé.*

Siento que mi Adonis tiene un afán casi obsesivo por romper mis esquemas, o será mi falta de experiencia en estos asuntos. Es difícil creer que a mi edad, casada por más de diez años y con dos hijos, recién estoy estrenando mi sexualidad. Es un descubrimiento nuevo que me gusta, pero me asusta a la vez. En una sola noche se ha caído un velo de toda una vida. No puedo descifrar esto que acabo de vivir. No logro encajonar a José Alejandro en ningún concepto que haya tenido antes de un hombre. En la intimidad no sé ni por dónde comienza, si es que comienza; tampoco sé cuándo termina o si es que está por comenzar. Esto me desquicia. Como ahora, pensé que había acabado, pero no, era solo el comienzo. Un comienzo donde perdí no solo el control de mi cabeza sino también de mi cuerpo, de mis esfínteres.

Por eso me tengo que excusar. No le tengo nombre a esta reacción de mi cuerpo. Aquí va mi excusa. *"Lo siento, de verdad no entiendo qué me pasó, estoy muy apenada contigo. Esto no me había pasado antes, te lo juro. Es la primera vez. Puede que sean los nervios, hace tanto tiempo que no estaba con alguien en la intimidad... Es posible que sea la falta de práctica".*

Se me hace un nudo en la garganta, en el estómago y más abajo. No me salen las palabras.

*Acabo de orinar en la cara del primer hombre que me hace el amor mirándome como si yo fuera un manjar de los dioses, como si fuera lo más hermoso que ha visto en el planeta. No puede ser. Es que, para tener mala suerte solo hay que llamarse Adriana. ¡Carajo!*

Y ahí está él con sus ojos color azabache y su piel de ébano mirándome como el lobo feroz que se comió a la Caperucita.

—¿Qué te pasa, mi vida? ¿Hice algo que te molestara?

*"No, belleza, solo me subiste al cielo y me dejaste caer junto con un aguacero"*

— Perdón, claro que no hiciste nada malo, por el contrario, todo lo haces estupendo, tú y tu boca. Lo siento, solo quise decir que todo está bien contigo, soy yo la que está mal.

—¿Qué te pasa? Pensé que la estábamos pasando súper.

—Bueno, sí.

—¿Entonces?

—Es que yo...

*No por Dios, no comiences a llorar como una niña idiota.*

—¡Por Dios no me desesperes! —Me levanta la cara para ver mis ojos llorosos y mi expresión de vergüenza y dice—: ¿Qué te hice para que te pongas así?

Santo, cómo le explico que no es él, que soy yo.

—Perdóname, José Alejandro, pero no pasa nada contigo. Ya te dije que eres divino. ¿Oh, no te dije?

Bueno si no te lo dije, lo hago ahora, todo contigo es extraordinario.

*Carajo ya no se ni que decir.*

—Y entonces, ¿qué pasa, princesa? No me digas que estás arrepentida.

—¡No, jamás!

—Pues dime qué caramba pasa.

No puedo controlar el llanto. Y en el gesto más tierno seca mis lágrimas con su dedo pulgar y se lleva cada una de ellas a la boca. Al igual que como hizo con mi orín las absorbe con deleite, vuelve y hace lo mismo una y otra vez. Ese ruidito como si sorbiera o succionara espaguetis que tanto me encanta y me excita. Pero no puedo parar de llorar y temblar. Me acuesta en su regazo y roza mi espalda, se tensan cada uno de mis músculos pero al instante se relajan con el roce de esas manos, de esos dedos recios y suaves a la vez, todo en él es mágico. Sus manos son rústicas por el esfuerzo del trabajo duro, pero sus toques son tiernos por la pasión que pone en ellos.

¡Uhh! Siento sus caricias suaves como el roce de la ceda. Mi cuerpo comienza a relajarse y de nuevo afloran los recuerdos de ese momento idílico. Rememoro cada toque, cada caricia, hasta llegar al momento del maldito accidente biológico.

Me invade un placer inmenso, quiero que siga rozando mi espalda, mi cráneo, mi cuello… que baje a mi cintura, a mis nalgas, que se pierda dentro de mí. Que me robe el sentido. Que no pare nunca. Mi piel se eriza, el corazón se me quiere salir del pecho.

¡Oh por Dios! ¿Me estará dando un infarto?

No, es muy bueno para ser eso.

Siento esa sensación entre mis piernas, como si quisiera orinar, pero es diferente, es como un dolor que no es dolor, una agonía, una desesperación. Que siga, que no pare.

¡Sí!, llegó a mis nalgas.

"*Que baje sus manos, esas manos ásperas y tan tiernas a la vez. Que sus callosidades rocen mi piel, que sus manos sus dedos descienda, siga bajando, que no se detenga*".

Levanto mis nalgas en una invitación abierta y descarada para que llegue a mi intimidad, esa intimidad que está palpitando anhelando recibir su roce.

Pero de nuevo está ahí esa maldita vocecita.

*Para, recuerda que tienes un problema. Habla con él, explícale, no sea que lo dañes por segunda vez en la noche.*

Respiro profundo y le hago caso a la maldita voz.

—Por favor, para, tenemos que hablar.

—Amor, ¿tiene que ser ahora mismo? —me dice él con toda la calma del mundo—. ¿No podemos hablar hasta más tarde? Por favor.

—*Sí, me encantaría que sigas tocándome así, que me roces con esos dedos ásperos y tiernos, pero… no.* —Suspiro—. Tenemos que hablar ahora.

Él, sin apenas respirar, sin mover ni un músculo de su cara, me acomoda el pelo me sienta en el sofá y me dice:

—Hablemos, Adriana. O mejor dicho, habla. ¿Qué es eso tan urgente que tienes que decirme y que no puedes esperar por lo menos una hora?

—Es que no sé cómo empezar.

*Por el principio, idiota, otra vez.*

—¿Otra vez qué? —me pregunta, y me muero por ver su cara, por saber su reacción, pero no puedo abrir los ojos y afrontarlo, no puedo.

—No, nada, solo pensaba en voz alta.

—Pues dime, soy todo oídos.

—Mira, esto es bien difícil para mí, pero tenemos que hablarlo antes de continuar.

—Pues dime, te escucho.

—Mira, José Alejandro, lo que sucede es que te quiero pedir disculpas por lo que pasó hace un rato. Nunca me había pasado algo así. Perdóname, de verdad, tendré que ir al médico y consultarle esto que me acaba de suceder. Aunque fui hace dos semanas y me hice todos los exámenes de rigor y el médico dijo que todo estaba bien. Pero no sé qué me pasó. —Suspiro profundamente e intento continuar.

—¿Pero, de qué hablas, mujer?

—Por Dios, no me la pongas más difícil haciéndote como que no sabes. Hablo de que me oriné en tu cara hace un rato mientras me hacías el... sexo oral.

—¡Adriana! ¿De qué hablas? Por favor, no me digas que no sabes lo que pasó. ¿Qué es eso de que te orinaste? ¡Tienes dos hijos, por Dios!

—Sí, y también edad suficiente, estoy consciente de eso, pero no soy tan idiota para saber que esto puede pasar cuando entramos en edad. Pero creo que es demasiado pronto, solo tengo 39 años.

—No, no, para, para, creo que vamos por caminos distintos. No hablo de que estés vieja ni nada de eso que estás pensando. Hablo de que no es posible que habiendo estado casada y con dos hijos nunca hayas tenido un orgasmo. Eso no cabe en mi cabeza, no lo puedo entender. ¡Santo Padre! ¿Con qué imbécil estabas casada? Lo que acabamos de disfrutar, ¿porque lo disfrutaste, no? No es nada malo, ni pecaminoso, ni asqueroso y mucho menos anormal. Es solo una expresión de amor de intimidad y para tu información no te orinaste, tuviste un orgasmo y eyaculaste. Eso es todo.

—¿Eso es todo? ¡Qué fácil para ti! En primer lugar, las mujeres no eyaculan, en segundo lugar, yo no tengo orgasmos. Soy una mujer…

—¿Una mujer cómo, Adriana?

Comienzo a llorar de nuevo esta vez sin control. Llega a mi mente de nuevo esa voz, pero ahora con otro matiz, otro tono más agudo, más burlón.

*¡Eres una mujer fría, frígida, un témpano de hielo! Hacer el amor contigo es como penetrar a una muerta: ¡fría por dentro y por fuera, no sientes nada! Pero como están las cosas caras, cualquier puta te cobra cien dólares y con esta pendejada del sida… Mejor me congeló contigo a que se me pudra por meterlo en cualquier roto por ahí.*

Pero en mi trance escucho otra voz conocida, pero con un tono tierno y de angustia que me *grita*

—¡Adriana, amor! ¿Amor, princesa, qué te pasa? Reacciona. Por amor de Dios. ¿Qué hice o dije para que te pusieras así, quieres que me vaya? Me voy ahora mismo, si eso te hace bien.

—No, por favor, no me dejes, no te vayas. Solo hazme el amor como si fuera la primera vez, con ternura y pasión. Soy una mujer adulta con dos hijos, perdón, pero soy una virgen niña en tus brazos, ámame, por favor. Construye un nuevo universo para mí.

Así es. Esa noche hacemos el amor tantas veces que no recuerdo. Unas veces con ternura, otras con pasión, con delirio y con locura. Cuando creo que ya no me quedan más fuerzas, y que ya no hay otras maneras o formas o posiciones que no sepa, él inventa otra nueva para mí, o la ponía en práctica, cosa que no sé ni me importa. Solo sé que estoy viva, que siento, que respiro, que vibro cuando esas manos mágicas me tocan, cuando ese cuerpo duro como mármol, pero caliente como el fuego me roza y me lleva a la locura.

# Capítulo Diez

Es sábado y me despierto con una sensación de plenitud extraña; liviana como una pluma, pero a la vez cansada y agotada. Miro el reloj de la radio en mi mesa de noche. Oh, por Dios, no lo puedo creer, son las once y treinta de la mañana. Estoy desubicada. Quiero salir corriendo de la cama a llamar a los niños para llevarlos a sus juegos de balompié de fin de semana, pero me enredo en las sábanas. Siento un ardor extraño en otras partes del cuerpo, y en ese momento se juntan todas las imágenes de la noche anterior. Soy consciente del olor a hombre en mi cama, del olor a sexo que tiene mi cuerpo, de lo plena y rebosante de sensualidad que me sentía. Aún más sorprendida aún de que mi cuerpo, a pesar de haber tenido las atenciones que nunca tuvo durante estos años, quiere, pide y exige más. También soy consciente del vacío que hay en mi cama y del hielo y el terror que se apodera de mi corazón. Me entregué en cuerpo y alma en una noche de locura a un hombre casi desconocido, le abrí las puertas de mi casa sin tomar ninguna precaución. ¿Y si es sádico, un psicópata o un asesino? ¡Estoy loca, estoy loca, estoy loca, no soy una perfecta idiota!

De nuevo esa voz que me atormenta.

*"Le diste la oportunidad, se desahogó, te usó y te dejó tirada como una basura. Y tanto que lees las secciones de Cosmopolitan... De qué te sirve si no haces caso y al primer estúpido que se te acerca le abres las piernas".*

¿Y ahora qué?

*"A llorar para maternidad, nadie te manda a ser idiota".*

Me pongo a pensar en lo que dijo la psicóloga en aquel artículo de los viernes. "Anoche salimos, ¿porque no llama?". Es que lo leí tantas veces para que no me pasara lo mismo y a la primera caigo como lo que soy: una imbécil sin remedio.

No me quiero levantar de la cama, no quiero enfrentar la realidad. Mejor quedarme aquí y que me encuentren muerta de hambre. Pero una cosa es el hambre y otra cosa son los deseos de ir al baño, eso no espera ni por tristeza, ni por depresión.

*Adriana, sacúdete el culo y párate a orinar para que la pena no sea mayor.*

Y al pensar en orinar recordé la primera escena.

¡Oh Dios! Le oriné o le eyaculé en la cara. No sé... luego entraré y consultaré sobre la eyaculación femenina al que todo lo sabe: Google.

Pero ahora al baño.

*Muévete, mujer.*

Y es ahí donde me di cuenta de que la cama no está tan vacía como pensé. Al lado de la almohada hay una nota, o más bien una carta escrita con una bonita caligrafía, pero plagada de errores ortográficos, el primer error era mi nombre.

*Ariana, princesa me hubiera encantado despertar mirando tus ojos color café, pero temí a tu reacción cuando me vieras en tu cama, por lo tanto, quise dejarte un espacio para que pienses y me digas lo que quieres hacer. Para mí fue una noche inolvidable, el sueño de un miserable que toca la lámpara mágica de Aladino y le conceden un deseo, tu eres ese deseo, ese sueño que se me hizo realidad. Un sapo que besa la princesa pero que no por eso se convirtió en príncipe. Yo haré lo que tú quieras, aunque lo que yo quiero es tener mil y una noches como esta noche que acabamos de vivir. Te deje café hecho que sé que es tu fuente de energía y renovación, espero que esté a tu gusto. ¡Ah! y si sientes alguna anomalía o molestia en ciertas partes de tu cuerpo que te sirva de consuelo que yo estoy adolorido en varias partes, sobre todo en el alma por tener que dejarte esta mañana. Tengo que irme sin probar un beso de esos tentadores labios tuyo. Para tu información también estoy fuera de práctica, hacía tiempo que no tenía un maratón de sexo y menos con una mujer tan apasionada y exquisita.*

*Tuyo, José Alejandro.*

¡Apasionada! ¿Yo?

Estoy perdida. Creo que habla de otra mujer, o anoche me visitó un extraterrestre y me cambió el cerebro y creo que el cuerpo también. Sin embargo, la imagen en el espejo del armario dice otra cosa. Tengo una cara de mujer satisfecha que desconocía, el pelo revuelto como cuando pasa una tormenta tropical y embate contra las palmas del Caribe, y a pesar del susto inicial…

Suspiro, y regresa esa sonrisa de idiota que hace tiempo no veía.

¿O será de felicidad?

Bueno, es una sonrisa que, para ser exacta, perdí después de los primeros tres meses de matrimonio. Cuando se cayó el velo de seda y salió a relucir el verdadero hombre con el cual me casé. Un déspota, egocéntrico y pésimo amante. A decir verdad, a este pésimo amante solo se me ocurre pensarlo ahora, pues hasta hace unas horas ese adjetivo solo me pertenecía a mí; era mi sello de identidad, mi marca de fábrica. Un estigma que me ha perseguido por los últimos diez años.

Llego al cuarto de baño casi a rastras, pues entre el letargo de haber dormido demasiado y los estragos de la noche de lujuria apenas me quedan fuerzas. Abro la puerta del baño y me encuentro otra nota, esta es un poco más explícita que la anterior.

*Princesa, vas a necesitar destapar varios de estos potes que tienes en el baño, te recomiendo un rico baño con agua caliente, sales y aceites aromáticos, ese de eucalipto es ideal para los dolores musculares.*

Dibujó una carita sonriente y sonrojada.

*Cuando pases la esponja rosada por tu hermoso cuerpo, piensa en mí. Piensa que son mis manos y no las tuyas que acarician cada rincón de tu cuerpo, cada poro, cada fibra, cada célula y si te sobra tiempo y te atreves tócate como yo te tocaría, suave y delicado al principio y fuerte e intenso al final. Llega al paraíso sin mí, aunque me muera de celos y de envidia por que sean otras manos las que te den el placer que yo me muero por darte. No temas, sé que hay unas partes de ti que aún están sensibles, pero ese es el momento perfecto para continuar despertando esa diosa apasionada que vive dentro de ti. Disfruta de este sábado maravilloso, mientras regreso a la vida de los simples mortales y trabajo bajo este candente sol. Cada gota de sudor es un suspiro por ti y por algún día poder alcanzar la dicha de que seas mía como yo ya soy tuyo. ¡Ah!, lo olvidaba, antes tomate la tasa de café para que recuperes fuerzas y disfrutes de la experiencia de redescubrir a esa fierecilla que tenías escondida. Uhhh, que pena que no sean mis manos y mi lengua quienes recorran tus deliciosos rincones...*

*José Alejandro.*

Si su plan es volverme loca, lo está logrando. Termino de envolverme en las sábanas como un pastel, y arrastrando una gran cola llego a la cocina, me sirvo una gran taza de café con crema y canela y me dedico a contemplar la espuma oscurecida. Es que todo me lo recuerda a él, hasta el color del café negro. Es como ver una porción de su piel. El café está justo como me gusta: fuerte e intenso. Su olor y su sabor penetran hasta lo más profundo de mi ser y me dejan ese sabor exquisito en la boca a puro vigor.

*¡Dios, pero si solo estoy tomando una taza de café y siento como si en vez del café fuera su sangre... su miembro traspasando y calentando mi cuerpo, despertando cada poro de mi piel, justo como él predijo!*

*¿Será un brujo que adivina hasta lo que voy a sentir? No, esa es la experiencia que tiene con las mujeres. Sabrá Dios a*

*cuánto asciende la lista de conquistas; quizás yo soy solo un borrón en su cuaderno.*

Sacudo la cabeza y con ella los malos pensamientos. Sea lo que sea, y aunque no se repita, esta es la mejor noche de mi vida y no la pienso echar a perder por mis inseguridades y temores. Que se joda el mundo. Este día es solo mío y voy a disfrutarlo como si no hubiera mañana.

Con el resto del café y arrastrando la sábana me dirijo al refrigerador, me sirvo un cuenco con frutas, tomo una botella de agua mineral y regreso al punto de partida: mi habitación, o para ser más específica, al cuarto de baño. Pongo a llenar la bañera con agua caliente, agrego sales y aceites. Enciendo la radio y pongo un disco compacto de Ricardo Montaner. Mientras la bañera se llena me animo a buscar en una de mis gavetas un regalo que me gané hace unos años en una despedida de soltera. Fue una actividad a la que me negaba a asistir, pero como era para una de las asistentes ejecutivas que se casaba sería de mal gusto no ir. No tenía idea de lo que había en la cajita mona. Solo me habían dicho que me había ganado un novio de baterías y por unos días fui la comidilla de la oficina, y de ahí, asunto olvidado.

Nunca pensé que me atrevería siquiera a mirarlo y hoy, como dijo José Alejandro, saco a pasear a la fiera que hay en mí.

*Es posible que el amiguito Tomy no funcione después de tanto tiempo, pero lo voy a intentar. ¡Santo! ¿Y si me electrocuto y me encuentran muerta en la bañera con esa cosa en la mano?*

*No, mejor me dejo de estupideces, me como mis frutas y escucho mi música por un rato.*

Los planetas se conjugaron y en ese momento le toca el turno a mi canción favorita de Montaner.

*En la cima del cielo*

*Dame una caricia, dame el corazón, dame un beso intenso en la habitación. Dame una mirada dame una obsesión, dame la certeza de este nuevo amor. Dame poco a poco tu serenidad dame con un grito la felicidad.*

*De llevarte a la cima del cielo donde existe un silencio total donde el viento te roza la cara y yo rozo tu cuerpo al final. Y llevarte a la cima del cielo donde el cuento no pueda acabar donde emerge sublime el deseo y la gloria se puede alcanzar.*

*Dame un tiempo nuevo, dame oscuridad, dame tu poesía a medio terminar. Dame un día a día, dame tu calor, dame un beso ahora en el callejón. Dame una sonrisa, dame seriedad, dame si es posible la posibilidad. De llevarte a la cima del cielo...*

Cierro los ojos y puedo sentir su aliento, puedo sentir sus manos, su cuerpo, su piel caliente, su miembro abriéndose espacio entre mis pliegues. Con calma, pero sin pausa he decidido llegar donde tenga que llegar, y *llevarme a la cima de cielo, donde existe un silencio total.*

Siento que ardo en deseos. Derramo la botella de agua fría por mi cara, mi cuello, el medio de mis senos, por mis pezones que se levantan en son de guerra. Pero nada de esto me calma. Miro al espejo del baño y vuelvo a ver a una mujer que no conozco. Esta vez no siento vergüenza de lo que veo; siento felicidad y sonrío a esa nueva Adriana: pícara, ardiente y cómplice de esta nueva aventura.

En un arranque de valor abro la caja del famoso regalo, de mi novio de baterías, novio que dejé abandonado por varios años. Descubro que es un hermoso y delicado dildo rosado, con un conejito casi en la punta, que se puede usar con o sin control remoto. Y lo más maravilloso de todo, dice "A prueba de agua".

*O sea, que no voy a morir en este primer encuentro con mi amado de goma.*

*¡Eso es! Uy, bueno para ser cierto. ¿En qué mundo he vivido? Por todos estos años solo he leído libros de comercio, economía y finanzas internacionales y uno que otro manual de cómo criar a niños varones sin la ayuda de papá. Es que la gente de mercadeo piensa en todo… mira a prueba de agua y con doble control.*

Decidida entro a la bañera con mi nuevo amor. Lo saco de la bolsa plástica, pero por más que aprieto los botones del control integrado y del remoto no pasa nada. ¿Será que se habrá dañado por el abandono? No puede ser.

Me decido a disfrutar del baño caliente, añado espuma y me sumerjo hasta la barbilla en esa rica agua caliente. Siento como algunos granos de sal aún no derretidos se entierran en mis nalgas, pero nada es más importante que esta sensación de placer intenso, de levitar al compás de la música. Comienzo a pasar la esponja por mi cuerpo super sensibilizado y siento cómo resbala gracias a los aceites esenciales. Y entre el toque de mis dedos, la esponja y el chorro caliente de la bañera sea hace la luz.

¡Baterías! ¡El juguete necesita baterías para funcionar! ¡Oh, qué estúpida!

Ya estoy empapada y resbalosa. No sé qué hacer, pero quiero estrenar a mi novio. Pienso en dónde puedo encontrar baterías cerca.

Eso es: el control del televisor.

Salgo en cuclillas de la bañera; estoy sola en casa, así que no sé por qué… será para añadir un poco de misterio al asunto. Me seco un poquito, me envuelvo en la toalla y voy a la habitación por las baterías del control remoto. Tengo que darle vida a mi novio.

Con mi chico en mano y ya funcionando regreso a la bañera, cierro el grifo del agua y me sumerjo de nuevo en la rica espuma. Suspiro y retomo mi encuentro amoroso donde lo dejé.

Comienzo a cantar a todo pulmón la nueva melodía que suena en mi radio esta vez, es la voz sensual de Ricardo Montaner con la canción "Bésame":

*Bésame la boca, con tu lágrima de risa, bésame la luna y tapa el sol con el pulgar, bésame el espacio entre mi cuerpo y tu silueta y al mar más profundo besare con tu humedad.*

*Bésame el susurro que me hiciste en el oído, besa el recorrido de mis manos a tu altar, con agua bendita de tu fuente bésame toda la frente, que me bautiza y me bendice, esa manera de besar.*

Es como si el universo conspirara y todo se conjugara para sacarme del letargo emocional y la abstinencia sexual en la que he vivido o subsistido todos estos años. Envuelta en esa melodía dejo volar mi imaginación y veo, siento, respiro el olor de José Alejandro, mientras con mi novio rosado me hago el amor. Sus vibraciones recorren mis entrañas, mis partes más sensibles son estimuladas por un conejito juguetón que me susurra muy quedo, pero intenso a la vez. *Bésame...* y en ese beso encorvo mi espalda, se encogen los dedos de mis pies, se detiene mi corazón y me quedo sin aire por unos segundos que me parecieron eternos. Suelto a mi novio, ahora amante rosado, que sigue brincando en el agua como si se alegrara y celebrara mi orgasmo, mi felicidad. Me quedo en la bañera hasta que se enfría el agua y se me arruga la piel. Es mucho para mí. En menos de veinticuatro horas he hecho el amor con dos amantes distintos. Y lo más importante, descubrí que estoy viva, que puedo sentir, que mi cuerpo está sano, que tengo emociones, sensaciones, que soy una mujer completa. No perfecta, pero completa.

Termino de comerme las frutas y tomarme el agua mineral que ya está a temperatura ambiente, y decido salir a la calle con la nueva Adriana; a la otra la dejo olvidada.

# *Capítulo Once*

Me puse unos mahones, una camisa rosada, mi color favorito, y no solo porque es el color de mi nuevo novio. Mejor dicho, mi segundo nuevo novio. Porque sí está decidido que continuaré viendo a José Alejandro y disfrutar de su presencia, de su compañía, de sus atenciones. Y, por qué no, de su cuerpo viril, musculoso, apasionado y joven.

Tomo mi cartera y las llaves del carro deportivo, el cual me compré por capricho y rara vez uso por comodidad y seguridad, ya que los chicos prefieren la todoterreno. Con un espíritu renovado, y el cuerpo también, me encamino al centro comercial y en el trayecto hago una cita con la esteticista y el peluquero. Quiero darle la bienvenida por todo lo alto a esta nueva mujer. Voy a comprar un par de ropa, nuevas y modernas. Casi todo lo que tengo en el armario son conjuntos de trabajo, pantalones cortos y camisetas de los equipos de balompié con el nombre de los chicos. Eso no sirve ni para salir a tomar un café, y menos con un hombre más de diez años menor que yo y con un cuerpo de infarto.

Saco mis gafas de sol, bajo la capota del carro y con el radio a todo volumen puse en el compacto otra de mis cantantes favoritas: Alejandra Guzmán. Y para seguir con la conspiración del universo, la primera canción en sonar dice: "Hacer el amor con otro", *si, si, sí*. Contrario a lo que expresa la autora, yo sí quiero hacer el amor con otro. Con el rugir del motor del auto de momento me siento como una vieja verde que saca su carro deportivo los domingos, para dar vueltas y ver a quién conquista. Sacudo el pensamiento de la cabeza y me digo que nada dañará esta experiencia que estoy comenzando a vivir.

Así voy todo el camino. En los semáforos algunos me gritan, hombres que se sonríen me miran y me arrojan besos y hasta apuntan sus números telefónicos y me lo muestran. Las mujeres se miran entre sí y se burlan, como diciendo "¿De dónde salió esta loca?". Los jóvenes, por otro lado, me miran y sonríen con picardía. En el trayecto al centro comercial me encuentro de todo, pero nada me importa; soy feliz, me siento liberada, me siento viva y es lo único que importa.

Me detengo en "el valet parking" y le entrego las llaves al chico de siempre, pero me mira con cara de extraño. Lo saludo como de costumbre y le regalo la mejor de mis sonrisas

—Hola, Mario, ¿cómo estás hoy?, ¿cómo va el trabajo, mucha gente? —Siempre acostumbro a tratar de recordar los nombres de la gente que me da servicios por insignificantes que a otros le parezcan. Para mí todo trabajador merece mi respeto.

—Todo bien, mi doña —me contesta él, con una sonrisa—. El movimiento está flojo, parece que todo el mundo está en la playa por el verano, o de viaje. Y usted, ¿cómo está, mi doña?

Todas las veces que vengo aquí Mario me trata de la misma manera, pero hoy la palabra "doña" me suena extraña. Suena a vieja, a mujer aburrida. Salgo de mi ensimismamiento y contestó—: Yo estoy estupenda, y parece que sí, hay mucha gente disfrutando del verano. Chao, nos vemos más tarde, Mario.

Sé que para el ser humano escuchar su nombre es música para los oídos. Si viene de un cliente más, es como un sello de distinción, de importancia.

Me dirijo a un restaurante de comida tailandesa y pido mi plato favorito: un Popiah. Después de tanta actividad física me estoy muriendo del hambre. Pido de entrada panang curry, una sopa picante de camarones, típica de ese país, una ensalada de aguacate, camarones a la vara. Y para cerrar con broche de oro, un budín de coco. Todo está como para chuparse los dedos. Como hoy es mi día de liberación me olvido de las dietas, los puntos, las calorías y me dedico a disfrutar las delicias de la vida. Concluyo con una copa de sato, un vino de arroz preparado de manera artesanal. Ya abastecida y recargada de energía, pago la cuenta y le doy una jugosa propina a otro de mis amigos, Imanolli. Era algo extraño el contraste de encontrarte a un chico italiano y trabajando en un restaurante tailandés. Así es la vida, las cuentas hay que pagarlas porque ni los acreedores distinguen nacionalidades. Cuando hay que pagar, hay que pagar. Para mí es muy importante siempre que recibo un buen servicio compensarlo con una sonrisa de agradecimiento y una generosa propina. Esto garantiza que cuando regrese al lugar el trato y la calidad sea el mismo o mejor. Me voy con mi música a otro lado, ahora satisfecha en todo el sentido de la palabra.

Próxima parada: comprar ropa moderna y adecuada para la nueva Adriana.

Entro a mi tienda de costumbre y me encuentro a mi dependienta favorita con la triste novedad que ella solo atiende en el departamento de ropa ejecutiva o de trabajo.

—Pero no se preocupe, doctora. Yo subo un momento al piso de ropa casual y la dejo en buenas manos. La voy a dejar con Rosa, esa chica sí que sabe de moda y cómo hacerla lucir bien hasta para ir al supermercado y verse como una de esas divas de la televisión.

—No es para tanto, solo quiero un poco de ropa para estar por ahí, salir al teatro o a tomar un café.

—No se preocupe, ella se encargará de usted como si fuera yo, pero en un área más divertida. ¡Ah!, y si quiere algo del piso de ropa de noche o elegante le dice a Rosa que la pase con Susi cuando termine. Ella es la reina del glamour.

Dos horas más tarde salgo atiborrada de bolsas, con ropa para toda ocasión, incluyendo lencería y ropa interior a juego. Ahora, de camino a mi cita con la esteticista y mi peluquero Poll. Con este último, a pelear, porque siempre le pido algo y termina haciendo lo que le da la gana. No sé por qué los peluqueros tienen esa obsesión con las tijeras y los colores escandalosos. No conocen la palabra punta, o no saben de medidas; le dices córtame las puntas y te dejan calva, le dices retocame el color con mi base natural, y en vez de con el pelo marrón sales pelirroja.

*¡Dios!*

Pero hoy tengo ganas de dejarme llevar y hacerme algo atrevido, radical.

¡Santo! Me pienso y ni me conozco. Pero tengo que hacerme algo que combine con los conjuntos de cuero rojo y negro que me compré y las botas hasta las rodillas. Con esta melena asimétrica, larga, oscura, y con esta pollina, voy a parecer una boba disfrazada de niña mala o de bruja. Bueno, vamos a ver qué se le ocurre a Poll después de mi sesión de depilación y masaje.

Y como siempre, no termino de entender a los hombres... Le digo a Poll que quiero un cambio radical, me mira con cara de espanto y me dice—: ¿Perdiste la chaveta, nena? Acabas de estrenar un nuevo puesto de ejecutiva de primera línea y quieres llegar el lunes al trabajo como Alejandra Guzmán ¿Con un lado raspado y otro largo? No, no, no. Tú eres una mujer de clase. Y, entiende bien, "de clase", no clásica, ni vieja, ni anticuada. Bueno, un poquito anticuada, pero por lo que veo eso pasó a la historia. Pero no vayamos tan deprisa, vamos a tomarlo con calma y como los alcohólicos anónimos: un paso a la vez. O un día a la vez, o como sea. Vamos a avivar ese color marrón con un color más cobrizo, vamos a darle unos destellos sutiles de rojo y a darle vida a esa maranta salvaje haciéndole unas capas. ¿Qué te parece?

—Suena bien.

—Pues mano a la obra.

Tres horas después, casi a las ocho de la noche, salgo del salón de belleza con una imagen juvenil pero elegante. Me encanta esta nueva mujer con uñas de pies y manos pintadas de rosado intenso, a juego con el lápiz labial que también compré. Sin darme cuenta se me va el día, pero lo aprovecho muy bien. Hasta que una vocecita interior poco agradable me recuerda que tengo dos hijos, a los cuales no he llamado para saber cómo están. Me asalta ese horrible sentido de culpa, he pasado todo el día pensando en mí sin preocuparme y ocuparme de mis hijos. Me siento un monstruo maligno, sin corazón.

Tan pronto me entregan el carro suelto todos los paquetes y comienzo a vaciar la cartera en busca de mi celular. Saco todo el contenido de la cartera y nada. Sigo buscando y, en el bolsillo de afuera de la cartera, donde nunca busco ni dejo nada, ahí está el señor celular, obviamente descargado. Anoche no hubo tiempo para cargarlo y hoy menos. Con un suspiro lo conecto al cargador del carro y espero unos minutos sin moverme del estacionamiento llena de ansiedad y tristeza. No sé por qué cuando pasan estas cosas a las madres siempre nos entra un extraño presentimiento. Es que la culpa que genera toda la carga social y todos los roles que nos impone la sociedad nos lleva a sentirnos miserables hasta por unas pocas horas de felicidad.

Después de casi una eternidad por fin el teléfono toma vida y comienza a sonar sin parar, con el aviso de lo que me parecen un millón de mensajes. Me atacan temblores, me da pánico de tomarlo entre mis manos y leer o escuchar alguna de las tragedias que pasan por mi mente: uno de mis niños en el hospital herido de gravedad, mi madre en un accidente de automóvil con los niños abordo…

¡Oh Dios, que no sea nada malo!, te prometo que vuelvo a ser la mujer de siempre, pero que no le pase nada a mis hijos, por favor, Señor, por favor.

Cargada de nervios cojo el teléfono, marco la tecla para los mensajes de voz y el primer mensaje que escucho me trajo el alma al cuerpo. Era la voz de mi mamá.

—Tesoro, perdona que no te llamara antes, acabamos de llegar del campo. Los chicos la pasaron de maravilla. Diego pescó un róbalo de dos libras y lo cocinó con don Manolo en las piedras del río. Sebastian ayudó al hijo de don Manolo a sacar la trampa de los cangrejos y entre tanta agitación y emoción llegaron agotados y se quedaron dormidos hasta sin bañarse. Bueno, se bañaron todo el día en el río, están sanos y salvos, aunque con unos pequeños rasguños. Aprovecha, disfruta de la vida y sobre todo descansa, que trabajas mucho. Te amo, chiquita.

¡Uffff!, con lágrimas en los ojos miro al cielo y le doy gracias a Dios y a todos los santos del cielo y a los beatos no canonizados.

Gracias Señor.

Pero aún me quedan más de diez mensajes por escuchar. Arranco el carro, ya con el alma en el cuerpo, y pongo el altavoz.

Mensaje 2: Adriana, tesoro, soy yo. Espero que estés bien, que no te hayas arrepentido del hermoso momento que pasamos juntos. Cuando puedas llámame por favor, princesa.

Mensaje 3: Adriana, belleza, no me hagas esto. Si estás ocupada solo envíame un hola o una carita feliz y te dejo en paz.

Mensaje 4: Mi vida, discúlpame si sientes que falté a tu confianza y me aproveché de ti. Prometo dejarte tranquila tan pronto sepa de ti y que estás bien.

Mensaje 5: Preciosa, ¿cómo te explico que me está matando la desesperación de saber no de ti? Voy a pasar por tu casa en cuanto termine este maldito trabajo. Hay, carajo —escucho un golpe contundente—. Perdona, tesoro, me distraje y me martillé un dedo. Pero mejor me lo hubiese dado en la cabeza por siquiera atreverme a soñar que alguien como tú se podría fijar en mí, un simple contratista, un obrero glorificado. Llama aunque no me hables.

Mensaje 6: Voy saliendo para tu casa. Que se vaya al diablo el trabajo. No puedo con esta angustia. No sé si te pasó algo, y si así fue no me lo voy a perdonar nunca por dejarte abandonada. Si llego y no abres la puerta la voy a tirar al piso aunque luego me arresten.

¡Dios!, ese mensaje fue hace una hora, ¿que habrá hecho este loco? Quiera Dios que se dé cuenta de que el carro no está.

Mensaje 7: Estoy frente a tu casa. Menos mal que dejaste el garaje abierto y veo que falta tu carro deportivo. Eso quiere decir que saliste por tus propios pies, que estás bien aunque no del todo. Dejaste la casa abierta.

Mensaje 8: Voy a esperar a que llegues. No para espiarte, ni molestarte o saber con quién andas, es solo para asegurarme de que todo esté en orden cuando llegues.

Mensaje de texto: Al parecer ya no tienes espacio para más mensajes. Como te dije, estoy estacionado frente a tu casa y voy a esperar hasta que llegues, no importa la hora que sea. Lo que quiero que sepas es que lo hago por tu seguridad.

Mensaje de texto 2: Si estás acompañada dímelo y me retiro, no quiero que pases un mal rato, ni quiero dejar mi corazón en la puerta de tu casa.

Dios mío, ¿qué hago? Está frente a mi casa. ¿Cómo le explico toda esta locura? ¿Y si no me cree, qué hago?

*¿Qué tal si le contestas uno de los mensajes, o mejor lo llamas?*

Por primera vez escucho un consejo sensato de esa vocecita interior que acostumbra a torturarme. Respiro profundo y me armo de valor para llamarlo. ¿Pero qué le digo? Marco el número sin pensarlo más.

—José Alejandro, soy yo, Adriana...

*No, la mona del planeta de los simios. ¡Claro que sabe que eres tú!*

Me quedo callada en espera de una gran y merecida descarga de gritos con insultos y palabras altisonantes incluidas, y solo escucho un gran suspiro de alivio.

—Uuuufff, gracias a Dios que estás bien, que no te pasó nada. Habla, por favor, ¿dónde estás, estás bien?, ¿quieres que te busque? Dime, por favor, ¿te encuentras bien?

Siento su voz entrecortada, como cuando alguien está llorando o aguantando las ganas de llorar. Yo me encuentro paralizada, conduciendo como autómata sin saber qué decir. Este grandulón, rústico y ordinario está llorando, o a punto de llorar, porque no ha sabido de mí en todo el día y en vez de gritar e insultar le da gracias a Dios. No, yo me morí y desperté en otro mundo.

—Adriana, tesoro, háblame, no te quedes callada. Mira que me vas a matar del corazón.

—José Alejandro, estoy bien, cariño. No me pasa nada, estoy conduciendo hacia casa, estoy como a quince minutos. Espérame ahí y te explico. No me pasa nada, solo me levanté un poquito extraña y distraída, y entre otras cosas anoche olvidé cargar el teléfono celular y esta mañana nada más y nada menos me olvidé de cerrar la puerta. Pero por lo demás todo está bien. Dame unos minutos, llego y te explico.

—Es tarde y la casa ha estado todo el día abierta. ¿Me das permiso de entrar y verificar que todo esté bien?

—Ahh, sí, sí, claro, entra. Voy enseguida.

Llego a casa diez minutos después y están las luces prendidas. Entro el carro a la marquesina y pulso el botón para que baje la puerta, algo que hago diariamente de manera automática, y que hoy, no sé por qué, olvidé.

Entro a la sala y me encuentro a mi galán con un vaso con agua fría en la mano, recostado en la encimera de la cocina, con su ropa habitual de trabajar: pantalón mahón ajustado, botas de construcción y camiseta igualmente dibujada al cuerpo. Insisto: debe ser delito, o por lo menos pecado, tener ese cuerpo y vestir de esa manera.

¿Cómo se vería este hombre con un traje de Óscar de la Renta color negro, una camisa y corbata gris? Uhhh, como para comérselo y es que se me hace la boca agua.

*Mujer, cierra la boca y por lo menos saluda.*

—Hola, perdón por los inconvenientes. No fue mi intención ignorar tus mensajes todo el día. Es que, como te dije, anoche olvidé poner a cargar el celular y esta tarde salí de prisa y un poco despistada y no me di cuenta de que estaba apagado en la cartera.

Él se queda como petrificado y solo me mira con esa mirada intensa de esos ojos negros misteriosos, como si acabara de descubrir un tesoro. Al rato medio vislumbro una sonrisa, o una insinuación de sonrisa pícara o divertida, no sé.

—Ya veo que hoy has estado muy entretenida. Déjame decirte que te ves estupenda. Estás como para comerte como un caramelo con todo y envoltura o, mejor, sin ella. Me encanta lo que te hicieron en el pelo.

Abro los ojos del tamaño de un plato.

—Pero no me malinterpretes. Antes también me gustabas mucho, pero ahora me fascinas. Pareces una leona en celo lista para devorar a un cachorro indefenso. —Y se echa a reír enseñándome esos dientes blancos perfectos y esos labios violetas carnosos que me recuerdan todas las maravillas que este Dios del sexo sabe hacer con esa boca.

Me empiezo a inquietar tan solo de pensarlo. Siento como se erectan mis pezones a través de la tela fina de mi camisa de seda. Cruzo las piernas en un gesto inconsciente de acallar mi deseo. Pero siento que este hombre lee mis pensamientos, intuye mis deseos, o será verdad eso que dicen de las hormonas que uno expide cuando tiene deseos de sexo y que el hombre la percibe. Me acaba de decir que parezco leona en celo, oh Dios, en lo que me he convertido en tan poco tiempo.

Tengo ganas de arrancarle la ropa y borrarle esa sonrisa de la cara pero a besos. Y él sigue ahí, contemplándose como niño bueno ante un dulce que se le tiene prohibido coger. Y yo lo que quiero es que me coja, que me devore la boca con sus besos. Sentir esas manos callosas que raspan mi piel con sus caricias, que apriete cada uno de mis botones de placer, que me eleve al cielo y no me regrese a la tierra jamás.

Ahhhhh, me abanico con las manos, respiro profundo como buscando el aire que me falta y aún no dice, no hace nada, voy a enloquecer.

—Hace calor, ¿te sirvo algo de tomar? Ay perdón, estamos en tu casa, no se supone que me tome estas libertades.

—Es cierto, perdóname tú a mí. ¿Te apetece algo?

Me mira con esos ojos penetrantes y cargados de lujurio y me dice—: ¿De verdad quieres que te diga lo que me apetece? Me apetece chupar esos dedos de tus pies pintados de rosa como tus labios, ir uno por uno llevándolos a mi boca y succionarlos como hice anoche con tus pezones. Y luego, hacer lo mismo con los dedos de tus manos igual de tentadores... continuar con esa boca provocadora y comerme esos labios jugosos y que ahora veo temblar, no sé si de miedo, desesperación, o de anticipación. Después recorrer tus pechos y llegar a tus hermosos pezones que desde aquí los veo levantarse como caballero ante una dama, que me invitan a devorarlos por horas enteras. ¿Sigo?, ¿quieres saber qué más me apetece, señora Masías?

—¡Síííí!

—Me apetece recorrer tu vientre con mi lengua y llegar hasta tu ombligo.

En un movimiento reflejo estiro la parte frontal de mi camisa para tapar mi vientre plano por el ejercicio, y la naturaleza divina que le dio a las mujeres de mi familia mucho de todo menos barriga. Pero, por eso también, me dejó cicatrices al estirarse la piel para acunar a mis chiquillos, y también está la herida de la cesárea. Ambas me causan una gran vergüenza, sobre todo las estrías. Pero mi Adonis me saca de mis malos pensamientos y mis complejos.

—No se esconda, señora. Usted no tiene nada de qué avergonzarse. Todo en usted es hermoso; esas marcas solo son el recuerdo de que usted acunó y dio vida en ese vientre. Son huellas de amor que debe llevar con orgullo, huellas que quiero volver a besar una por una. Lo único que lamento es que no fui yo quien sembró esas semillas en su ser. Pero igual las adoro. Y después de ese recorrido por su historia de amor más noble y auténtica, quiero recorrer sus piernas, saborear su cintura, sus caderas, sus nalgas...

De nuevo cruzo las piernas para el otro lado. Esta vez siento como algo caliente moja mi ropa interior. Madre mía, este hombre es un brujo. Sería capaz de provocarme un orgasmo solo con sus palabras.

—Y al fin llegar a ese manantial de dulzura que es tu vagina y allí deleitarme con el néctar de sus labios, saborearlos uno a uno por horas enteras, y regresar por más. Lamer ese botón incandescente y palpitante que es el centro de su placer y que me saluda cual soldado ante un militar de alto rango. Quiero atraparlo entre mis labios y apretarlo, y soltarlo y apretarlo de nuevo, luego pintarlo con mi lengua en todas las direcciones posibles, de arriba abajo, de abajo hacia arriba, de derecha a izquierda, de izquierda a derecha; rápido, lento, rápido…

Comienzo a sudar y a apretar las piernas con más fuerzas, mientras él continúa mirándome a los ojos, como si estuviera leyendo mi mente o sintiendo mis ansias. Sin darme cuenta comienzo a contraer mi vagina, como había escuchado que se hacían los ejercicios de Kegel para fortalecer el piso pélvico, pero esa no era mi intención, y tampoco tenía ninguna intención. Era una respuesta natural de mi cuerpo ante sus palabras tan sensuales y pronunciada con una voz tan profunda. En otro momento de mi vida, o mejor dicho, hasta hace unas horas estaría escandalizada con solo una de estas palabra pronunciadas por un hombre. Posiblemente estaría activando todo el ejército nacional para que lo pusieran bajo arresto por indecente. Ahora lo único que me provoca es una gran excitación, deseo de más, de más acción y menos palabras.

No sé cómo logro controlarme y no saltarle encima y arrancarle la ropa. Tengo deseos de desnudarlo, y como bien él dijo, como leona en celo brincar sobre él y subirme a su miembro y cabalgar sin parar hasta llegar al infinito y más allá. Pero hasta allí llega mi recién estrenada liberación. Solo me conformo con suspirar y esperar a que algo pasara, que alguien que no fuera yo, y a quien tengo de frente, tome la decisión y de el primer paso. Que nos conduzca al piso, a la mesa, a la cama o a donde sea, pero que me permita desahogar esta pasión, calmar este fuego que me está consumiendo; enfriar esa lava que sale de mis entrañas y que me quema la piel.

Sin pronunciar palabra José Alejandro me da la espalda y se dirige al refrigerador, saca una botella de vino blanco espumoso y la abre. Sirve dos copas, una para él y otra para mí y con toda la calma del mundo la roza en la abertura de mi camisa donde nacen mis senos, luego la pasa por mis ansiosos labios.

—Toma, para que te refresques, que te veo muy acalorada. —Y vueve a sonreír de medio lado.

En ese momento ya no sé si matarlo, sacarlo a tiros de la casa o echarme a llorar. Me siento la mujer más estúpida del mundo. Derritiéndome por unas palabras subidas de tono y el muy imbécil tan tranquilo y divirtiéndose a mi costa. Me tomo el vino de dos sorbos, respiro profundo y me propongo calmarme.

—Bien, señora. Ahora ya más calmada me puede conceder el honor de contarme dónde pasó su día, si no es mucho pedir.

O sea que todo esto es una pequeña venganza por el mal rato que le hice pasar. ¡Ya veremos como me cobro está… ¡qué manera de vengarse! Pero yo no me quedo con esto, ya llegará mi momento.

—Eso es así. Ya estoy calmada. Como cualquier pequeña depresión tropical, es más el ruido que hace que los efectos que deja. Todo en calma y bajo control. Le cuento, caballero. Digamos que, como bien usted expresó en su nota, me desperté esta mañana un poco extraña, emocional y físicamente. Emocionalmente afectada, más no arrepentida. Si te sirve de algo fue una buena experiencia.

*Ahí te va la primera patada a tu ego de macho cabrío.* "¡Una buena experiencia!". Aunque debo reconocer para mis adentros que fue extraordinaria, eso no se lo pienso decir. Veo su cara de desencanto, pero se hace el desentendido.

—En lo físico, como también usted dijo, tuve un poquito de molestia, pero nada que no se quite con un buen baño.

Lo miro a la cara y con esa misma palabra me interrumpe y se saca una sonrisa.

—Bueno en eso último tiene mucha razón, eso sí fue un buen baño. Por lo que vi a parte de buena estudiante, sigues muy bien las instrucciones y además eres muy creativa y le añades tus propios ingredientes, o debo decir ¿invitado?

Lo miro con cara de consternación y de momento no logro entender lo del invitado. Pero él continúa.

—Estoy consciente de que ni con todas las habilidades amatorias del mundo puedo competir con este incansable y mágico amiguito. Que, de hecho, es de lo más curioso con ese conejito.

Y de repente saca de encima de la nevera a mi novio número dos y lo pone a vibrar mientras lo pasea frente a mi cara

*¡Oh, oh, por Dios, tierra ábrete y trágame ahora! No me dejes ni un minuto más en este planeta inmundo. ¡Por favor, que sea una pesadilla!*

Con todo el descaro del mundo desactiva el dildo y lo retira de la cara.

—Con este sí que no puedo competir, pero podemos ser grandes aliados y satisfacer los deseos de una traviesa damita que tengo a mi lado.

Con un dedo me levanta la cara por el mentón y otra vez había pensado en voz alta.

—Por favor deja de mirar el suelo y de desear que la tierra te trague para perderme de vista, eso sí que no, eso no va a pasar, yo no la pienso perder de vista. ¿Desde cuándo tienes a este amiguito? De verdad que eres una cajita de sorpresas. Anoche por un momento creí que hacía el amor con una virgen y hoy me encuentro con que mi inmaculada señora hasta tiene un amigo secreto, que es más potente que yo y hasta tiene un conejito que hace magia. Vamos cuéntame. ¿Desde cuándo lo tiene? ¿Con él si sentías placer? ¿No con tu marido? Dime, Adriana, quiero conocerte, quiero conocer tus gustos y complacer hasta tu más mínimo capricho o fantasía en la cama, ya que las otras no puedo por razones obvias. Yo me gano en un mes lo que tu gastas en una cartera. Así que lo que no puedo hacer con regalos, que sería bajarte el cielo con todos los astros incluidos, lo puedo hacer con mi cuerpo, con mi mente, con el corazón. Cuéntame. ¿Qué te gusta?

—¡Ya basta! Lo tengo hace tres años, y no me mires así, que no soy una pervertida. Me lo gané en una despedida de soltera y no fue hasta hoy que lo abrí. Gracias a la atrevida nota que me dejaste y a lo que sentí anoche y que creía que no era capaz de sentir, me dejé llevar por la emoción del momento y la curiosidad, pero yo no soy así.

Levanta las manos en señal de rendición.

—Ya. Me declaro culpable de haber despertado a una fierecilla dormida, de inducir a pecar con su cuerpo, de guiarla con mis letras por el camino oscuro de la lujuria y el pecado. Soy culpable. —Se dio unos golpecitos en el pecho—. Perdón, Señor. —dice, con una risa pícara y traidora y hasta yo me rio de sus ocurrencias.

Me toma entre sus brazos.

—Tranquila, princesa. Tú sigues siendo una niña buena, aquí el maluco soy yo. Lo que no quiero que vuelvas a pensar o decir, por nada del mundo, es que eres una pervertida. Por disfrutar de tu sexualidad, una maravilla que Dios nos regaló para disfrutar de nuestro cuerpo, expresar nuestro amor y para que fuéramos más felices. La sexualidad es tan maravillosa que la pueden disfrutar de igual forma los ricos y pobres. Es posible llegar al paraíso solo o acompañado, no necesitas de nada que se compre con dinero, solo ganas de sentir, de disfrutar, de vivir. En nuestro caso, o más bien, en *tu* caso, tenemos que recuperar el tiempo perdido y, sobretodo, quiero ver a mi rival en acción. Perdón, era un chiste, a mi aliado. A propósito, tenemos que buscarle un nombre. ¿Cómo crees que le debemos poner? ¿Bugs Bunny, el conejo de la suerte, o mejor un nombre masculino, siempre y cuando no sea el de un ex novio? Vamos, sonríe, esto no es ninguna calamidad. Si quieres lo dejamos por un rato, pero tenemos que hablar de él. Oye, eso sonó como una novela. Tenemos que hablar *de él*. Sonríe, amor, no te tomes la vida tan enserio, por lo menos no mientras estés conmigo. Quiero que te diviertas, que hagas travesuras, claro conmigo, pero sobre todo que seas feliz.

—De verdad no lo necesito para ser feliz. Anoche la pasé divino contigo. No hizo falta nada de esto. Lo que dije hace un rato, que solo "fue bueno", lo dije para molestarte. Estuviste estupendo. No necesitas ayuda, ni mucho menos aliados. En todo caso sería yo la que necesitaría ayuda para ponerme a tu altura.

—No, para nada. Ya estás muy por encima de mi nivel. Estás en un lugar donde apenas puedo tocar tus pies, no me lo pongas más difícil, déjame aventajar en algo, por lo menos. Bueno, mientras coges un poco más de confianza y termina de dejar salir la leona que hay escondida por ahí.

—Si como me mirabas hace un rato, actúas, tendré que tomarme una caja de reconstituyente con una mega vitamina incluida, también aprenderme todas las posiciones del Kamasutra y hasta visitar al médico para que me recete una de las azulitas.

—¡Por favor!, ¿a los veintiocho años quién necesita de eso? Además, tú te sabes controlar muy bien.

—¿Sí?, ¿de verdad? ¿Y qué te hace pensar eso?

—Me lo acabas de demostrar muy bien hace un rato. Tú con tu rectoría erótica recorriendo mi cuerpo sin inmutarse, sin que se te moviera un pelo, y yo ardiendo en fuego y sin respiración. Poco faltó para que te saltara encima como una cavernícola y te arrancara la ropa.

—¿Usted, señora?, ¿cuándo fue eso?

De nuevo se ríe. ¿Es que este hombre no podrá tomar nada en serio?

—Vamos a ver, princesa. ¿Quién te dijo que yo no estaba igual o peor que tú?

—Si es así, lo disimulas muy bien, y que yo sepa esa es una de las dificultades mayores de los hombres.

—¿Cuál?

—Que no pueden disimular cuando están excitados, que su deseo es evidente, que se nota a simple vista.

—¿Y acaso será que la bella dama se dignó en mirar un poquito más allá de mis ojos? ¿Alguna vez bajó la vista hacia otro lugar donde se guarda la evidencia y que, por cierto, aún me molesta y me duele por tenerlo tan restringido y con tantas ganas de liberarse?

Instintivamente miro al lugar de la evidencia y, efectivamente, allí está el objeto de mi deseo queriendo salir de esos apretados pantalones. Lo imagino imponente como la noche anterior saludando con gallardía a su dama.

—Será bueno que te pase por provocar y usar esos pantalones tan pegados — pienso.

—Perdón, ¿qué dijo, señora, que yo la provoco? ¿Con mis pantalones apretados?

*¡Oh Dios, pensé en voz alta!*

—No es mi intención provocarla. ¿ O sí? Bueno, no lo uso con esa intención, no me creo un símbolo sexual ni nada por el estilo. Pero para mí es mejor así. Los anchos me rozan los muslos y me pelan, pero si le molesta a mi dama, y perturba su paz, no lo uso más o por lo menos no cuando esté a su lado.

—No, eso sí que no. Entonces lo vas a usar para que otras te vean y si otras pueden ver, yo también.

—Tesoro, no hay otras, yo soy invisible para las mujeres de hoy en día. No visto de marca, no tengo un carro de lujo, siempre ando en este trasto sucio de cemento, no soy culto, no soy guapo y, para colmo de males, soy mal bailarín. ¿Qué pueden ver en mí las mujeres?

—Bueno, con todos esos halagos sobre ti entonces yo soy ciega, o estoy muy desesperada.

—No, amor, tu eres un ser especial que ves lo bueno en cada ser humano y sabes que detrás de todos esos defectos yo tengo un corazoncito lindo que solo late por ti y para ti. Oye, me quedó hasta poético. Es lo que te acabo de decir, princesa. Tú sacas lo mejor de mí, eso que muy poca gente puede ver, y sobre todo las chicas que están buscando un galán con dinero. Mejor vamos a cambiar de tema, no sea que me veas bien y te asustes y me apartes de tu lado. ¿Qué quieres hacer hoy? De mi parte, yo necesito un buen baño. Esta mañana apenas me eché agua para no despertarte, y hoy apenas terminé me quité la ropa de trabajo y salí para acá corriendo como un loco.

—Perdón, prometo que no volverá a pasar. La próxima vez estaré más pendiente de cargar el celular. Si te digo que pasé un momento de angustia cuando vi la hora, y ni con los chicos me había comunicado. Gracias a Dios que mi mamá me dejó un mensaje diciendo que todo estaba bien y que los bandidos no quieren hablar conmigo o no pueden por falta de tiempo.

—Me alegro que todo esté bien con Sebastián y Andrés pero, ¿qué te apetece hacer ahora a parte de arrancarme los mahones y saltar sobre mí? Necesito un baño urgente y comer algo.

—Vamos a ver… ¿qué tal si te bañas mientras veo en la nevera qué puedo prepararte de comer?

—¡Uhhhh, ambas son muy mala idea, querida y bella dama! Primero, no me puedo bañar solito. Tengo miedo al agua y la espuma en los ojos, y con este dedito como lo tengo... —Levanta el dedo índice de la mano izquierda y lo tiene vendado y al parecer bastante hinchado, pues sobresale en grosor de los demás.

—¡Dios, desconsiderada que soy! Escuché tu grito en uno de los mensajes y sabía que te habías lastimado y ni se me ocurrió preguntar. Déjame ver el dedo… ¿Fuiste al médico para que te curaran?

—Para nada, es solo un machucón. No es nada nuevo en este trabajo; es algo que pasa todos los días. Despreocúpate, no es nada de cuidado. Un poco de agua caliente, jabón, desinfectante y en unos días estará como nuevo. Lo más grave que puede pasar es que pierda la uña y eso crece rápido.

—¡Uyyy, no, eso duele!

—Más me duelen otras partes y nadie les hace caso.

Le doy un suave puño en las costillas y se echa a reír.

—Me refería a mi dolorido corazón.

—Pongamos en orden las cosas. ¿Qué tal si sacamos ese filete que está en el congelador?

Abro los ojos como plato.Mi experiencia cocinando filetes es catastrófica. Los chicos dicen que me queda como chicle o me queda como piedra. Mi idea de hacer algo de comer es abrir una bolsa de camarones, poner mantequilla, un poco de sal de ajo y para el microondas, luego acompañar con un poco de ensalada. Esto se está complicando… filete.

—No te preocupes, corazón —dijo como si me leyera de nuevo el pensamiento—. Me tienes que ayudar lavando las papas. Eso si se te da bien, ¿verdad?

¡Ambos nos reímos!

—Bien, vamos, manos a la obra. Mientras la cena se cocina nos damos un rico baño y nos ponemos en condiciones aptas para pasar una noche especial y recuperar el tiempo perdido.

Como todo un experto saca el filete, mira el peso, cronometra el microondas y lo pone a descongelar mientras saca papas, cebollas, pimientos, ajo y unas setas de la nevera. En cuestión de segundos lava y pica todo mientras yo me encargo de las papas rojas pequeñas. Suena el microondas, saca el filete, bota el exceso de agua, lo pone en un molde de cristal y vierte sobre él un poco de sal y pimienta, todo lo que hay picado sobre la tabla, rocía un poco de vino blanco del quedaba en la botella que abrió hace un rato.

Luego, prende el horno convencional mientras me da un prometedor beso y me aprieta una nalga con la mano libre. No sé cuánto tiempo llevo con la boca abierta mirando a mi dios del sexo moverse en la cocina como amo y señor, hasta que me cerró la boca con aquel ardiente beso y regresó por más. Hay una magia especial al ver a un hombre grande, rudo y fuerte cocinar y hacerlo con una facilidad que envidiaría cualquier chef de alta cocina. Y esta hermosura de hombre lo está haciendo en privado y exclusivamente para mí. Al contemplarlo moverse con esa agilidad dejo de pensar en la comida y se me abren otros apetitos. Lo arrastro al baño mientras él trae la botella con el vino restante, cojo un puñado de fresas y una copa. Con toda esta mercancía en mano nos trasladamos al baño.

—Amor, aguanta esto y dame un momento mientras salgo a buscar unos pantalones cortos y una camiseta a la guagua, porque me imagino que no me dejas caminar en cueros por la casa toda la noche, ¿o sí?

—¡La idea no está mal, uhhh!—le digo con cara de traviesa.

— ¿Y qué tal si se te ocurre cuando estemos comiendo completar el filete con un poco de chorizo? —sonriendo se agarra el miembro—. Ay no, mejor no, eso puede doler.

—Voy por mis pantalones cortos y cuando usted quiera me los quita. Es que yo también tengo un poco de pudor —dice y se tapa la cara con los dedos bien abiertos.

—¡Payaso! Vete, mientras tanto yo lleno la bañera.

—Sus deseos son ordenes, mi princesa sensual —dice, haciendo una señal militar.

# *Capítulo Doce*

Pasamos una noche estupenda; la segunda mejor noche de mi vida. Nos bañamos juntos, nos entregamos mutuamente y nos reímos por cada tontería; si sus nalgas resbalaban se dejaba ir haciendo como si se ahogara para que yo lo resucitara con mis besos. Me dio a beber vino de su boca y comí fresas con un antifaz de espuma creado por él con delicadeza para tapar mis ojos. Limpió a lengüetazos todo el jugo de la fresa que escapaba de mis labios y corría por mi cuello y mis pechos. Nos tocamos, nos saboreamos, nos acariciamos mutuamente, llegando casi al límite, pero sin llegar al clímax. Era una espera deliciosa que prometía una noche de ensueño.

Al final, ya arrugados de tanto estar en el agua, y con el sonido de la alarma del horno, salimos del baño. Me da una mano para salir de la bañera, me envuelve en una toalla blanca, como si fuera un hermoso regalo, y me da un fuerte beso, con promesas de más, de mucho más. Él también se envuelve en una toalla blanca, que resalta su color sepia y que al ser tan grande apenas le cubre de las tetillas a la punta de las nalgas. Después de luchar un poco, como queriéndolo añadir un par de yardas de tela a la toalla, se da por vencido y ata la toalla a la cintura para cubrir sus partes íntimas. Veo lo que me parece un asomo de decoro y timidez, que fue reemplazado enseguida por otro beso y un halón de manos.

—Vamos, bella dama, que no solo de sexo vive el hombre, también necesita comer alimentos.

Nos vamos a la sala, comemos con los platos en la alfombra como dos niños traviesos y pongo música romántica. A José Alejando le gustaron las canciones de Ricardo Montaner y entre comida y bebida nos paramos para bailar una que otra canción. Le encanta las letras de "Al final del arcoiris" y me la canta al oído mientras bailamos.

—Esta canción es como si estuviera escrita por mí para ti. Escúchala cuando pienses en mí y no estemos juntos… Eso es lo que significas para mí, Adriana.

> En una nube al final... del arco iris.
> Aquí no corre el tiempo tras la prisa
> Jamás se ven pasar las mismas golondrinas
> Aquí no sale el sol
> Pues no se oculta
> Quisiera estar contigo hoya y neblina
> No tengo que gritar para que escuches
> Ni tocarte la cara para que me sientas
> Si me notas perdida la mirada
> Es que ahora te miro con el alma
> Te espare en la última página del libro

Continuamos en el piso, jugando, hablando, escuchando música y tomando vino hasta pasada la medianoche. No hace falta el postre. Sus besos y caricias son lo suficientemente dulces para completar la cena.

No sé en qué momento perdemos las toallas y estamos desnudos, tranquilos, relajados, en una atmósfera de paz en el ambiente pero cargada de una sensualidad diferente a la de la noche anterior. En esta ocasión no hay prisa, no hay temores. Me siento segura y plena en sus brazos. No tengo nada que esconder, ni mis cicatrices, mis temores todos son ya conocidos para él. Soy un libro abierto ante sus ojos.

Ya nos duelen las nalgas y la espalda por estar tantas horas en el piso así que decidimos irnos a la cama. Me entra un poco de preocupación por el desorden que había dejado a media mañana, pero si sobreviví a que encontrara a Tomy, así bautizamos a mi novio de baterías, puedo sobrevivir a unas sábanas revueltas y con olor a sexo. Me sorprendo cuando entro a la habitación y la cama está perfectamente arreglada, cosa en la que no me fijé cuando pasé para el baño por estar con la boca abierta y pendiente a ese divino hombre que tenía cerca.

Junto a mi almohada hay un dibujo mio hecho a carboncillo, como cuando solo era mi empleado por contrato. En el dibujo tengo una almohada entre las piernas, los brazos cruzados debajo de los senos, que están descubiertos. Era la primera vez que me pintaba casi desnuda. Bueno, es que fue la primera vez que me vió desnuda. Pero la imagen hablaba por sí sola: tiene el pelo revuelto y enredado, una media sonrisa de satisfacción, un color un poco más oscuro en las mejillas, como un ligero rubor; el resto del cuerpo está cubierto por una maraña de sábanas.

—¡Wao! ¿Cuándo hiciste tú este dibujo?

—Esta mañana mientras dormías y yo tomaba café sentado en ese taburete. Luego lo retoqué en la hora de almuerzo. No abras los ojos así, tranquila. Lo hice sin que nadie me viera. Además, no tengo pensado permitir que nadie más que yo disfrute de tu belleza de esta manera. Con que hayan olido el aroma de tu ropa íntima es más que suficiente tortura para mí. Y si te preocupa que puedas usarlo después, o que alguien pueda encontrar alguno de tus dibujos, todos están bajo tu poder. No me he quedado con ninguno y no los necesito. Esas imágenes están tatuadas en mi cerebro de manera permanente, tranquila.

Pasamos a la cama. Guardo mi obra de arte en la mesita de noche y me dispuse a ponerme algo para dormir.

—No, por favor. No te pongas nada por el día de hoy. Déjame disfrutar de la vista de mi regalo, sin envolturas, por bonitas que sean. Mañana me modelas algunos de los que te compraste hoy.

—¿Cómo sabes que compré lencería hoy?

—Uhhh, soy brujo. No... vi las bolsas con el logo irreconocible de esa tienda que adoran las mujeres.

—Ahhh, por un momento pensé que sí tenías poderes sobrenaturales.

—Y es que los tengo, señora, pero gracias a esa magia que tienen tus ojos cuando me miras con esa mezcla de deseo y miedo. Cuando siento tu olor a canela, a sándalo, cuando toco la textura sedosa de tu piel, cuando pruebo tus labios que saben a fresa recién cortada. Y no sigo, porque se va la noche enumerando tus encantos, señora, cuando puedo disfrutar de ellos con algún otro sentido, como el gusto.

Y sin pensarlo me arroja en la cama y comienza a besarme como lo prometió hace apenas unas horas. Besa cada uno de mis dedos de los pies, juega con ellos, los acaricia, lo succiona como si estuviera degustando un caramelo y con cada halón yo siento un estremecimiento entre las piernas y el corazón se acelera. Jamás pensé que hubiera algo tan erótico, sensual y placentero al chupar los dedos de los pies. Siento que caigo en un trance. Ya no lo siento chupando mis dedos, sino otras partes más íntimas de mi cuerpo. Lo siento en el centro de mi ser, lo siento en mi clítoris, en la entrada de mi vagina, en el cuello, en la parte baja de la espalda que se encorva por voluntad propia. Es como si al chupar cada uno de mis dedos existiera una conexión directa a una zona erógena de mi cuerpo.

—Amor, esto tiene que parar. Me estoy volviendo loca… te siento en todas partes a la misma vez, creo que me va a dar un infarto, para.

—Tranquila, princesa, solo siéntelo y déjate ir. Yo voy a estar aquí para sostenerte. Vamos, relájate, déjate llevar. Me encantan tus pies, me encanta ese rosa intenso que te pusieron hoy. Me vuelve loco, no me hagas parar ahora, vamos, disfrútalo, es rico, es una práctica milenaria que luego te explico si quieres, disfrútalo, vamos dulzura.

Y con esas palabras, y sus manos apretando algún punto en las plantas de mis pies y chupando a la vez mis dedos, estalla todo mi cuerpo. Veo un universo de estrellas multicolores, cierro los ojos y me voy en un viaje a una dimensión desconocida, donde sólo hay mucha luz y paz. Ahora entiendo que esta es la verdadera muerte chiquita de la que hablan los poetas franceses: *le petite mort*.

Abro los ojos poco a poco, con miedo y regocijo a la vez. Vuelvo a la realidad, una realidad igualmente hermosa, pues José Alejandro todavía está en mis pies, contemplándose con una sonrisa de goce y satisfacción.

—¿Qué tal te pareció, te gustó?

—¡Uhhh, sí mucho!

—¿Lo quieres repetir?

—¿Es posible?

—Sí, ¿quieres que lo intentemos de nuevo?

—Uhhh, está tentador, pero no... Ven aquí.

Trato de alzarlo por los brazos para arrastrarlo hasta mí pero no es posible. Mi dios es grande y pesadito.

—Ven a mí... Quiero repetir el viaje pero ahora contigo dentro de mí y juntos.

—Ah, señora, me muero de ganas de estar dentro de usted y que abrace mi miembro con esa fuerza que solo usted tiene en su vagina y me queme con esa lava de fuego que la acompaña.

—Sus palabras son órdenes para mí.

Apoyándose en los codos para no aplastarme con su musculoso cuerpo se sube sobre mí, me devora a besos la boca, el cuello, las orejas, los pechos. Y en un movimiento suave, pero preciso, me penetra. Siento su daga abriendo camino por mi ya sensibilizado interior. Cada movimiento que hace trae consigo una promesa de más.

—¿Estás bien, vida?, ¿te estoy lastimando?

—No, cielo. Estoy mejor que nunca. Dame más, vamos, lo quiero todo. No te detengas, por favor.

—No te quiero hacer daño.

—No me lo harás. Solo no te detengas, quiero sentir todo tu miembro dentro de mí. Quiero que me penetres con fuerza, que me llegues hasta el alma. Lléname de ti, de tu magia, que no quede ni un centímetro de mi interior que no sea marcado por tu pasión. Hazme tuya en cuerpo y alma.

—Princesa, si me lo pides así no me puedo resistir, pero mañana te va a molestar más que hoy. Anoche fui muy considerado y hoy me pides que no lo sea. Me muero de ganas por darte todo lo que tengo y un poco más si fuera posible, pero temo por ti.

—Cielo, yo te lo pido, no seas considerado, ahora no, dámelo todo y que sea ya.

Y lo agarro por la espalda, le clavo las uñas y lo atraigo mas hacia mi, como una verdadera leona en celo. Lo siento gruñir como un lobo herido y tratar de resistir a mis demandas pero no lo dejé pensar.

—Vamos, José Alejandro, dámelo todo, quiero sentirte en el corazón, quiero viajar contigo a esa nueva dimensión que acabo de descubrir.

Y de una sola embestida me lleva al paraíso. No lo puedo esperar como prometí, pero lo sigo animando con mis movimientos, con mis quejidos, con mi alma. Un par de estocadas más con su sable de acero y lo siento llegar y lo escucho aullar como una fiera moribunda. Se retira a un lado y me atrae a sus brazos para susurrarme al oído palabras deliciosas, promesas de más y mejores noches.

—Eres una chica mala, Adriana Masías. Espero que mañana te puedas levantar por tus propios medios, que puedas caminar y no estés arrepentida.

Me da un beso en los labios y otro en la frente, me quita el pelo de la cara y se queda dormido. Ahora mi dios del sexo parece un ángel caído, lánguido e indefenso, pero tiene una sonrisa de plenitud dibujada en los labios, en esos labios carnosos que saben hacer magia.

Con ese pensamiento me quedo dormida, sintiéndome protegida por esos brazos que me aprietan con el último vestigio de fuerza que le queda.

A las doce del medio día me despierta el olor a café recién colado y el timbre de la puerta de entrada. No tengo noción del tiempo ni sé dónde estoy. Aún tengo esa sensación de flotar y estar en el paraíso. El timbre de la puerta continúa sonando de forma incesante y en ese momento hace su aparición mi Adonis, con una bandeja de desayuno. Tiene puestos unos pantalones cortos que dejan muy poco a la imaginación; iba descalzo y sin camisa. Ahora sí que creo que estoy muerta y desperté en el paraíso y este ángel hermoso me vino a ver. Dios, se me hace la boca agua. Si llego a saber antes que esto era así de divino no pierdo tanto tiempo.

De nuevo suena el timbre para sacarme del paraíso.

—¿Quieres que atienda a ver quién llama con tanta insistencia?

—No. —dije mientras me tiro de la cama a toda prisa, no. —Estás loco.

—Oye, ¿pero qué te pasa? Hasta hace un rato pensé que mi presencia era grata. Y hasta creí que sonreías al verme, ¿o fue solo por el desayuno?

—No, por favor, no me malinterpretes. Es un placer inmenso levantarme con esta vista espectacular de tu cuerpo, contemplar tu sonrisa fresca en la mañana y sobre todo que me traigas el café con esos pantaloncitos.

—¿¡Ah!? ¿Y qué tienen mis pantalones?

—Mejor digamos que no tienen tela suficiente para cubrir ciertas cosas, que invitan al pecado y a la lujuria. Pero ese no es el punto. Lo que pasa es que el único que toca los domingos con tanta insistencia es Jan.

—¿Ah, sí? ¿Jan?, ¿y quién es ese Jean que te levanta todos los domingos?, ¿a caso viene a cantarte las mañanitas para que te despiertes y a hacerte el desayuno? Con este sí que no puedo. Tom por lo menos no abraza, no besa, no sabe cocinar, pero Jan es otra cosa. Y si canta ahí sí que quedé eliminado.

—Oye no seas gruñón y mal pensado— le digo a la vez que simulo que le doy una patada—. Jan, solo tiene ocho años, es el mejor amigo de mi hijo... Es *Boy Scout* y viene todos los domingos a cobrar el periódico, que es parte de su aportación a la tropa. Sus padres son médicos y ganan mucho dinero pero están criando a Jan a lo antiguo y eso me parece bien. Le están enseñando el valor del trabajo y a ser un ciudadano responsable.

—Ahhh, ya me cae bien ese Jan. Es hombrecito trabajador. ¿Y por qué no quieres que lo atienda?

—No. ¿Qué pensará el pobre si de la noche a la mañana sus amigos se van de viaje y aparece en la puerta de la casa de la mamá de su mejor amigo un dios del sexo a medio vestir o, mejor dicho, casi desnudo. No, qué horror.

—¿Cuál es el horror?, ¿Yo o el dios del sexo, que no lo veo? —Sonríe y hace ademán de estar buscando a alguien—. Entiendo, princesa. Pues salga, diosa del sexo, y atienda a ese chiquillo antes de que se quede con el timbre en la mano y de paso nos deje sordos.

—Voy, gruñón. Me pongo una bata de baño y salgo.

—¿Una bata y sales? ¿Vas a abrir la puerta así y sin nada bajo la ropa? ¿y si viene un viento fuerte y te levanta la bata o, peor, si la abre?

—No seas ridículo. Me amarro bien la bata y ya se acabó el evento. Muévete, que me estoy muriendo de hambre y de curiosidad por probar lo que preparaste de desayuno, mejor dicho, de almuerzo. Van a ser la una de la tarde.

—Eso te pasa por dormilona.

—Tú tienes la culpa, por abusador.

—¿Yo abusador?, ¿y quién era que pedía "Amor, dame más, lo quiero todo"?

—¡Cállate! —Le tiro una almohada que apenas esquiva y que por poco tumba el desayuno.

Pero sí es cierto. Siento más molestia que la mañana anterior; unos fuertes deseos de orinar, un pequeño dolor en el bajo vientre. Me toco de manera instintiva la zona donde siento el pequeño dolor. Veo su cara de preocupación.

—No pasa nada, amor. Es solo la falta de uso y de práctica, pero tú te encargas de ponerme al día.

—No, no debí haberte hecho caso. Perdóname por ser tan bruto, tan brusco… Te prometo que no volverá a pasar.

—Ni te atrevas a decir eso otra vez. Quiero que se repita todas las veces posibles hasta que mi cuerpo se acostumbre al tuyo y sea uno solo. Ahora voy a ver a Tomy…, perdón a Jan. Vengo enseguida —digo, y le lanzo un beso que él atrapa en el aire con la mano libre y se lo lleva a la boca.

Sin mucha ceremonia le entregó el dinero del periódico a Jan, un niño de ojos inmensos color miel y una mirada pícara, quien me mira con suspicacia, o eso creo yo.

El ladrón juzga por su condición; así me siento yo, robándole un trozo de felicidad a la vida. Tampoco es que hay que tener mucha imaginación. Entre el tiempo que tardé y el vehículo que está estacionado frente a mi casa, no hace falta ser muy inteligente ni creativo para que diga que estoy con alguien, y esas dos características le sobran a los niños.

Me despido de Jan con el beso de siempre, cuidando que no se me abría la bata de baño y hacer un espectáculo. Enseguida regresó a la habitación; el estómago me ruge de hambre y necesito darme un baño para aliviar ciertas molestias que tengo en unas partes muy específicas de mi anatomía. Cuando regreso algo ha cambiado en el ambiente, la cara de mi Adonis vale un millón de dólares. Lo veo mirar a la cama y mirarme a mí y no entiendo nada. En las sábanas hay un poco de lo que parece sangre, igual en la almohada que tenía entre las piernas. Miró nuevamente su cara y no me gusta la expresión de sus ojos. Parece como si hubiese estado llorando.

—Mujer, ven acá, siéntate aquí.

Me toma de la cara y con lágrimas verdaderas me pide perdón de rodillas.

—Por favor, princesa, perdóname. Soy un imbécil, un bruto... Te he hecho daño, aún sabiendo lo delicada y pequeña que eras. Perdón, voy a entender si no quieres volver a estar conmigo en la intimidad, pero te juro que no lo hice a propósito, solo quería complacerte. Sé que no es excusa y que traspasa los límites.

Se cubre los ojos con las manos y continúa llorando con la cabeza pegada a mi rodillas. Ahora la que está asustada soy yo. No sé qué hacer o decir. No es lo mismo ver llorar a uno de mis hombrecitos cuando se pelan las rodillas jugando balompié o cuando algo les sale mal en el juego, que ver a este hombre de más de seis pies llorando por haberme lastimado mientras hacíamos el amor.

—Tesoro, no sé qué decirte. Incluso, no tengo idea de qué me pasó, pero no creo que sea tan grave como para que estés en ese estado. Levántate del piso, vamos a desayunar que me muero de hambre y sé que tú también. El desayuno-almuerzo debe estar frío. Vamos, ponte de pie, ya mismo averiguamos con el que todo lo sabe, Google, y sabremos si el caso amerita que vaya por un chequeo médico. Dale, comamos que me voy a desmayar del hambre y eso sí que será grave.

Desayunamos-almorzamos en absoluto silencio. Yo me como todo lo que hay en mi plato: el revoltillo de huevos, tocinetas, cebollas, tomates y no sé cuántas cosas más. Está un poco frío, pero sabe delicioso. Las tostadas francesas están divinas y el café igual de rico; como me gusta: fuerte, con crema y poca azúcar. El plato de mi chef sexy está casi completo y apenas ha levantado la cabeza para mirarme una que otra vez. Me parte el alma verlo así; un hombre tan jovial, que a todo le saca un chiste y todo se lo toma a broma, y parece como si hubiese envejecido treinta años más en solo unos minutos.

—¿Ya terminaste?, ¿te gustó?

—Seguro, eres una maravilla de las artes culinarias. Pero tú apenas probaste bocado. Y dudo que ese cuerpazo se mantenga solo de amor.

Cuando digo la palabra mágica, "amor", le sacó una media sonrisa.

—Estoy bien. Con lo que comí me basta. ¿Dónde tienes la computadora? Necesito que verifiques la gravedad de lo que te pasó, o mejor, ¿por qué no llamas a una de esas líneas de emergencia, al plan médico o línea de ayuda a las mujeres víctimas de...? —Y se le va la voz. Parece que empezará a llorar de nuevo.

—Perdón, ¿dijiste víctima? Aquí no hay ninguna víctima. Aquí no hubo violencia alguna, y si acaso hay alguien que fue violenta, fui yo. Mira tu espalda… pásate la mano, la tienes llena de arañazos. Te dejé mi marca en toda la espalda, eso sí que es violencia. ¿También me vas a acusar?

Me paro de la cama y voy y le planto un beso en la boca. Verificar los arañazos de la espalda y de verdad yo si soy una salvaje, una leona en celo, como él me llama.

—Esto sí requiere cuidado. Cuando te bañes te lo curo, no sea que se infecte. Vamos a la sala de estar a buscar en la computadora. Vamos, mueve ese lindo trasero y acompáñame.

De nuevo otra media sonrisa; voy por buen camino.

¿Y ahora cómo busco?

*Sangrado vaginal después de hacer el amor salvajemente con un Adonis de…*

—¿Cuánto mides, por cierto?

—Seis pies cuatro pulgadas. ¿Y eso que tiene que ver?

—Bueno ahí está la diferencia. Yo mido cinco pies cuatro pulgadas. Es más de un pie de diferencia y ese pie de diferencia está colocado en el lugar apropiado —dije, y miró su entrepiernas.

—Deja de hacerse la chistosa y vamos a buscar la información en el sabelotodo, que espero que así sea.

—Así es. Si existe, Google lo tiene. Veamos…

*Sangrado vaginal después de sexo salvaje.*

—Leíste, grandulón. Es más común de lo que pensamos, y como te dije, todas las demás razones quedan descartadas. Yo fui al ginecólogo hace tres semanas y me hice todas las pruebas y todo está en orden.

—¿Qué te llevó a realizar esas pruebas? ¿No me digas que estabas preparando el terreno para seducirme señora?

—Algo así, señorito. No, era solo mi chequeo anual.

—Bueno, si vamos a confesarnos yo también me hice un chequeo hace más o menos dos semanas y todas las pruebas salieron bien.

—¿Y eso por qué, campeón?, ¿también estabas preparando el terreno?

—Bueno, digamos que sí. No sabía cuándo pero sabía que esto pasaría, que estaríamos juntos algún día y no quería ponerte en riesgo para nada. Siempre me cuido y uso protección, pero nada es 100% seguro.

—Uhhh y haz estado con muchas mujeres…

—Bueno, con algunas.

—¿Cómo cuántas?

—Eso no se pregunta, y un caballero no habla de esas cosas y menos con una dama tan bella y educada. Me siento más aliviado, después de leer esta información. A propósito, anoche olvidamos usar preservativo, entre otras cosas. Pero no te preocupes, en un rato te enseño los resultados de los laboratorios, tampoco te preocupes por quedar embarazada.

—¿Piensas que estoy muy vieja para eso?

De nuevo salieron mis complejos de vieja asalta cuna a la luz.

—No, amor, para nada. Eres una mujer joven y saludable y ahora las mujeres pueden tener hijos hasta a los cincuenta años, mira a las artistas. Me refería a que yo estoy operado, me hice una vasectomía hace cinco años.

—¡Dios, a los veintitrés años! ¿Y qué te llevó a hacer esa locura?

—Amor, a esa edad ya tenía tres hijos que apenas podía mantener y mi pareja tres años menor que yo no se quería operar.

—¿Dónde están esos niños?

—En mi país con su mamá.

—Nunca me habías hablado de ellos.

—Es una historia larga y triste que luego te cuento.

Después de disipada la duda, o eso creo yo, pasamos el resto de la tarde escuchando música y hablando de nuestros hijos. Al igual que los míos sus hijos son varones y tienen algunas cosas en común, entre ellas el amor por los deportes. A los hijos de mi galán les apasiona el baloncesto, tanto como a los míos el balompié.

Son unos críos hermosos, de piel sepia y ojos color miel; según José Alejandro estos los heredaron de su abuela, o sea, su mamá. El tiempo se nos va volando y nos dan las seis de la tarde. Aunque picamos chucherías de la nevera mis tripas comienzan a sonar, en señal de hambre.

—¿Qué te parece si salimos a cenar? Ya que tu me has alimentado estos dos días, y yo no soy tan buena cocinera, esta vez invito yo. ¿No te parece mejor si ordenamos que nos traigan algo aquí? Solo tengo esta ropa —dice, señalando sus indecentes pantalones cortos y la camisilla con las tetillas por fuera.

—No, mejor hacemos lo que tú dices. Pido que nos traigan algo de comer aquí. Vamos a ver, ¿qué te apetece? —digo esto último arrastrando las palabras, para ver si logro despertar al monstruo dormido, pero nada. Hay una barrera en el ambiente desde el episodio del sangrado en las sábanas que ni la música ni los chistes han podido borrar.

—Yo como lo que tu pidas. Soy un hombre de gustos simples y fáciles de complacer.

—¿Ah, sí?, ¿eso quiere decir que yo soy una mujer simple?

—Usted, señora... usted no tiene ni un pelo de simple. Aquí el común y corriente soy yo, por eso sé que lo que usted ordene estará perfecto, a menos de que sean esas bolitas marrones, que tanto les encantan a la gente encopetada.

—Ahora me dijo encopetada... No, no, no. Y esas bolitas marrones se llaman caviar, y son un manjar de los dioses que en la boca de un dios del sexo deben saber a gloria.

Hace un gesto de asco con la boca y entiendo que por ahí no va la cosa, que en términos culinarios tendré que ir con cuidado con mi galán, que sus gustos por la comida son más cavernícolas. Vislumbro un hombre de carne y más carne. Me lo imagino con un traje de cuero cortito, enseñando sus poderosas piernas, un hueso en la nariz y arrastrándome por el pelo hasta la cueva para hacerme el amor de manera salvaje, contra una pared de roca, sin preliminares y sin avisos de ninguna clase. Se me hace la boca agua y otras partes del cuerpo menos visibles se humedecen también. Suelto una risita pícara y lo miro a los ojos. Luego recorro su cuerpo con los ojos, con un descaro que asustaría hasta la reina hispana del *rock* y las locuras, la misma Alejandra Guzmán.

Me detuve con descaro en sus entrepiernas y veo que el lobo no está tan manso como quería aparentar. Me muerdo los labios y me echo a reír a carcajadas.

—¿Y ahora a ti qué te pico?, ¿te estás burlando de mí?

—Bueno, pues digamos que sí. Te quieres hacer el duro y el indiferente pero tu cuerpo, y en especial tu mejor amigo, me está diciendo otra cosa. ¿Qué pasa, por qué mantienes esa distancia fría entre nosotros?

—Si es por lo de esta mañana, olvídalo ya. Leíste que podía ser producto del orgasmo tan intenso que tuve. Vamos, campeón, no seas tan trágico. No conviertas un pequeño accidente en una tragedia griega. ¿Ordenemos la comida? Tenemos pocas opciones de entrega a domicilio para escoger, así que podemos ordenar algo para recogerlo en el restaurante sin tener que bajarnos del carro. ¿Qué te parece si ordenamos una sopa de pescado y una paella marinera? Conozco un lugar donde la hacen deliciosa y nos llevan al carro con el vino incluido. ¿Qué tal campeón?, ¿Te parece buena idea? Pues manos a la obra, vamos a llamar. Para que la tengan lista en lo que llegamos. Me pongo algo decente y nos vamos.

Antes de salir hacia el carro le doy un ultimatum,— Tu sal rapidito y te montas en el carro pues no quiero que ningunos ojos disfruten de mi postre.

—Ahh se me olvidó, ¿qué pedimos de postre?, ¿un tiramisú, una tarta de crema?, ¿qué te apetece?

—Me apeteces tú de postre tendida en la mesa bañada de crema.

—Pues haberlo dicho antes. Eliminamos el postre para sustituirlo por uno accesible y más delicioso al paladar y al tacto.

—¡Ese es mi chico!

—¿Qué dijiste?

—Nada.

—O sí dijiste algo.

—Bueno, sí, dije que al fin regresó mi chico.

—Hey, yo hablé de comerme un postre pero nada de lo otro, aún estás lastimada.

Pongo cara de niña buena y triste, pero no me hace caso.

—Está bien, ya veremos, señora. No me haga arrepentirme. Le dije que por hoy está bueno de juegos peligrosos.

—Bueno, está bien. ¿Qué tal si yo también pido un mantecado con crema, para comérmelo en la mesa o en la cama?

—Eso está mejor. Pero, vamos a ver dónde quedó la mujer tímida y mojigata de hace unos días.

—Ay, no sé. ¿Será que por ahí llegó un mago del sexo con vara mágica incluida y la transformó con en una fiera hambrienta?

Le doy una patadita en el trasero para que se mueva y salgamos a buscar la comida. Me extiende la mano para que le de las llaves del coche y me siento un poco rara. Pero, qué más da… este fin de semana no está haciendo nada tradicional, así que qué más da una más. Dejaré que este grandulón conduzca a mi bebé por las calles de la ciudad, mientras a mí se me ocurren mil y una forma de distraerlo.

Sube al carro y su cara es una obra de arte. El guía le llega hasta el pecho y apenas puede entrar las piernas. Tiene que llevar el asiento casi hasta el baúl del convertible para poderse acomodar.

—Estos carros están hechos solo para chicas o para miniaturas de hombre.

—No cielo, este es un modelo especial para mujeres medianas como yo, no para grandulones como tú. —Le digo mientras río a carcajadas.

—Si te sientes más cómodo puedo sacar la todoterreno o nos vamos en tu vehículo.

—No, estoy bien aquí. Puedo sobrevivir una hora en este juguetito.

Le explico cómo llegar al restaurante y de regreso ya está bastante oscuro, así que comienzo a jugar. Empiezo pasando las manos por sus brazos y sus pectorales y viendo cómo saltan sus músculos tras mi contacto.

—Nada mal. Parece que hay unas partes de tu cuerpo que me reconocen a pesar de que el dueño se resista.

—¿Quién dijo que el dueño se resiste? ¿Quién puede resistirse ante tus encantos? Ni un muerto. Solo estoy tratando de protegerse y poner tu cuidado y tu bienestar por encima de mis necesidades cavernícolas.

—¿Qué dijiste?, ¿cavernícolas? Usted sí que lee la mente, en eso pensaba hace un rato, en ti llegando a la cueva después de un día de caza y arrastrándome por el pelo hacia la cueva y tomándome contra las rocas, sin aviso y sin preliminares.

—Yo nunca te haría algo así, no soy un macho egoísta que toma lo que quiere a la fuerza y se va. Y aunque sé que no terminé ni la secundaria y mucho menos fui a la Universidad, no soy cavernícola. Me crió una mujer que me enseñó a respetar a las damas y a portarse siempre como un caballero.

—Perdón, no fue mi intención herir tus sentimientos, y de ningún modo hacerte sentir menos porque no tuviste el privilegio de estudiar una carrera. Eres un hombre inteligente, con mucho talento en lo que haces, pintas como un artista, en fin… Para mí vale mucho lo que eres y cómo realizas tu trabajo. No me refería a eso cuando te imaginé como un cavernícola, pero perdón si te ofendí. Digamos que fue solo una fantasía loca de esas que a veces tenemos las mujeres.

—¿Ah?, ¿y esa es una de tus fantasías?, ¿que te tomen a la fuerza, sin caricias preliminares ni besos? ¿O era la forma en que tu ex marido te trataba?

—No, para nada. Isaac no era el mejor amante, y aunque a veces fue duro con sus palabras nunca me tomó a la fuerza. Yo siempre me esforcé para complacerlo. Mi entrega casi siempre fue voluntaria. Aunque no la disfrutara, generalmente me sentía bien viéndolo disfrutar; me regocijaba en su placer. Hasta que comenzó a ofenderme y a llamarme frígida y esas cosas. Pero ya. Hablé demasiado; no quiero seguir con ese tema.

—Gracias por la confianza y abrir así tu corazón. A pesar de haber sufrido mucho eres muy valiente y aún te arriesgas, tienes sueños y fantasías. Yo, mi querida dama, haré todo lo posible por cumplir cada una de ellas, siempre y cuando no la lastime. Cuente conmigo como su esclavo sexual. Haga conmigo lo que desee, cuando lo desee.

—¿Está seguro de lo que dice, caballero? Mire que deseo continuar tocando ciertas partes… ¿Por qué no comenzar con el postre ahora, antes de la comida? —digo, y entro las manos por la abertura lateral de sus pantalones cortos y tocó la fuente de mi deseo. Esta vibra como un resorte ante mi contacto y de nuevo se me hace la boca agua.

Me entran ganas de sacárselo en plena carretera y llevárselo a la boca, aunque me ahogara en el intento, pues en mi Adonis todo era grande. Mas no me atrevo. El carro era muy bajito, cualquiera nos podría ver con facilidad; solo lo recorro con los dedos, hago círculos en su glande y en un suspiro ya estamos entrando a la casa sin darme cuenta.

—Vamos, traviesa, ya llegamos. Deja de jugar y abre la puerta del garaje. Tú quieres jugar con fuego, yo te voy a enseñar lo que es juego pesado. Como que hay otra fantasía por ahí, como hacer travesuras en los coches, vamos a ver cómo me organizo para complacer a esta leona inventora e insaciable. Esta también tengo que anotar en la agenda. Sigo sumando fantasías a las lista: trío con Tomy, sexo salvaje en una cueva o contra las rocas, sexo en el auto a toda velocidad, ¿algo más, señora?

—Por el momento no. Con esa lista está bien, ya se me ocurrirán otras cosas, como estrenar todos los enseres de la casa, la lavadora, por ejemplo. Vi una película donde la protagonista que ahora no recuerdo el nombre tenía una experiencia religiosa, teniendo sexo sobre la lavadora, mientras ésta estaba en función. Eso me pareció interesante.

—Lo anoto también. Pero mientras usted alimenta su imaginación, qué tal si alimentamos a ese cuerpecito suyo que lleva rato crujiendo por comida.

La comida está deliciosa y esta vez sí que mi galán come con ganas. No queda ni un granito de arroz en su plato. Parece que el jovencito tenía hambre de verdad.

—Sí, además la comida estaba rica, gracias por la invitación.

—Gracias son las que te adornan —digo muerta de la risa con lo cursi que me parece el personaje de la vieja serie *El Chavo del ocho* cuando le dice esto a Don Ramón. Es que el amor nos vuelve niños, o saca a pasear de vez en cuando al niño dormido que todos llevamos.

—¿Tengo una pregunta, por qué me dices jovencito con tanta frecuencia?

—Por la misma razón que tú me llamas señora.

—Perdón, yo no te digo señora refiriéndome a la edad. Te digo señora porque eres toda una alta ejecutiva y en sustitución de doctora Masías la señora me parece más sexy. Pero lo de jovencito es como para recordarme que estás con alguien menor, como si yo fuera un niño y tú una anciana, por Dios. Yo soy un hombre de casi treinta años y que he vivido el doble de lo que tú has vivido a los treinta y tantos años. Que son un par de años comparado con el mundo que yo he recorrido. A los dieciséis cuando aún estabas en la universidad yo ya me había estrenado como padre y trabajaba para mantener a mi familia, tú debías tener como veinte y tres años y a lo mejor todavía eras virgen.

—Sí, me casé a los veinticinco cuando terminé el doctorado y todavía era virgen. Tú lo dices como si eso fuera un delito y no lo fue, fue una decisión mía. Tomada de manera consciente y responsable.

—Ese no es es el punto, el asunto es que cuando tú perdiste tu virginidad ya yo tenía tres hijos, había salido de mi país, vivía solo en el otro lado del mundo. ¿Quién es el viejo aquí y quién es la jovencita inocente?... bueno, no tan inocente. Pero ya deja de verme con un niño. Soy un hombre, ¿es que acaso no te lo he demostrado?

—En ese sentido estamos claros de que no eres un niño. Pero nada... —Levanté la mano en señal de rendición— te prometo que no te vuelvo a llamar jovencito.

—Ni yo a ti señora, aunque me encanta como suena.

—No me molesta que me llames señora, de verdad. Suena sexy en tus labios.—

—¿Dónde nos quedamos? Uhh, pensándolo bien, en la fantasía número cuatro, y en el presente, en un postre delicioso que yo me voy a comer con crema en esta mesa.

—No, será mejor que lo dejemos para luego. Estoy un poco sudada. Mejor después de un baño.

—No, no, señora. Usted es una alta ejecutiva, de una compañía seria, y su palabra debe tener credibilidad. Usted debe valer su peso en oro. Quedamos en que era postre y será postre. Voy a la cocina por la crema y otra copa de vino. Se me están ocurriendo muchas ideas para comerme este postre que me lleva provocando y tentando desde que abrió los ojos esta mañana.

—¿Yo?, ¿yo te he estado provocando?, oh no.

—Pues sí, bella dama, y le llegó su turno de pagar. Quítese esa camiseta, que, por cierto, tampoco deja mucho a la imaginación, y esos pantaloncitos. Estoy deseoso de probar mi postre.

Con su ayuda me quito los pantalones cortos con panties incluidos y la camisilla de manguillo que llevaba puesta sin sostén. De un tirón me levanta en sus brazos y me deposita en la mesa como si fuera una pluma.

—Va a ver, señora provocadora, si ahora tiene deseos de hacer chistecitos y tirar indirectas.

Lo primero que hace es separar los brazos, abriéndose como una mártir, y luego hace lo mismo con las piernas. Así, expuesta, me siento vulnerable y avergonzada, pero mi adorado tormento no me da tiempo de pensarlo mucho y comienza a untar crema fría en todo mi cuerpo, dejando un trazo de sensualidad en todo su recorrido. Exprime el pote de la crema y luego la riega con sus dedos expertos, sabiendo dónde detenerse y rozar o apretar y dónde tocar solo con su aliento cálido. Una vez completada la obra de arte, parezco una momia amortajada de blanco. Comienza por su lugar favorito: mis pies. Chupa toda la crema que encuentra a su paso, deteniéndose en los puntos precisos, para luego subir por las piernas y pasar su lengua caliente de arriba abajo, de abajo hacia arriba, sin dejar ni un rincón sin lamer.

De las piernas salta a mi vientre. Ya yo me había anticipado a su encuentro y había levantado las caderas para darle mejor acceso a mi vagina. Pero sus planes son otros: pasa de largo y sube hasta mi vientre concentrándose de manera especial en el hueco de mi ombligo. Allí entra y saca la lengua, como si fuera su pene en mi vagina. Con estos envistes ya me retuerzo de ansiedad, pero él me mantiene controlada con las manos. No veo el momento en que coma donde tiene que comer, pero él se está tomando su tiempo y, como dijo, se está vengando por mis provocaciones de todo el día.

Continúa el recorrido por mis costillas, llega a mis senos y se detiene en ellos una eternidad. No es que no lo esté disfrutando, pero cada chupón que da, cada apretón, cada pequeña mordida hace palpitar mi centro con desesperación. Me urge sentir ya su boca, su lengua en mi vagina, en mi clítoris, necesito llegar al orgasmo cuanto antes o moriré de la ansiedad.

Al parecer el muy pillo es consciente de su labor y deja mis senos para recorrer mi cuello, mis orejas, besarme con pasión. Cierro mi agitada boca que ya está hiperventilando. Siento un halo de esperanza cuando suelta mi boca; por fin, respiro profundo… Terminó su recorrido, ahora sí. Pero ahora no me suelta y me tira boca abajo; ahora empieza lo bueno.

Oh no, esto no puede ser otro recorrido de una eternidad, no por favor, pensaba… Solo siento su aliento en mi cuello y de nuevo el frío de la crema por toda mi espalda, mis nalgas y un poquito más abajo de mis nalgas.

Pienso, esto es como volver a empezar. Dios, ¿cuándo acabará?, ¿estaré viva para ese momento, o habré muerto de deseo y desesperación?

Aprovechando una distracción de él, levanto mis nalgas y la parte baja de mi espalda para tocarme íntimamente y lograr calmarme un poco, pero no me deja.

—No, no, no, señora tramposa. Este es mi postre y yo decido cómo me lo como. —Me saca la mano de donde la había colocado y la pone sobre mi nuca—. No la mueva de ahí o le doy un par de nalgadas.

Y me las da. Solo siento el pla, y un ligero cosquilleo que rápido es sustituido por un reguero de besos que siento en el mismo centro de mi sexo.

Aún no me he acostumbrado a la sensación de la nalgada cuando otra sensación sustituye la anterior. Aparta mis nalgas y pasa su lengua sobre mi agujero negro. Eso sí que no me lo esperaba, tengo una mezcla de vergüenza, asombro y mil sensaciones más que no puedo explicar. Pienso que eso solo se hace en las películas porno y que era asqueroso. Nunca pensé en un beso de esa naturaleza o en una penetración de la lengua, porque no era un beso. Me está haciendo el coito por el ano pero con la lengua y se siente delicioso. Ahora sí que mis movimientos se arrecian, ya no puedo aguantar más. Comienzo a batir mis caderas con desesperación aclamando su encuentro. Siento que me entra el dedo mayor en la vagina y con el pulgar da vueltas en círculo a mi clítoris. La sensación es demasiado fuerte e inesperada y sin casi darle tiempo a que ponga la boca en mi vulva me voy de este mundo con un grito aterrador. Todo mi cuerpo tiembla y me quedo así, con él aún lamiendo mi vulva, mi clítoris y yo hecha una muñeca de trapo, inerte, sin vida.

En ese orgasmo se va la mitad de mi alma.

Su cara de satisfacción vale una fortuna. Parece un niño cuando estrena un juguete nuevo. Yo, egoísta y mal amante, ni siquiera intenté tocarlo. Solo me concentré en mí, en sentir. Por menos que eso me hubiesen insultado y tirado la puerta en la cara. Bueno, a decir verdad, nunca en mis años de casada había pasado por una experiencia igual.

Me lleva en brazos al baño aún con las extremidades colgando a los lados sin fuerza. Me pone a un lado sin dejar de abrazarme ni un segundo, prueba la temperatura del agua de la ducha, se quita los pantalones y se mete conmigo bajo el chorro de agua caliente. Mi cuerpo recupera las fuerzas y empieza a enjabonarme los brazos, la espalda y las nalgas.

—Uh uh, deténgase, campeón, ahora me toca a mí comerme mi postre y lo quiero al natural, sin azúcar añadida. Tengo que cuidar la figura para estar al día con este gladiador romano del sexo.

—Anda, ahora soy un gladiador. O sea que soy un hombre de múltiples personalidades; cada vez que hagamos el amor tendré un nuevo nombre, una nueva personalidad. Espero que la lista sea bien grande, pues esto apenas comienza. Lo que hemos vivido hasta ahora es solo el aperitivo. Los platos fuertes están reservados para más adelante, aunque estoy consciente de que no sigo el orden de la etiqueta porque me acabo de comer el postre y, por cierto, estaba delicioso. Pero no me puedes pedir mucha etiqueta y protocolo, teniendo en cuenta que soy tu cavernícola preferido.

Mientras él habla yo recorro su delicioso y potente cuerpo con la esponja y con mis manos. Sin previo aviso lo retiro del chorro del agua, me pongo de rodillas y comienzo a comerme mi postre. Recorro sus cavidades venosas con los dedos de las manos para luego recorrer la misma ruta con la lengua, levanto su escroto y beso y succiono sus testículos uno a uno. Me lleno la boca con ellos, siento su textura firme y pesada, siento moverse su interior de un lado a otro mientras los sostengo dentro de mi boca. Recorro con mi lengua la zona corrugada del periné, esa línea que se extiende entre el ano y los testículos y que parece la línea trazada por un escultor en una obra de arte. Lo siento brincar cuando llego a esa parte, pero no me detuve. Parezco una verdadera fiera dispuesta a todo por dominar a su presa.

Me siento invencible viéndolo temblar bajo el toque de mis caricias. Sostengo sus testículos en mis manos y continúo acariciándolo. Muevo mi boca hacia esa cresta violeta, que llora anhelante por recibir mis atenciones, la rozo con los dedos y seco sus lágrimas para luego llevarla a mi boca y saborearla. Continúo mi ascenso a través de toda la extensión de su impresionante miembro. Por un momento titubeo pensando si sería capaz de darle placer con mi boca, si no me ahogaría en el intento. Pero eso solo pasa por mi mente por una fracción de segundo. Repito el recorrido una y otra y otra vez. Hago círculos con mi lengua alrededor de su glande, lo saboreo con vehemencia; con mis labios y ayudada por las manos estiro toda la piel de su prepucio hacia atrás y de un zarpazo me llevo casi todo su miembro a la boca hasta tocar el fondo de mi garganta. Para mi sorpresa esta vez no tengo arcadas, no me da nauseas, solo siento un placer inmenso. Con la felicidad que trae dar placer al ser amado, y si ya amo a este hombre, no sé cuándo se da, si es o no amor, pero solo se puede dar y sentir placer con esta intensidad cuando se ama, o eso creo.

Sigo entrando y sacando su miembro de mi boca. Cada vez lo llevo más profundo, quiero engullir todo, hacerlo parte de mí. Continúo así por un rato hasta que lo escucho gruñir y con delicadeza tomarme el pelo para sacar su pene de mi boca y mirarme a los ojos.

—Princesa, ya no aguanto más. Será mejor que te retires y me dejes terminar a mí.— Esto es como un balde de agua fría para mi ego.

—¿O sea que prefieres tus manos a mi boca?

—No, princesa, no he dicho eso, pero no sé si estás preparada para que termine en tu boca. Eres un poco nueva en esto y no sé si lo has hecho antes. Para algunas mujeres es desagradable el sabor del semen.

—No lo he hecho antes, pero quiero probar contigo. Déjame vivir la experiencia y después te digo si me agrada o no.

— Está bien, hazlo que quieras, soy tuyo.

Llena de valor tomo su miembro de nuevo en mi boca. Esta vez combino el movimiento de las manos retirando y estirando su prepucio mientras su pene entra y sale de mi boca. Lo siento contraerse y gritar mi nombre a todo pulmón y me pierdo con él en su grito de placer. Yo también siento la gloria y la liberación. Mientras su miembro palpita en mi boca y derrama toda su semilla, no le di importancia al sabor; era un sabor salado, algo espeso, no una delicia pero tampoco algo desagradable, o que no se pueda soportar. Lo mejor es ver a ese gigantón temblar bajo mis caricias y escucharlo gritar mi nombre con desesperación. Terminamos de bañarnos y nos vamos a la cama. Ya es tarde y mañana es lunes, y hay que trabajar.

En la madrugada lo siento levantarse y darme un beso.

—Nos comunicamos más tarde princesa, son las cuatro de la mañana y a la cinco tengo citados a los obreros para comenzar la remodelación de un edificio de apartamento. Me llamas cuando tengas tiempo, te dejé café, y mi corazón está debajo de la almohada, cuídalo.

# *Capítulo Trece*

A las siete de la mañana de ese mágico lunes suena mi despertador. Como los chicos están de vacaciones en casa de mi madre por todo el mes de julio, no tengo que madrugar. Verifico mi agenda en la computadora portátil y no tengo nada pautado para la mañana; decido tomarla con calma. Me acurruco un poquito más perdida en los recuerdos de ese fin de semana glorioso. Como una adolescente enamorada hago caso a las ocurrencias de mi Adonis, levanto la almohada en busca de su corazón y lo pego a mi pecho. Él también se ha llevado algo mío, tengo un vacío extraño, un deseo de que entre por esa puerta con su hermoso cuerpo desnudo y me traiga el desayuno.

*¡Guau! que rápido una se acostumbra a lo bueno*, pensé.

Una vocecita me dice que debo ir con calma, que las cosas están pasando muy deprisa, pero, después de treinta y nueve años de vivir en un limbo sexual y descubrir el paraíso, ¿quién quiere esperar?, ¿quién puede ser prudente?

Me levanto para hacerme desayuno e ir al trabajo, pero la pereza me consume. Mejor me tomo el café y desayuno algo en la cafetería del trabajo. Me doy un ligero baño, para no borrar las huellas de sus caricias que aún están impregnadas en mi piel. Casi ni me paso la esponja en un acto inconsciente de conservarlo junto a mí todo el día. Me estiro el pelo un poquito con la plancha caliente, me pongo un traje sastre y algo de maquillaje y con la taza de café en mano salgo para el trabajo. Esta vez me aseguro de tener el teléfono celular con suficiente carga y, aunque acostumbro a tenerlo vibrando, esta vez le subo el volumen lo más alto posible. Y con cara de mujer satisfecha, pero muy satisfecha, llego al trabajo. Estoy por creer que no es un mito: el buen sexo mejora la productividad.

El primero en notarlo, o en decirlo, es mi asistente Miguel.

—Jefa, está radiante. Ese cambio de imagen le viene de maravilla, pero como que huelo algo más. Hay un brillo en sus ojos y en su piel que no tiene que ver con el cambio de imagen o sí.

—Ahhh, Miguel, tú y tu extraordinaria imaginación. ¿Es que no puedo sentirme feliz conmigo misma y disfrutar de la vida sin que veas fantasmas?

—¿Quién ha hablado de fantasmas? A mí se me hace que alguien por ahí se comió el bombón de chocolate y se le sale el dulce hasta por los poros.

Por instinto me acerco los brazos para olerme, y con esto le di más motivos a este loquito para reír y hacer todo tipo de conjeturas.

—Jefa, yo de mujeres no sé mucho pero de hombres sí. Si necesita algún consejito, o inventarse alguna travesura me avisa. Ese tipo de hombre hay que mantenerlo en expectativa todo el tiempo o se aburren. Jefa, no sea mojigata, disfrute la vida y no ponga pretexto para nada. Yo me levanto a esa máquina de hombre y me lo como completo aunque me muera de diabetes.

No me queda más que echarme a reír con las ocurrencias de este loco. Aunque de momento me hice la ofendida.

—Oye, como que te estás buscando una amonestación. ¿Me llamaste mojigata y qué más? —No pude contener más la risa. Le di un besote a ese loco que tenía por asistente—. Vamos a trabajar y deje de inventar historias.

No obstante, no me olvidaré de los consejos de Miguel sobre mantener a mi hombre en expectativas todo el tiempo. Tendré que consultar al que lo sabe todo, a Google, cuando llegue a casa y buscar unos cuantos consejos para evitar la monotonía en la cama. Comprarme alguna de esas cremitas con sabor y ver qué más puedo inventar. Pero mojigata yo, no, no. No más.

A la hora del almuerzo recibo el primer mensaje de mi adonis.

Saludos, princesa. Espero que no te hayas olvidado de mí tan pronto, yo no dejo de pensar en ti, sobre todo en esa boquita tan pequeña en apariencia, pero tan glotona (pone un carita ruborizada). Si estás almorzando buen provecho y que la comida te caiga como te caigo yo.

Salud y besitos, donde tú quieras, donde más te guste.

Sin pensarlo cruzo las piernas y las aprieto. *Adriana, de verdad que te perdimos, te mandan un beso y con solo eso ya estás excitada. No te conozco, me digo.*

Después del mensaje del mediodía no tengo más noticias de José Alejandro. En la tarde hablo con mis hijos, quienes solo me dicen "Hola, mami, te amo, pero estamos ocupados, tenemos prisa. Tío nos va llevar a su trabajo en el hotel donde dice que se están hospedando unos jugadores del América, que los vamos a poder saludar y nos van a firmar autógrafos. Chao, mami, te amamos", y le pasan el teléfono a la abuela porque alguien más importante que yo los espera. Pienso, ¿será que los *hombres, son todos iguales*?

Me paso toda la tarde pendiente al teléfono y no da señales de vida. Solo vibra cuando recibo dos alertas del banco de que han procesado las compras del sábado y una llamada de una de las mamás del equipo de los niños, recordando que teníamos pendiente salir el sábado a dar una vuelta y que la dejé esperando. Luego la llamaré para pedirle disculpas. Pero es que esa mamá es medio excéntrica y le gusta ir a unas barras que no me agradan; de esos lugares donde todas las mujeres se ponen en línea para que alguien les invite a una bebida o a bailar. Respeto y admiro a las que lo hacen y se sienten bien así y lo disfrutan. Yo no me siento cómoda en esos ambientes. Además, no tengo ropa adecuada para ir a esos lugares. La única vez que fui salí directo de la oficina con la ropa de trabajo y, aunque me quité la chaqueta y me quedé con una camisa sin magas y los pantalones, parecía una monja en medio de tantos escotes y pantalones y faldas cortas. No, eso no es lugar para mí, por lo menos para ir sola no. Pensándolo bien, algunas de las ropas que me compré el sábado son bastante parecidas a los modelos que usan esas chicas, un poquito más recatado, pero no tanto.

Salgo de la oficina a las seis de la tarde, verifico en la guagua si está mi bulto con mi ropa de hacer ejercicio y pienso que me vendría bien quemar un poco de calorías y gastar las energías. El gimnasio queda en el último piso donde está mi oficina, así que tengo tiempo de llegar a la clase de *spinning* de las seis y media y luego coger la clase de acuayoga. Así podré caer noqueada en la cama y no pensar en nada, ni en nadie.

Practico con más energía que nunca aunque hay unas partes de mi cuerpo que se sienten al contacto con el sillín de la bicicleta. Trato de hacer toda la clase parada en la bicicleta y apenas me siento en algunos descansos para tomar agua.

—Adriana, como que hoy estamos rebosantes de energía. Qué bueno, hoy has trabajado como una campeona, te mereces un premio. Qué tal un bombón de chocolate.

—¡Nooo!

Mi grito se escucha por toda la clase, y yo pensando que lo grité internamente.

—Perdón, ¿dije algo malo, o es que odias los bombones de chocolate?

Dios, el universo conspira contra mí.

—No, no dijiste nada malo, Karla. Estaba pensando en otra cosa, y me salió la expresión. No tiene que ver contigo ni con el bombón de chocolate.

Si pudieran leer o tocar mi cara sabrían que estoy ardiendo de coraje. Vengo a hacer ejercicio para sacarme a José Alejandro de la mente y a sudar para sacármelo de la piel y todo el mundo conspira contra mí. No, esto sí que es mala suerte.

Al salir de la clase de *spinning* a las siete y media ya no tengo ánimos para yoga. Lo que necesito es una ducha caliente, comer algo e irme a la cama. Recojo mis cosas y, como de costumbre, verifico el celular. Tengo dos llamadas perdidas y un mensaje de voz.

Hola, princesa, ¿qué tal tu día?, ¿me pensaste aunque sea un poquito? Espero que sí; yo no he podido dejar de pensar en ti. Tengo para decirte que la lista de fantasías aumentó como a veinte. Se me han ocurrido unas cuantas cosas que quiero hacer contigo y que creo te van a gustar. Por favor, cuando puedas regalame una llamadita.

*Uhhh, qué oportuno. Casi las ocho de la noche y ahora quiere hablar; que se vaya para el carajo.* Soltando el teléfono. Enciendo el motor del todoterreno, y apenas lo hago entra un mensaje de texto.

Belleza, si estás cansada y no me quieres ver hoy ni siquiera un ratito por lo menos déjame escuchar tu voz.

De mala gana conecto el altavoz del vehículo y marco su número. Se escucha un suspiro.

—Gracias por llamar. Pensé que me iría a la cama sin el privilegio de oír tu voz. ¿Qué tal tu día?

—Bien, mucho trabajo, pero todo dentro de lo normal. Y tú, ¿qué tal?

—Yo bien, pero te siento rara. ¿Estás con alguien?, ¿no puedes hablar?

—No, estoy sola. Estoy conduciendo a casa y estoy bien.

—¡Guau! Señora, si usted lo dice le tendré que creer que está bien. Pero entiendo… Si saliste hasta ahora del trabajo debes estar muy cansada.

—No, salí como a las seis. Solo me detuve para hacer un poco de ejercicio.

—¿Y el ejercicio te pone de mal humor, o es que estabas dando puños al saco de boxeo y pensando en la cara de alguien?

—No, solo hice *spinning* en la piscina por una hora; y por el contrario, el ejercicio me relaja y me ayuda a liberar las tensiones.

—Ahhh, pero al parecer no logró su efecto y sigues tensa. ¿Te apetece un masaje? Yo me ofrezco como voluntario, a domicilio y gratis.

No me queda otra que echarme a reír.

—No, no hace falta, estoy bien, de verdad.

—Uhhh, eso quiere decir que no me extrañas ni un poquito.

Y me lo imagino sacando esa bembita violeta y me dan ganas de sacarlo por la pantalla del teléfono y comérmelo. Que voy a hacer con este hombre. Rompe todos mis esquemas.

—Realmente lo que necesito es darme un buen baño, comer algo y acostarme a descansar. Este fin de semana fue muy intenso para mí, quizás para ti fue normal.

—Señora, ¿qué insinúa?, ¿que yo me la paso por ahí teniendo fines de semanas apasionados sin control? Está muy equivocada, señora. Para mí muchas de las cosas que pasaron también son nuevas. Y no es que sea un santo, pero las parejas que he tenido desde que salí de mi país son amigas ocasionales. Salimos a bailar, a comer algo, y si se da el ambiente y la ocasión nos vamos a un motel y tenemos un poco de sexo y luego cada quien para su casa. No hay fines de semanas con maratones de sexo, ni leonas en celo que me devoren completo y no me dejen respirar. Eso es solo con usted. Nunca tengo citas planificadas, solo encuentro casuales, con conocidos, claro, pero nada más.

—Bien. Muy ilustrativa la explicación: encuentros casuales con algunas amigas de baile. Y se podría saber cuántas son algunas amigas.

—No me digas que estás celosita... Ninguna de esas amigas significan nada para mí, ni yo para ellas, es solo un intercambio de placer por placer, por decirlo de alguna manera. Y si te preocupa la cantidad solo son dos o tres amigas.

—¿Cómo así?, o son dos o tres, o es que hay una siamesa y vale por dos.

—Muy graciosa la dama. Tengo tres amigas, y para decirte más, ellas se conocen entre sí. A veces hemos coincidido en bailes y no pasa nada.

—¿Cómo que no pasa nada?, ¿qué haces?, ¿te vas con las tres?

—Válgame Dios, señora, ¿y qué usted se ha creído que yo soy?, ¿un superhéroe?, ¿un superhombre para acostarme con tres mujeres a la vez?, no, por favor. Eso solo se ve en las películas porno y esas escenas duran semanas en filmación para que salga como si fuera real. Pero te confieso que desde el día que me abriste la puerta de tu casa para verificar lo de las reparaciones y remodelación de tu cocina estuve célibe. Desde ese día usted se me metió en la sangre y no he tenido ojos para otra mujer que no sea usted. Y sobre las amigas o compañeras de parranda, cuando nos encontramos todos, que han sido pocas veces, siempre invento una excusa y me voy primero. Ellas saben todo, pero no las voy a exponer a esa incomodidad de salir con una y dejar a las demás esperando. Aunque también sé que ellas tienen otros amigos como yo, sin compromisos.

—Por Dios, cómo han cambiado las cosas. ¿Dónde he estado metida todo este tiempo? Amigos sin compromiso que se acuestan, se encuentran y no pasa nada. Yo me quedé en la edad de piedra, en la era de las flores, el cortejo, las citas al cine o a cenar. Yo pensé que me había saltado todas las reglas contigo, que me había comportado como una mujer fácil, libertina. Con razón hoy me llamaron mojigata. Si es que yo me perdí de los cambios del mundo en estos diez años.

—¿Y se puede saber quién te dijo mojigata? Quien te dijo eso no conoce a la Adriana de este fin de semana. Y usted de fácil no tiene nada, yo llevo cortejando y suspirando por usted casi seis meses, ¿no cree que es suficiente tortura? Y si le suma que por todo este tiempo me mantuve casto y puro para usted, señora, yo me merezco un premio.

—Oh, no, otro no... espero que no sea un bombón de chocolate —digo entre risas.

—Cuéntame el chiste, que no lo entiendo. ¿A quién le regalaron un bombón de chocolate?, ¿a usted?, ¿quién fue el atrevido, acaso no sabe que ya usted tiene su bombón de chocolate, que es bastante empalagoso y pegajoso y todos los *osos* y no necesita más ninguno?

—Ja, ja, ja, me voy a orinar de la risa. Tú eres el bombón de chocolate. Así te bautizó mi asistente, y para colmo hoy la instructora del gimnasio también me recomendó que, como premio, me comiera un bombón de chocolate. ¿Crees que mi día ha sido fácil? Tú me sales hasta en la sopa.

—Ah, qué bien y eso te molesta.

—Bueno, para serte franca un poco. Voy al gimnasio a despejar la mente, para no pensar en ti y apenas termino me recomiendan de nuevo que te coma.

—Qué bien, ahora sé que tengo dos aliados y que no estoy solo en esta lucha. Lo tendré en cuenta para la lista de regalos de Navidad.

—Payaso, y tú tan grandote crees en el viejo barrigón ese de Santa.

—No, yo creo en el niñito Jesús y en el milagro de la Navidad. Yo crecí con ese milagro y creo en él; mi mamá me crió así. Cualquier época del año podía haber poca comida, a veces solo arroz blanco con un poquito de aceite. Podía pasar todo el año remendando mis pantalones y con los zapatos rotos, pero en Navidad nunca faltaba una rica comida en la mesa y una ropita nueva y zapatos para ir a ver al niño Jesús en la iglesia el veinticinco de diciembre. Yo creo en la magia de la Navidad, mi mamá siempre la mantuvo viva. No sé cómo lo hacía... Creo que ahorraba todo el año para que ese día fuera inolvidable, único, especial, mágico.

Ay, que historia tan hermosa y tan tierna. De escucharlo voy todo el camino llorando como una perfecta boba.

—Pero falta mucho para Navidad. Si quieres comerte tu bombón lo puedes hacer ahora, no tienes por qué esperar. Dime que sí puedo verte un ratito. Te prometo que me porto bien y me voy temprano a dormir a casita como niño bueno.

—Si me lo pides de esa manera, ¿quién se puede negar? Ven, pero tenemos hasta las once. Mañana tengo un día pesado; hay reunión de junta en la mañana y evaluación del personal toda la tarde y cual de las dos cosas me pone más tensa. Sobre todo que es mi primera reunión como gerente general y socia con derecho al voto.

—Eso suena muy interesante, señora. Prometo portarme bien, si usted me deja.

—Presumido.

—Señora, ¿quiere que le lleve algo de comer o prefiere que le cocine? Estoy a sus servicios.

—Mejor compro algo de camino asi tenemos mas tiempo.

—Uhh eso me gusta, ¿más tiempo para qué?

—Para hablar, para que más.

Paro a comprar dos órdenes de filete con papas majadas y vegetales salteados, estoy tentada a ordenar un vino. Pero me llega la cordura, apenas es lunes, y ordeno dos botellas grandes de agua mineral.

Llegamos a la casa prácticamente a la vez; yo bajándome del carro y él tocando el timbre. Salgo para abrirle la puerta de la sala.

—Entra —le dije—. ¡Guau!, ¿vas de parranda?, estás guapísimo hoy.

—Me di un baño para variar, y esta vez no salí corriendo detrás de ti lleno de pega y cemento. Me puse algo decente, digno de una dama como usted. Tú no te quedas atrás, te ves divina con ese pantaloncito pegado y esa camiseta que marca todos tus encantos. Uhhh... se me hace la boca agua —dice, y me pasa la lengua por el cuello.

—Vamos, echa para allá. Tengo todavía el agua con cloro de la piscina.

—Usted como quiera sabe deliciosa. Si la bañaran en cianuro me lo comería para morir como el filósofo Sócrates.

—Primero, no fue cianuro, fue cicuta, y segundo, no fue Sócrates sino Platón.

—Bueno, pues algo de eso, sabelotodo. Ya le estás ganando a tu amigo Google.

—Y no seas exagerado. ¿Cómo que me comerías bañada en veneno?, deja la tragedia ya. Ve poniendo la mesa en lo que me baño.

—Yo pensé que te podía bañar.

—Estás vestido de blanco, el lino se arruga muy rápido y me gusta cómo te ves. No eches a perder la envoltura del caramelo.

—Ay, eso dolió... Me bajaste de categoría: de bombón de chocolate a simple caramelo, ¿qué pasó?

—Déjate de payasadas y sirve la comida. Son las ocho y treinta nos quedan menos de tres horas.

Se pone la mano derecha en la frente y hace el saludo de soldado.

—Sí, señora. Lo que usted diga, señora.

Comemos en calma. Mi Adonis corta los filetes, que, de hecho, se le da muy bien el uso de los cubiertos y la manera en que montó la mesa: todo en su lugar, hasta escogió las copas adecuadas para el agua. Un gran detalle para un hombre de pocos estudios y escasa cultura. Eso lo investigaré después; no quiero dañar el ambiente con preguntas absurdas.

Cada vez que ve mi boca vacía la llena con otro trozo de carne y un poco de vegetales. La cena es tranquila, con su toque de sensualidad y uno que otro comentario picante hecho por él o por mí, pero nada que sacara las cosas de control. Descubro que podemos estar cerca y hasta abrazándose sin tocarse sexualmente, solo disfrutando uno de la compañía del otro.

Continuamos contándonos cosas de nuestras infancias. A él le tocó vivir una vida dura; lo crió una madre que era casi una niña cuando lo engendró en la casa de la familia donde trabajaba como ayudante de la señora. El sujeto en cuestión no se hizo cargo de su responsabilidad y solo se limitaron a tirarla a la calle con una criatura en el vientre.

Ella decidió salir de su pueblo por la vergüenza, y con los poquitos ahorros que tenía compró una cama y alquiló una pequeña habitación. Crió a su hijo haciendo el único oficio que sabía hacer: lavar y planchar ropa ajena, y cuando el niño creció y lo pudo dejar solo, o llevarlo a una guardería de la comunidad, entonces cocinaba en casa de la gente adinerada. De ahí la habilidad de José Alejandro con los cubiertos y el uso de las vajillas; su mamá le enseñó todo cuanto sabía.

A mí me da pena contar mi historia en detalles, pues mi familia no era rica pero era de clase media. Contrataban a muchachitas, casi niñas, para hacer los quehaceres del hogar y que las niñas de familia se dedicaran a estudiar, a bailar *ballet* o a tocar algún instrumento musical, para aumentar las posibilidades de un buen partido; o sea, que en el siglo veinte no habíamos adelantado mucho. Todavía las mujeres éramos mercancía a la venta en busca de un buen postor, y aún en este siglo veintiuno las cosas no han cambiado mucho.

Entre risas e historias se nos van las horas y a las once en punto mi galán se pone de pie, me extiende la mano para que me levante del sofá y se despide con un apasionado beso.

—Lo prometido es deuda: el Ceniciento se tiene que ir a dormir antes de que la carroza se convierta en calabaza. Gracias por la velada, estuvo divina.

—Gracias a ti por venir. —Le devuelvo el beso con la promesa no dicha de vernos al otro día—. Chao, que llegues bien.

—Chao, princesa. Lindos sueños.

# *Capítulo Catorce*

Esa semana se va de prisa entre reuniones de trabajo, algunas visitas a las tiendas, ya sea para comprar materiales escolares o para preparar el viaje para ir a recoger a los chicos, y de paso aprovechar para pasar unos días con mi amada madre y que esta me hiciera aumentar algunas libras. Por más que me esforzaba por explicarle el esfuerzo que me costaba mantener un peso adecuado, ella no lo entendía; para ella era descuido y falta de alimentación por falta de tiempo, por ocuparme de los bebés, como ella los llamaba, y por tanto trabajar. Pero con las madres no hay quien discuta, más aún si se tiene lejos y se ve solo algunas veces al año.

Saco la lista de regalos para los familiares, que es enorme, y comienzo a tachar los que ya tengo, para saber qué me falta por comprar. Dedico el miércoles y jueves a terminar las compras para el viaje. En la noche siempre comparto un rato con mi Adonis. Lo extraño es que rigurosamente a las once en punto se levanta del sofá, me da un beso apasionado y se despide con la misma frase: "Que descanse, bella dama, y, por favor, me sueña como yo a usted".

El viernes me deja un mensaje temprano y por primera vez en la semana está cargado de insinuaciones, de promesas de sexo ardiente y divertido. En el mensaje me pide que no haga planes para la noche, que me va a raptar y que la noche es para compensar todos estos días de abstinencia. Condición que él se autoimpuso y que a mí me costó mucho respetar.

Me paso la tarde mirando el reloj ansiosa por salir de la oficina. Como ejecutiva de alto nivel y gerente general de la compañía no tengo que dar explicaciones ni tengo horario de salida, pero me gusta dar el ejemplo a los empleados, y sobre todo despedirme de ellos y desearles un buen fin de semana. Para bajar la ansiedad y matar el tiempo me pongo a revisar la agenda, a leer algunos correos electrónicos de poca importancia, aunque la mayoría ya han sido filtrados por mi eficiente asistente Miguel. Siempre me envía uno que otro para que determine si vale la pena contestar tal o cual propuesta.

A las cinco en punto me despido de los empleados y salgo a toda prisa de la oficina. Me encuentro a Miguel en el elevador y como siempre sale a relucir su picardía.

—Como que hoy llevamos mucha prisa... Al parecer habrá exceso de golosina este fin de semana.

¿De que, de golosinas?

—Jefa, del bombón de chocolate. Solo te pido que te dejes llevar y que disfrutes el día de hoy por si no hay mañana. No pienses mucho las cosas, actúa y disfruta, que si quieres después yo te acompaño con el cura a pedir perdón, y hago la penitencia contigo, o nos vamos a darnos unos tragos y a olvidar el asunto. Pero vive, mujer.

Miguel siempre me hace reír con sus ocurrencias. Continúo mi camino mientras le doy las gracias a ese loquito; que a veces es muy sabio. Decido continuar con mi locura, dejarme llevar por la corriente, vivir sin miedo y sin preconcepciones.

Al llegar a la casa me depilo y me doy un buen baño de espuma con aceites y sales para liberar las células muertas, y darle lozanía a la piel. Me pongo crema y me recuesto en la cama por un rato. Quiero llamar a José Alejandro para que me de una idea de qué ropa usar para esa prometida noche loca, pues no tengo ni la más remota idea del lugar adonde vamos.

Como a las siete de la noche lo llamo.

— Hola soy yo, Adriana, ¿cómo estás?

—Sí, amor, sé que eres tú. Dime, amor, ¿me vas a regalar esta noche para que haga contigo lo que quiero hacer?

—Bueno, sí, en eso quedamos. Te llamaba para que me des una idea de qué tipo de ropa usar. No estoy acostumbrada a la vida nocturna y como no sé el lugar al que vamos quiero vestirme apropiada. Lo menos que quiero es desentonar o ser la nota discordante.

—Princesa, lo que sea que te pongas te vas a ver espectacular. Yo te voy a llevar del brazo con orgullo, así estés envuelta en una sábana. Sin embargo, si me das la oportunidad de opinar, te sugiero que te pongas algo sexy. ¿Qué tal una falda corta, con alguna blusa sexy? Pero lo que tú decidas estará bien para mí.

Escojo un conjunto de minifalda y chaqueta de piel negra, de los que compré la semana anterior, una blusa de seda roja, ropa interior negra, unas botas negras hasta las rodillas para compensar lo delgado de mis piernas, y unos tacones altos. Como accesorios solo me pongo unas pantallas de argollas plateadas y una sortija también plateada en el dedo pulgar. Uso poco maquillaje: solo base, delineador negro para los ojos y un lápiz labial rojo sangre. Me suelto el pelo, que ya ha recuperado sus rizos naturales, y decido dejarlo sin alisar para verme más salvaje. Me gusta la imagen que me devuelve el espejo. Parece otra mujer, más audaz, más segura, más dueña de mí.

Me sirvo una copa de vino blanco para esperar a mi galán que llega a los pocos minutos, vestido como para una revista playera: con un conjunto de estopilla azul claro, de pantalones amarrados a la cintura y una camisa con cuello V que resalta no solo su color sepia sino también toda su musculatura. A pesar de que la ropa está bastante holgada, complementa el conjunto con unas sandalias de cuero color piel. Cuando veo sus dedos y sus uñas perfectamente arregladas me entran deseos de repetir la hazaña que él hizo hace unos días con mis pies, y evaluar si en los hombres producirá el mismo efecto. Una exclamación me saca de mis sueños calenturientos.

—¡Guau! Yo dije sexy, no dije que te vistieras para que todos te quisieran quitar la ropa al pasar, señora. Nadie como usted para sorprender a un pobre e indefenso hombre y reventarle el corazón.

Me entra una vergüenza enorme y todas mis inseguridades salen de golpe.

—Perdón, no hay problema. Si estoy demasiado vulgar para la cita me puedo cambiar de ropa y ponerme algo más recatado, más acorde con el lugar. No tenía idea.

—Por favor, princesa. Si estás perfecta así... Date una vuelta —dice, y me toma de la mano y me hace girar en círculos—. Estás divina. No sé cómo voy a hacer para mantener las manos alejadas de ti por mucho tiempo y que podamos llegar al final de la velada. Mi amor, no hay nada que cambiar, y tú ni vistiéndose con un traje transparente te ves vulgar, eres una diosa. Dale, vámonos antes de que me arrepienta y me quede aquí para disfrutar de esta belleza yo solito. Dale, muévete —dice, y cuando voy a dejar la copa, me da una suave nalgada.

—¿Cuál vehículo quieres que usemos?

—Tesoro, esta vez nos vamos en el dinosaurio. Lo arreglé para la ocasión; está recogido, limpiecito y perfumando. Para los planes que tengo contigo esta noche necesito estar en control y en mi hábitat. ¿Está bien contigo que usemos mi carcacha para esta noche de travesuras?

—Claro, por mí no hay problema. Lo que usted diga, señor.

—Ufff, así me gusta, buena chica, y así espero que te comportes esta noche; que me des el control y te dejes llevar, que sientas más y pienses menos. ¿Qué te parece?

—Prometido, señor —digo, y levanto la mano derecha hacia mi frente imitando sus gestos de saludo militar.

Nos servimos dos copas de vino para el camino y salimos. Me cuesta trabajo subir a la camioneta de mi galán sin que se me me suba la falda a niveles indecentes. Con todo y la ayuda de sus manos enseño más de la cuenta al subir y esto provoca que me de otra nalgada.

—Uhh, porque no solo me gusta lo que se ve por fuera; me fascina lo que está dentro... Como que vi unas tangas negras de encajes —dice, y saca la lengua para lamerse los labios—. Pero no se confunda, señora, el empaque está hermoso, pero el regalo es espectacular. Princesa, el lugar adonde vamos quizás no sea del nivel al que acostumbras, pero te garantizo que vas a estar segura y que vamos a pasar una noche inolvidable. Cuando lleguemos actúa con naturalidad, mantente a mi lado hasta que te acostumbres al ambiente, yo me encargo de lo demás.

—Confio en ti, tranquilo.

Llegamos al lugar y no puedo negar que siento un poco de miedo. Respiro profundo, me lleno de valor y tomo la decisión de disfrutar la noche y punto.

Bajo del vehículo escoltada por mi galán, que me toma por la cintura y me conduce a un lugar súper oscuro. Lo único que se puede ver era el área de la barra, iluminada por unas tenues luces de colores, y lo que parece la cabina de música, también iluminada con las mismas luces, pero no se puede distinguir si hay gente dentro de ella. La música está alta, pero no tanto como para no poder hablar con quien esté al lado. En un instinto de protección me pego más a mi galán, él me pasa los dedos por toda la espalda para tranquilizarme.

—Tranquila, princesa — me susurra al oído—. Lo mejor está por venir, tranquila. Vamos a ordenar unos tragos para entrar en calor, y como la noche es mía, y tú también, yo elijo.

Saluda al camarero como si se conocieran de toda la vida, con un saludo de manos y codos un poco extraño, y le ordena algo que me suena a marca de carro, pero no entiendo bien ni pregunto. El bartender pone seis vasos pequeños en la barra, agrupados de tres en tres y le echa un alcohol diferente a cada uno. Saca un encendedor y le prende fuego a los tres vasos. Abro los ojos como dos luna llena.

—¡Oh Dios, voy a tener que tomar eso en llama!.

Me ponen tres sorbetes en los vasitos y veo como mi galán se toma de un sorbo los tres vasos.

—Vamos, señora, ahora le toca a usted.

Lo miro con cara de consternación, pero me animo y hago lo mismo. La sensación es extraña, pero placentera. El calor que entra por mi garganta y me calienta hasta el espíritu.

—¿Qué tal, señora? Acabas de tomarte tu primer Lamborghini. Venga, vamos a la pista que ya está en calor.

Y sí que estámos en calor.

Dudo, pues la música que suena es un reggae muy movido para mi gusto, pero me dejo llevar hacia la pista, donde no se ve a nadie bailando, pero se siente un aura de sensualidad.

—Cierra un poquito los ojos y ábrelos de nuevo para que te ambientes. La pista está llena de parejas, disfrutando la sensualidad de la música del rey del reggae, el legendario Bob Marley, siéntela tú también. Pégate a mí, mueve ese hermoso trasero, vamos, amor.

Comenzamos a movernos al compás de la música. Su ritmo es contagioso e invita a tocarse, a acercarse, a hacer el amor. Al compás de la música nos movemos sin movernos, es como hacer el amor con la ropa puesta. Yo siento un poquito más abajo de mi cintura la presión del miembro erecto de mi dios del sexo, y sus dedos recorriendo mi espalda, su lengua por mi garganta, mis orejas.

—Princesa después de cuatro días, trece horas y unos cuantos segundos de abstinencia tenerte en mis brazos con esta música y con esa ropa tan sensual ardo en ganas de hacerte el amor.

Bailamos otra canción igual de sensual y con la misma dinámica de toques, roces y besos. Cuando esta termina salimos de la pista en busca de otro trago.

—Amor, necesito que hagas algo.

—Sí, dime.

—Ve al baño de damas y quítate la ropa interior.

—¿Qué?

—Por favor, hazlo para mí. Solo yo lo sabré. Dale, cielo, compláceme; quitatela y échala en la cartera. Vamos, que es hora de comenzar a vivir tus fantasías.

Obediente me voy al baño y hago lo que me dijo. Me siento un poco rara y liberada a la vez. Nunca pensé que tendría la osadía de hacer cosas como estas. Estar en un lugar público sin ropa interior. Llego a la barra, mi tesoro ya se había tomado su trago y le hace señal al *bartender* para que me sirva el mío. Me lo tomo de la misma manera que el anterior, pero este se queda atascado en mi cabeza; me da un poco de pánico.

—Tranquilízate, tesoro. Es normal que te pase. Esta vez lo tomaste más rápido, por la confianza de haberlo probado antes pero es el segundo y se te pasará esa sensación, de todos modos será el último. Después vamos a cambiar para algo más suave, déjame ayudarte.

Me da unos toquecitos en la frente y unos cuantos besos, y poco a poco la sensación va mejorando y convirtiéndose en inhibición, en libertad. Le devuelvo el beso con ansiedad, con hambre de más.

—Esa es mi chica, así me gusta, que venga y tome lo que quiera, que no espere por mí.

Me pone de frente a la pista y se pega a mi espalda. No sé de dónde saca un trozo de hielo y comienza a rozarlo por mi cuello, mis labios, en la división de mis senos y, de sorpresa, mete la mano debajo de mi blusa y lo pasa por los pezones. No sé si es la sorpresa, los demasiados estímulos y el alcohol pero la sensación es abrumadora y muy sensual; me hace pegar un grito que fue acallado por sus besos.

—Tranquila, la noche apenas comienza. Déjame hacer y disfruta.

Sigue pasándome el hielo por los pezones ya erectos y cuando siento una sensación de quemazón, lo retira casi derretido y me pone el resto en la boca que tenía abierta sin darme cuenta. Regresa sus manos a mi senos y continúa estimulando mis pezones con movimientos circulares, de manera suave y constante, otros intensos, tirantes y duros. No sé cuándo cambiará el ritmo y eso me tiene en expectativa y extremadamente excitada. Olvido el lugar donde estamos y me dejo llevar por las sensaciones.

—Vamos, mi amor, lo estás haciendo muy bien. Vamos, disfrútalo. Este es tu primer regalo de la noche.

Y sigue apretando, estirando, haciendo círculos en mis pezones y luego repite la rutina.

—Vamos, princesa, puedes hacerlo. Dámelo, regálame un orgasmo, vamos, disfrútalo, siente mis manos como te tocan. Sé que estás cerca de llegar, lo siento, lo puedo oler en tu cuello, lo siento en cómo respiras, cómo aprietas las piernas, aprieta más adentro, haz el movimiento que haces cuando estoy dentro de ti, aprieta y suelta pero no pierdas de tu mente mis manos en tus pechos, dámelo, bebé, dale ese regalo a tu amor. Ahora, princesa.

Y es como si desataran una fiera salvaje. Me estremezco. Trato de gritar con todas mis fuerzas, pero tengo un dedo atravesado en mi boca el cual muerdo con fuerza y que no sé cuándo ni cómo llegó allí.

—Eso es, mi cielo, aquí tienes el regalo de tu primera fantasía de la noche. Tener un orgasmo solo con el roce de mis dedos en tus pezones, un poco de imaginación y frente a una barra llena de gente.

Miro hacia atrás y, efectivamente, hay muchas personas en la barra. Algunas son parejas acurrucadas esperando sus bebidas, otros simplemente apoyados o recostados, pero nadie parece estar pendiente a nadie.

—¿Qué tal, le gusta la señora?

—Me fascinó. Cada momento contigo es una experiencia nueva y extraordinaria.

—Para eso vivimos, y espero que no se acabe el repertorio, para seguir manteniéndola contenta y satisfecha.

—Eso suena bien, sobretodo lo de satisfecha, pero la próxima vez me avisas.

—Me temo que no podrá ser. Esas cosas no se avisan, pierden el encanto, la magia. Pero la noche es joven, vamos a tomarnos algo refrescante para que se le quite el calor a usted y a mí y podamos seguir disfrutando de la noche. ¿Qué le parece si le pido una de las bebidas dulces y *fancy* que le gustan tanto a las chicas?

—Lo que usted diga, señor.

—Así me gusta —dice, y suena los dedos para llamar la atención del bartender—. Por favor, un Midori Sour para la dama y una cerveza para mí.

La bebida está exquisita. Dulce pero no empalagosa y muy refrescante, como prometió. Mi cuerpo poco a poco regresa a la normalidad.

—Amor, si te parece, puedes ir al baño de las damas y secarte un poquito, para que no te moleste la humedad pegajosa con la falda y se te peguen las piernas.

—Tú piensas en todo.

—Esa esa es mi intención: adivinar hasta tus más íntimos pensamientos. Sé que lo necesitas y no te atreves. Yo iría contigo encantado para limpiarte con la lengua los muslos y más allá pero eso sí que no está permitido. El baño es lo único sagrado y respetado que hay en este lugar. Vamos, mueve ese culito precioso. Aquí te espero para continuar disfrutando.

Voy al baño, me refresco un poquito, sigo las instrucciones del experto y me limpio las piernas que sí están pegajosas y me dificulta caminar. Me retoco los labios y salgo a la carga con una sonrisa de oreja a oreja.

—Lista para la próxima tanda, vamos a bailar.

Regresamos a la pista de nuevo, esta vez con una música urbana del cantante Don Omar. *Esta noche es de travesura…* Nada más oportuno que esto… *Te voy a devorar en la noche oscura.* Luego bailamos otra igual de erótica y, dios, vuelve a la carga.

Después de pegarme a la pared y subir y bajar su miembro sobre mi entrepierna comienza a apretarme las nalgas.

—¿Estás lista para otra experiencia religiosa?

—Sí, estoy lista.

—Pues abre las piernas un poquito y pon un pie sobre el mío.

—¿Y así cómo voy a poder bailar?

—Ya verás como bailas.

Pasa la mano derecha por dentro de mi falda y con sus dedos gruesos y rústicos comienza a separar mis labios vaginales, acariciando a su paso. Luego empieza a hacer círculos sobre mi clítoris, de manera delicada, pues ya está muy sensible por el orgasmo de hace un rato. Todo esto sin dejar de moverse al compás de la música y sin dejar de decirme palabras eróticas y calientes al oído. Lo siento en todas partes, mi dios de ébano es casi omnipresente.

Sus caricias son como los trazos de un pincel en el lienzo de un artista que me transporta a las nubes.

¡No sé cómo lo hace!

De pronto siento la penetración de un dedo en mi vagina, luego otro más mientras. Sigue haciendo círculos en mi clítoris con el pulgar. Me tiemblan las rodillas, apenas me puedo sostener de pie. Pero él no para. Al parecer esta debilidad lo incita más y lo hace acelerar más sus movimientos con los dedos.

—Levanta un poquito las nalgas. Vamos, sube la otra pierna, nadie nos mira tranquila.

Como autómata le hago caso y ya no tengo una, sino las dos piernas sobre sus pies y ya no sé ni cuántos dedos tengo dentro de mi vagina. Solo sé que la sensación es increíble. Entre el temor de ser descubiertos, la música y los tragos que me había tomado mis deseos se elevan al infinito.

—Vamos, muévete, ayúdame con tu cuerpo a llegar más profundo. Vamos, yo sé que tú puedes déjate ir, vamos, mi amor regalame otro, dame, bella, yo te sostengo, elévate al cielo que yo voy a estar aquí para sostenerte. Vamos, amor, dámelo ahora. Dale, bebé solo déjate ir.

—Es que no puedo más, por favor.

—Claro que puedes, si te siento venir. Siento cómo tu vagina se contrae y ese pequeño botoncito se levanta y me saluda. Dale, no tengas miedo.

De repente saca los dedos y siento un gran vacío. Luego me vuelve a penetrar sin ningún aviso y es mi perdición o mi liberación. Literalmente me transporta al nirvana. Confirmo por enésima vez en estos días, el orgasmo es ir al paraíso por un breve espacio de tiempo: la muerte chiquita.

Abrazo la muerte por unos segundos y regreso a los brazos de un adonis sonriente y jubiloso.

—Estoy aquí, amor, tranquila. Segunda fantasía y seguimos contando.

—No, por favor, ya no más. Siento que me muero.

—Ven, vamos a pedir algo de picar para recuperar energía y otro trago de los suavecitos. ¿Qué te parece un cóctel de mariscos? Tiene mucho fósforo y te pondrás en sintonía en un ratito.

—En sintonía para qué, ¿es que acaso hay más?

—Claro, apenas estamos comenzando. Lo mejor está por venir.

—No.

—¡Sí!

—¿Y tú, qué pasa contigo?, ¿acaso seré yo sola la que voy a disfrutar esta noche?, ¿a ti no te apetece liberarte un ratito?

—Todo a su tiempo. Ya llegará mi momento; mientras tanto, disfrute, que yo disfruto igual viéndola gozar y saboreando tus néctares —dice, y se lleva todos los dedos a la boca y los lame por un rato. Luego me besa.

—¿Viste que rico sabes?, ese sabor me vuelve loco. Esa eres tú, esa es tu esencia de mujer. De mujer exquisita, de diosa sexual. Solo con esto me siento satisfecho.

—No, eso no es justo. No se puede dar tanto y no recibir nada.

—¿Y qué le acabo de decir, señora?, yo recibo placer y gozo cuando la veo y la escucho gozar a usted. Pero mi momento está por llegar, tranquilita. Vamos a comer algo.

Nos comemos la ensalada de mariscos en el mismo ambiente de sensualidad y provocación. José Alejandro me pone la ensalada en la boca con sus dedos, los cuales yo engullo y succiono con frenesí. Quiero enviarle una señal de que yo también tengo promesas para él, que esta noche no se va a salvar de una buena mamada.

Ya ni me reconozco. En mi vida hubiese pensado en usar una palabra como esa para referirme al sexo oral, ni tampoco es un acto que se me diera de manera voluntaria, o que pensara en él como algo agradable. Antes lo hacía por cumplir y solo cuando me lo pedía mi esposo.

—No desperdicies esa energía, ni esos lengüetazos. Tengo unos planes maravillosos esta noche para esa lengua y esa boquita glotona, tranquila bebé. Sigue jugando, pero no te me agotes; ya sé de lo que eres capaz cuando tienes hambre o sed.

Nos miramos y reímos a carcajadas...

La noche se acerca a su fin, o eso creo yo. Son pasadas las dos de la madrugada, ya me he dado dos traguitos más que, aunque suavecitos y dulces, están haciendo su efecto. Cada vez estoy más atrevida; pego mis nalgas a su miembro con un descaro increíble, como una pantera sigilosa me acerco y le paso las manos rozando con la uña esa protuberancia enorme que se asoma por el pantalón. No me doy cuenta en qué momento se quita la ropa interior, pero en uno de esos roces su glande está afuera y no siento ningún obstáculo de ropa.

—Oh Dios, que has hecho, te sacaste el pene aquí.

—Sí, es solo para complacerte. Hace rato que lo estás tocando y provocando, pues aquí lo tienes. Acaríciame sin barreras.

Paso la mano por su sedosa y gruesa cabeza, que como siempre tiene unas gotas de presemen o lágrima, como le llama mi adorado tormento.

—Como ves, obediente y caballeroso, y siempre está listo para ti. No solo te recibe de pie, sino que hasta te recibe llorando.

Imito sus acciones. Le paso los dedos por todo alrededor y luego me llevo las gotas de presemen a la lengua.

—Uhh, esto también sabe delicioso. A mí también me encanta su sabor, señor.

Seguimos jugando por un rato más.

—Señora, prepárese que llegó la hora de la fantasía número tres y esa también será aquí.

—¿No será que podemos terminar de pasar la noche en casa?

—No, no, no, ¿y perderme la diversión de este momento? No, no. Vamos. ¿Usted ve ese rinconcito que está allí? Ahí hay unas sillas que son bien resistentes. Hacia allí vamos. ¿Esta lista?

—Para lo que usted ordene, señor.

—Esto está más fácil de lo que pensaba. Vamos.

Mi dios se sienta en su trono, abre las piernas y con toda naturalidad se saca su enorme miembro y lo pone a mi disposición.

—Vamos, señora, súbete la falda y siéntese en el trono. Vamos a tener un viajecito en compañía.

—¿Cómo así?, ¿acaso no nos están mirando?

—No precisamente eso, pero el noventa por ciento de los que están sentados en estas sillas están haciendo algo parecido a nosotros. Puede que si tenemos suerte tengamos un orgasmo en grupo.

—No, por Dios, se van a dar cuenta.

—De ninguna manera. Sólo lo percibirán en el ambiente. Si ves muchas burbujas cuando cierres los ojos, esas son muchas almas elevándose al nirvana.

De un tirón me sienta sobre mi adorada vara mágica, el impacto es brutal.

—Vamos, amor, la noche es tuya. Haz conmigo cuanto quieras.

Sin detenerme a pensarlo me agarro de sus piernas, comienzo a subir y bajar. Al principio poco a poco, luego de una forma frenética y descontrolada.

—Tranquila, bebé, no quiero que te lastime, tú lo controlas, solo hasta donde puedas. Vamos con calma.

Calma es lo que no tengo, quiero que entre en mí y se pierda para siempre, que me taladre el alma. Quiero sentirlo en lo más profundo de mi ser, que así como se ha metido este hombre en la sangre y en el alma, que en este momento se funda conmigo en un solo ser.

Siento cómo me sostiene fuerte para evitar que me lastime con la penetración tan profunda. Pero yo quiero sentirlo en todo su poderío, en todo su esplendor. Mañana brego con el dolor o la molestia, si es que hay alguna. Yo estoy hecha a la medida de este hombre, es solo cuestión de acostumbrarme y creo que ya lo estoy haciendo. De lo que sí estoy segura es de que después de él, si hay un después, nadie llenará sus zapatos.

No hay manos que puedan detenerme. Mis embistes son tan fuertes que pienso que la silla y el piso se irán a bajo. Subo, bajo, aprieto, estrujo y estruje de él todo el jugo que quiero. Lo escucho gruñir, lo siento morderme el hombro y eso basta para que me vaya con él en un torbellino de pasión eterna.

—Señora, usted no termina de sorprenderme. Pensé que tendría que seducirla por más tiempo y rogarle para que aceptara vivir este momento, y por poco derribamos el piso con sus movimientos. ¿Satisfecha, o lo repetimos?

—Satisfecha, pero no más. Siento que voy a morir si tengo otro orgasmo como este. No sé de dónde he sacado tanta fuerza.

—De esa leona en celo que estaba escondida en esa mujer casta y reservada. Estoy orgulloso de ti y feliz de haberte encontrado yo y no otro. Nadie que te conozca como yo podrá separarse de ti ni por un segundo. Te amo, princesa.

¡Guau! lo dice. Yo no sé qué contestar a eso. Son muchas emociones juntas, muchos cambios en poco tiempo. No sé si esto es amor, lo que sí sé es que estoy viviendo en el paraíso, solo por hoy. Y como si escuchara mis pensamientos…

—Sé que es muy pronto para decir esto, perdona. No lo pensé, solo salió y lo dije.

—No pasa nada, solo que no se qué decir, son muchas emociones juntas.

—Pues no digas nada, déjame eso a mí. Tú solo dedícate a sentir y a disfrutar. Esta es tu noche de fantasías y yo solo soy tu esclavo sexual.

Nos tomamos dos botellas de agua mineral, pagamos la cuenta y salimos abrazados y saciados. Él sigue con su mano sosteniendo el final de mi espalda, como asegurándose de que todos sepan a quién pertenezco, y después de esta noche yo tampoco tengo duda de a quién le pertenece mi cuerpo y mi alma.

Tan pronto me acomodo en el vehículo inicia el coqueto de nuevo.

—¿Está lista para cerrar la noche con broche de oro o de platino?

—¿Más?

—Sí, más.

—Ahora es mi turno, aunque sé que lo vas a disfrutar y que es algo que quieres hacer desde que fuimos por comida la otra noche.

—¿De qué hablas?

—Haz memoria. En tu carro era difícil por la altura y nos podían ver. Aquí estamos más altos que el resto de los vehículos; es difícil que nos vean a menos que sea un camión y no es hora ni día para que circulen. Quiero que repitas lo que me hiciste en el baño de tu casa, que me lo comas completo hasta que ya no pueda más. Quiero sentir esa boquita deliciosa comerse mi miembro, sentir esa lengua caliente tuya recorrerlo de arriba abajo, que lo lleves al fondo de tu garganta.

Sin perder tiempo me acomodo en el asiento, me recuesto de sus piernas y saco a mi galante y atento juguete. No sé cómo lo hace pero siempre está preparado para mí. Meto la cabeza bajo del guía y comienzo a disfrutar como nunca de darle placer con mi boca a mi adonis. Solo lo escucho suspirar y eso me enciende más y me hace ir más allá en mis caricias, profundizar su pene en mi garganta, succionar con más fuerza.

Cuando siento que ya mi adonis está llegando al clímax, este me detiene de golpe.

—No tan rápido, vamos a añadir un poquito de adrenalina. ¿Qué te parece si subes tu falda y te enganchas en el trono?

—¿Pero, cómo?

—Fácil, amor, voy a rodar el asiento hacia atrás, levanto el guía y te subes frente a mí sin despegar la espalda de mi pecho para poder ver la carretera.

¿No piensas detenerte? Podemos tener un accidente.

—Eso no pasará, confía en mí.

—¿Te he fallado hasta ahora?

—No.

—Pues bien, mientras no despegues la cabeza de mi pecho y me dejes ver la carretera lo podemos lograr. Además, falta bien poquito, estoy a punto de llegar, solo necesito que me des una ayudita con ese tesoro delicioso que escondes entre tus piernas, que me aprietes un ratito y nada más. ¡Vamos, sé una niña buena!

Y no soy una niña buena, soy una chica loca, pero le hago caso y me subo al trono. Con las manos me acomodo el pene en la vagina y comienzo a moverme de nuevo. Lo increíble es que aún estoy lista para tener otro orgasmo; lo estoy disfrutando, aun sin saber de dónde saco tanta energía para una noche de cuatro intensos orgamos. Lo siento llegar solo por el sonido de su garganta y el caliente líquido que sale inundando mi vagina. Yo también lo sigo en ese viaje por las estrellas.

—Amor, bájate despacito, la policía. Tranquila, están lejos, pero vienen hacia nosotros. Deslízate y ponte el cinturón de seguridad.

— ¡Hay Dios, no…!

¡Me imagino arrestada y en la primera plana de los periódicos! "Ejecutiva de alto nivel arrestada por exposición deshonesta y conducción temeraria".

—Llegó mi fin, el de mi carrera y el de mis hijos.

—¡No! Tranquila, cielo, haz lo que te digo. Todo está bajo control, solo no te pongas histérica, déjame manejarlo yo. Respira.

Como puedo me acomodo en el asiento y me pongo el cinturón de seguridad. Me tiembla todo el cuerpo. Lo veo bajar la velocidad hasta casi detenernos al lado de la patrulla de carretera.

—¿Todo bien, caballero?

—Todo bien, agente.

—¿La dama está bien?

—Sí.

—¿Tiene el cinturón puesto?

—Sí, agente. —Me sale una media voz.

—Lo vimos conducir a muy baja velocidad en la autopista y pensamos que les pasaba algo. Vayan bien y buenas noches.

—No sé si fue mi imaginación pero creo que se estaban riendo.

—Yo también. Es posible que nos hayan visto, o sospechen, pero como no nos atraparon, solo se ríen.

Le doy un codazo en las costillas.

—Y tú tan tranquilo, como si nada.

—Esto es solo cuestión de no perder la calma. Son cosas que solo se hacen una vez en la vida, por eso son fantasías. ¿Satisfecha, después del susto?

—Sí, pero no lo vuelvo a repetir.

—Ni yo. Por lo menos no en esta carretera, hay vigilancia.

—Eres terrible. Conmigo ni aquí ni en ninguna otra.

# *Capítulo Quince*

El sábado lo pasamos tranquilos; nos quedamos prácticamente toda la mañana en la cama. José Alejandro es el primero en levantarse, como de costumbre, y me despierto con los olores de la tocineta, los huevos y los pimientos. Mi adonis no solo es un mago en las artes amatorias, sino también en las artes culinarias. El *omelette* y las tostadas francesas le quedan exquisitas, todo acompañado de una aromática taza de café recién hecho. Levantarse así no sólo despierta los sentidos, sino también aumenta la libido.

Desayunamos en la cama entre caricias e insinuaciones de nuevos placeres. Por lo vivido durante los últimos días dudo que hubiera algo nuevo que descubrir, pero sí que hay muchas sensaciones nuevas por experimentar. Hay una magia única en degustar los alimentos en la cama, y si quien te lleva la comida a la boca es un dios del sexo, de piel de ébano con solo unos con unos pantaloncitos blancos con los cordones sueltos que al toque de un dedo pueden caer al piso y dejarlo completamente desnudo y disponible. *Ummm, se me hace la boca agua.*

Como una desamparada, en cada bocado devoro la comida con la boca y a mi dios por los ojos. Sus dedos son parte del manjar, que también saboreo y chupo con deleite. Cada migaja que cae o gota que escapa de mi boca es recogida con una magistral destreza por la lengua de mi amado dejando un mar de sensaciones por cada lugar que toca. A tiempo descubro esta estrategia y me uno al juego erótico, dejando caer más alimento de lo necesario y el jugo de las frutas se desliza desde mi boca hasta el nacimiento de mis senos para que sean saboreados por la codicia de esa lengua experta.

El desayuno termina y nos deja listos para comernos el postre. Es una mañana maravillosa en la que hablamos de todo y a veces de nada. Nos acurrucamos, vemos películas, hacemos el amor, nos bañamos el uno al otro, regresamos a la cama y volvemos a dormir. Todo dentro de una atmósfera de paz y sensualidad. Pasadas las dos de la tarde el estómago nos avisa que es tiempo de volver a comer y decidimos con pesar salir de nuestro nido de amor, vestirnos e ir a comer.

—Como el desayuno corrió por tu cuenta, ahora me toca a mí hacer el almuerzo. Bueno, no te emociones me toca darte de comer, ¿que te apetece?

—Te voy a dejar que experimentes conmigo, llévame donde tú quieras, yo como lo que sea.

—Eso me gusta, pero te voy a dar la oportunidad de escoger entre comida argentina, porque sé que eres bien carnívoro en todos los sentidos, comida oriental, ¿que tal sushi o comida criolla?

—Ummm...Vamos a refinar el paladar. Pero prepárate para la ruina porque el sushi se hizo para hombres con apetito moderado.

—Y tu apetito de moderado no tiene nada. Tranquilo, glotón comenzamos con unos aperitivos, seguimos con una sopa y al final pedimos la tabla de sushi para que llenes ese cuerpo de infarto.

—¿Que mi cuerpo te produce infarto?, pensé que te gustaba mi cuerpo.

—Acertaste no me gusta tu cuerpo, fascina, me mata, me enloquece y al paso que vamos voy a terminar adicta a él, si es que ya no lo estoy.

La comida está deliciosa. Jóse Alejandro lucha un rato con los palitos, pero al final se rinde y me deja que sea yo quien se encargue de alimentarlo. Continuamos comiendo cargados de sensualidad. Cada bocado que él devora es una invitación abierta a explorar otros senderos; alimentarlo se convierte en una tortura para mí, verlo sacar la lengua para recoger cada grano de arroz que resbalaba de su boca enciende mis entrañas.

Terminamos el almuerzo con un delicioso sake, lo cual sube más mis palpitaciones y calentura. El postre también está delicioso: sorbete de limón que limpia los rastros del sabor del sushi y que a la vez es tentador no solo para el paladar sino también para otros sentidos que ya están alborotados.

—Tesoro, te voy a dejar un momentito, tengo que ir al baño y lamentablemente no te puedo llevar conmigo.

Le lanzo un beso que él finge capturar en el aire y llevarlo a su boca. Cuando regreso ya estoy más calmada, gracias a un poco de agua fría que pasé en la cara, el cuello y otras partes más púdicas. Pedimos la cuenta y salimos del local satisfechos hasta cierto punto y llenos de energía.

—Princesa, ¿qué te parece si me acompañas a visitar a unos viejos amigos?

Para mi es una sorpresa que tenga amigos, más allá del equipo de trabajo, pero no hago preguntas.

—Claro que sí, con mucho gusto.

—Te advierto que vamos a entrar a un barrio no muy bonito, pero la gente es agradable y sobre todo muy agradecida. No tengas miedo que nada te va a pasar. Lo importante es que bajes los cristales de las ventanas del carro al llegar y que te veas confiada. Por lo demás no te preocupes.

—Pues mejor conduce tú, no sea que me ponga nerviosa y crean otra cosa.

Cambiamos de asiento y salimos a conocer a los famosos amigos de mi príncipe.

Entramos a un barrio de calles super estrechas. Hay carros de todas las marcas y años alineados a ambos lados de lo que parece un callejón sin salida. A cada lado se ven casas y edificios abandonados, y las paredes de estos pintadas con grafitis de colores muy llamativos y con imágenes que van desde mensajes de protesta hasta pinturas de próceres y patriotas. El contraste entre lo artístico y el desorden es muy impactante. Cuando nos vamos adentrando más a la comunidad, a parte de los vehículos a ambos lados de la estrecha carretera, nos persiguen con las miradas jóvenes y no tan jóvenes que se encuentran ubicados en cada esquina como en espera de que algo suceda. Como ya había sido advertida de no mirar con mucho detenimiento. trato de mantener mi cabeza erguida para no fijar la mira en ningún lado. Sin embargo, más puede la curiosidad femenina que las advertencias y no puedo dejar de observar los ojos tristes en la mirada perdida de un chico que debía tener menos de quince años. Veo en su cara angustia, tristeza y desolación. Se me llenan los ojos de lágrimas recordando que dentro de poco mi hijo mayor será un joven como este, y que yo moriría si la vida nos da un giro y lo veo en estas condiciones. Ruego en silencio al Todopoderoso que proteja a mis tesoros de todo mal y en especial del flagelo de las drogas. Sin darme cuenta llegamos al lugar de nuestro destino y el panorama da un giro de ciento sesenta grados. La estructura donde nos estacionamos parece una obra de arte, rodeada de pintura por todos lados con mensajes de fe y esperanza. A cada centímetro se ven pinturas con grupos de niños y niñas jugando. Las imágenes se ven tan reales que invitan a tratar de tocar a los niños y jugar con ellos. Estas retratan niños y niñas de todas las razas y tamaños jugando juntos y felices. Algunos brincando la cuica, otros jugando pelota, balompié, baloncesto o algún juego tradicional, pero todos se ven felices y en paz.

Sin perder tiempo nos desmontamos, estacionamos y como impulsada por un resorte me bajo del carro sin esperar que mi galán me abra la puerta como de costumbre. No tengo idea por dónde se entra al lugar pero el cambio en el ambiente me impactó de manera positiva. Jóse Alejandro sale corriendo a mi encuentro antes de que continúe la marcha sin tener idea de hacia dónde me dirijo.

—¿Se podría saber a dónde va la señora con tanta prisa? Al parecer se te pasó el susto y regresó el espíritu aventurero. —Lo dice en tono divertido.

—Tengo curiosidad por ver qué hay dentro, y si todo es tan bonito y acogedor como la entrada.

—Ven, te enseño.

Acto seguido me toma de la mano y me conduce por una entrada lateral, donde hay un portón de hierro forjado con flores y ángeles.

Tan pronto nos asomamos por la puerta sale a nuestro encuentro un anciano delgaducho y menudo, pero con unos ojos saltones y curiosos.

—Milagrosos los ojos que le ven por aquí, muchacho. Pensé que te habías regresado a tu país; si no es por tu promesa que llega regularmente cada mes, y llega de la misma dirección, diría que ya no estabas en este mundo o por lo menos en este país.

Le da una palmada por la espalda a mi galán, seguido de un beso en ambos lados de la cara.

—Y cuéntame, ¿quién es esta belleza de chica?, ¿acaso ese es el motivo por el cual nos has abandonado? Si es así te entiendo: yo haría lo mismo con tan hermosa compañía.

Se me calientan las orejas y me sube la temperatura con los comentarios del anciano que al parecer era un galante por naturaleza.

—Ella es Adriana Masías, padre José María. Es una buena amiga. ¿Cómo ha estado y cómo están los chicos?

—Adriana Masías, ese nombre como que me suena conocido. ¿No será de esas que salen en los programas de chisme? No, no creo… Esta chica se ve muy sensible y tiene un aura de ángel que no cuadra con esa gente. —Se rasca la barba en busca de información—. Luego me acuerdo de dónde la he visto, disculpa, muchacha, es que a mis años todas las caras lindas son conocidas. Y tú, muchacho, ¿qué has estado haciendo todo este tiempo?

—He estado un poco ocupado con el trabajo y otros asuntos personales.

El padre me mira con cara de pícaro, se sonríe pero no dice nada más.

—Entiendo… pasen, los chicos están en la catequesis, pero a Petra no le estará mal que le des un respiro y la interrumpas un rato.

Entramos a un salón de tamaño mediano, pero decorado casi con las mismas imágenes de la entrada, aunque un poco más pequeña y a estas le añadieron mensajes religiosos de fe y esperanza. Mensajes que hablan del amor de Dios hacia los niños.

Me quedo mirando los mensajes y las pinturas por un rato, como perdida en esa infancia soñada, llena de juegos, paz y amor, y el contraste de la entrada a la barriada, donde están todas esas pinturas con calaveras, mensajes de protesta y rebeldía y más que nada las miradas amenazantes de esos jóvenes y los ojos tristes del chico delgado.

De repente, mi vista deja de mirar a la pared y se detiene en los diseños del piso. Esto sí que es sorprendente. El piso está hecho con pequeños trozos de losas que forman imágenes del paraíso, con ángeles, árboles frutales, jardines y animales. Es como estar en un museo o dentro de alguno de los cuadros de Leonardo da Vinci. Por un rato me quedo con la boca abierta contemplando tanta belleza en un lugar donde se respira pobreza. Es el padre José María quien me saca de mi ensueño y me trae a la realidad.

—¿Verdad que estos paisajes son hermosos? Son una obra de arte.

—Sí, son magníficos. El artista que elaboró este mosaico no dejó escapar ningún detalle. Una se siente hasta blasfema al pisar esta hermosura. Padre, ¿quién fue el artista que realizó esta maravilla? No solo debe tener una imaginación privilegiada, sino también unas manos maestras.

—Hija mía, el artista lo tienes a tu lado. Todo cuanto has visto aquí es obra de José Alejandro, a veces con la ayuda de los niños y jóvenes del barrio, pero todo es idea y creación de él. Si no fuera cristiano y creyera en la reencarnación te diría que tenemos a Miguel Ángel reencarnado en este muchacho.

Si grande es mi asombro, más grande es la vergüenza que veo en los ojos de mi Adonis. No me salen las palabras, y es que no hay nada que decir antes esta divina obra.

—Padre, no exagere. Solo seguí sus recomendaciones y lo otro lo puso el Señor y los chicos.

—¿Y cuándo hiciste toda esta hermosura?

—Bueno, acostumbro a venir los fines de semana a darle la manito al padre con algunas reparaciones menores, y de vez en cuando hago algunas cosas con los muchachos para que se sientan útiles y salgan de las calles. Además, cuando son cosas que ellos mismos hacen y construyen las protegen y no las destruyen.

En ese momento nos interrumpe una manada de cachorros de todos los tamaños, quienes se pegan a Jóse Alejandro como lapas. El alboroto es enorme, algunos se le pegan en las piernas, diciéndole malo por tener tanto tiempo sin venir, otros le chocan las manos; los más pequeños lo halan del pantalón llamando su atención, pero lo que vale un millón son las caras de las niñas. Todas me miran con una mezcla de rabia y curiosidad. Los chicos me saludan con mucha cortesía, pero las chicas no tienen nada que ver. Se quedan esperando a que los chicos terminen con su explosión de adrenalina y testosterona, y ellas entran al ruedo a reclamar la atención de su ídolo. Jóse Alejandro levanta de un salto a dos de las más pequeñas y las demás se quedan pegadas a sus piernas. Él le pasa la mano en el pelo a todas, alborotando el peinado y ellas ríen contentas.

Hay una magia en ellos que hasta me da pena haberlo tenido alejado de este ambiente por tanto tiempo, y más que su primera visita haya sido acompañada por la rival. Pues para las chicas yo soy su rival y eso queda bien claro y establecido desde el primer encuentro.

—Mira, Cheo, a Nati se le cayó un diente y ahora no se quiere reír. Un nene le dijo que se veía fea y ahora siempre aprieta la boca y llora por todo.

Cheo era el nombre cariñoso con el que las chicas llaman a mi adonis.

En ese momento baja a las chiquitas y toma en sus brazos a Nati, una niña gordita con unos hermosos y rosados cachetes, unos ojos grandes y saltones color verdes y un pelo marrón rizado y abundante.

—Vamos a ver princesa, déjame ver esa sonrisa linda que ilumina tus ojos y hacen que brillen como la piedra mágica de la película. ¿Te acuerdas de la película de la esmeralda?, ¿recuerdas que te enseñé que tus ojos eran igualitos a esa piedra preciosa que fue a buscar el aventurero a la selva?

Acto seguido la niña comienza a reír y enseña sus desdentadas encías. No había visto una escena más hermosa; me entran ganas de tener una princesita como esa pero con el color del príncipe que la sostiene en brazos, de mi príncipe.

—A ver, chicas, vamos a repetir el lema de las niñas poderosas y vamos a enseñarselo a nuestra amiga Adriana, quien hoy es nuestra invitada especial y que hace unas galletas de nata y chocolate que están como para chuparse los dedos. Tenemos que enseñarle nuestro lema, pero ella tiene que prometer que la próxima vez que venga le traerá galletas y les enseñará a ponerse la cara tan bonita como ella. ¿Qué les parece?

—Síííí

—Pues, vamos, ¿como dice el lema de las chicas poderosas?

—Somos bellas, somos fuertes, somos valientes, somos inteligentes, sí, sí, síííí.

Salgo de aquel lugar mágico con la promesa de regresar a imitar aunque sea un poco a este hombre, que no solo puede despertar la pasión dormida de una mujer seca con su manera de amar, sino también puede diseñar un paraíso en el lugar menos esperado y devolver la fe y la confianza a un grupo de niñas inocentes. Y no es una vana promesa ocasionada por el momento, regresaré con mis chicos para que conozcan esta otra dimensión de la vida y aprendan a compartir y valorar las bendiciones recibidas.

Este lado tierno y desprendido de Jóse Alejandro lleva nuestra relación a otra dimensión. Ya no solo estoy apasionada por el hombre atento, magnífico amante, divertido y travieso compañero. Ahora me gusta el hombre, el ser humano sensible, tierno, entregado a los demás, que regala su tiempo, su talento y el poco dinero que tiene con la única satisfacción de complacer a un anciano y ver a un grupo de niños y niñas sonreír. Si esto no es amor, está muy cerca de serlo y no puedo negar que me asusta. Hasta hace unas horas creía que todo estaba bajo control, que esta sería una ardiente aventura de verano como esas que cuentan las novelas románticas y las películas, pero esto es algo más.

Quiero realmente conocer a este hombre, tratarlo más allá de la cama y unas noches de pasión, compenetrarme en esos sentimientos tiernos y sublimes. Suelto todo el aire de mis pulmones que ni estaba consciente que sostenía y después de un largo suspiro regreso a la realidad.

—Gracias por compartir esta experiencia conmigo, fue maravilloso.

# *Capítulo Dieciséis*

Después de la llegada de vacaciones de los chicos pienso que todo volverá a la normalidad y no es así. José Alejandro tiene toda la intención de llevar nuestra relación más allá de la cama, la que no sabe si está preparada soy yo. Aún cuando necesito seguir viéndolo, cuando mi cuerpo reclama su presencia a cada momento, tengo que dejar atrás ese mes de desenfreno sexual y regresar a mi antigua vida de madre abnegada y mujer juiciosa.

Pensé que podría prescindir de mi dios del sexo, pero el esfuerzo es sobrehumano. Entre mis deberes como madre y mis labores como ejecutiva, mis noches se quedan frías y etéreas. Llegamos al acuerdo de vernos algunos fines de semana, siempre y cuando María no tenga compromiso y pueda quedarse con los chicos. Aun cuando no me gusta vernos en lugares sórdidos, como moteles u hoteles, el estar junto a él es suficiente aún fuera en el lugar más inadecuado.

Al principio la novedad nos encanta: vernos solo los fines de semana es duro, y sin planificarlo José Alejandro comienza a visitar mi casa pasada las nueve de la noche mientras los chicos duermen. La magia regresa a nuestra relación; hacer el amor con mi hombre y en mi hábitat no se compara en nada a esos ratos de gozo puramente sexual fuera de casa. Nuestra relación es más que sexo; es hablar, jugar, hacernos travesuras despertarnos en medio de la noche y hacernos el amor como si hacía un siglo que no estuvieramos juntos. El acuerdo es que puede llegar con los chicos aún despiertos, sentarnos en la sala de estar, ver televisión y hablar, pero debe retirarse y regresar a su casa antes del amanecer. Yo no estoy lista para hablarle a mis hijos sobre mi relación y tampoco estoy preparada para contestar sus preguntas. No quiero que bajo ninguna circunstancia regresen sus temores y sus pesadillas de que mamá se irá como se fue papá.

Nos olvidamos de mi novio de batería, Tomy. No hace falta ningún ingrediente en nuestra relación, nuestra intimidad es perfecta. En una de esas noches en las que Jóse Alejandro está pensativo, especulo si es que ya se está aburriendo de jugar con la viejita, pues mis complejos, aunque dormidos, nunca me abandonan. Decido sacar a mi novio de batería. Mi adonis después de nuestro primera tanda de sexo está muy pensativo y poco motivado; para él una tanda, por intensa que sea, nunca es suficiente. Por lo tanto, me armo de valor y lo invito para ver si su asistente es tan eficiente como él. Sé la respuesta de antemano: nada se compara a esas comidas de boca que me da en cada beso, a su lengua y sus labios sobre mi intimidad; nada como escucharlo casi aullar cuando llega a la cúspide del placer, nada como él.

Pero tengo que correr el riesgo de hacer el ridículo o sacarlo de su melancolía. Opto por hacer el ridículo.

—A ver, campeón, vamos a verificar si Tomy es tan eficiente como tú para llevarme de sus brazos al paraíso.

Enciendo mi juguetito y lo asomo a su cara, mientras mi mente viaja entre la inseguridad y la sensualidad. Me doy una patada mental y haciendo círculos con Tomy lo coloco sobre mis pezones, lo paso por la línea entre mis senos, lo llevo a mi boca y hago como cuando le hice el amor con la boca a mi adonis. Para nada la sensación de tener un dildo plástico se compara con tener en mi boca el grueso y jugoso pene de mi dios de ébano, pero quiero provocarlo. Mirándolo a los ojos me relamo los labios, lo vuelvo a entrar en mi boca y empapado de mi propia saliva lo llevo hasta mi vagina, echo a un lado mi pantaloncito de dormir y comienzo a jugar con mi propia intimidad de manera descarada y antes los ojos ya brillosos de mi hombre. Ya solo con ver su cambio de semblante, el subir y bajar de su manzana de Adán y ver a mi verdadera espada de Excalibur en posición de ataque es más que suficiente.

Por un rato me deja hacer y deshacer a mi antojo. Solo su ardiente mirada me excita más de lo imaginable y entre ambas sensaciones, el juguete agitándose dentro de mi vagina, el conejito dando golpecitos eléctricos en mi clítoris, llego al orgasmo. Lo veo levantarse y caminar con elegancia como si estuviera en una pasarela hasta pararse frente a la cama, y me hala por los pies hacia el borde.

—Ah, con que la señora quiere jugar… Pues vamos a jugar. Esa fue una jugada sucia y lograste tu cometido, ahora vas a pagar por tu travesura. Vamos a ver a cuál de los dos le pides auxilio primero.

Con Tomy en la mano hace el mismo recorrido que antes hice yo: lo pasa por mis erectos pezones y luego los devora uno a uno con sus labios carnosos y su lengua maliciosa; los succiono y muerde a su antojo.

—¿Eso fue lo que sentiste cuando Tomy te tocó los senos?

—Más o menos, creo que fue un poco mejor —le digo porque no quiero ceder.

—¿Mejor?

Ahora con sus dedos aprieta mis pezones casi hasta el dolor, luego los suelta y los agarra con los dientes en la misma tortura, succiona y lame como un niño hambriento. Comienzo a mover mis piernas con desesperación, trato de llevar mis manos hacia mi intimidad pero Jóse Alejandro deja por un momento mis pechos y me agarra las manos.

—No, no, no, de eso nada. Ya usted y su novio de goma tuvieron su turno al bate, este es mi momento.

Recorre con la cabeza de Tomy desde mis senos hasta mi ombligo, allí lo introduce y luego lo sustituye por su caliente y tormentosa lengua.

—¿Y esto, Tomy también lo hace mejor?

Entre jadeos, le sigo el juego.

—Mucho mejor.

—Por lo que veo mi mujercita no se piensa dar por vencida.

Pasa nuevamente la cabeza del juguete por la parte interior de mi pierna y en este momento lo que siento es cosquilla, pero aguanto la respiración y me contengo. Creo que estoy leyendo su juego y que el próximo paso será lamer la parte interior de mis muslos con su lengua, pero no. Va directamente a mi parte íntima, se come mi centro con ansias infinitas, como solo él sabe hacerlo.

—¿Quieres que Tomy participe? Pues aquí va.

Y mientras continúa comiendo mi botón del placer introduce y saca a Tomy de mi mojada intimidad; esto es la locura total. Muchas sensaciones a la vez.

—Como se que para ti aun no es suficiente, vamos a jugar un poco diferente.

Moja con saliva dos de sus dedos y los introduce por mi zona oscura.

Aún no sé qué pasa conmigo, dónde fueron a caer los retazos de mi cerebro, pues exploto en un inusitado y potente orgasmo. Si no es porque había leído y experimentado ya varias veces un orgasmo de esta naturaleza ahora sí que hubiese pensado que me he orinado como un bebé, y de nuevo dentro de su boca. Con una sonrisa maliciosa me mira a los ojos.

—Y ahora dime, ¿eso fue lo que sentiste hace un rato con tu muñequito de plástico?

No me deja contestar. Me devora la boca con locura dejando todos los rastros de mis sabores salados y dulces. Y como con este dios del sexo siempre hay más, abre mis piernas y entra en mí, primero de a poquito y luego de manera bárbara y cabalgando ambos en una nube de salvaje pasión. Nos morimos, llegamos al paraíso y bajamos a la tierra con los toques en la puerta de la habitación y los sollozos de mi hijo pequeño, quien despertó de una pesadilla y reclama a mamá. Hago un esfuerzo sobrehumano, acomodo mi ropa de dormir y, aun con los jugos de mi maravilloso amante dentro de mí, me levanto de la cama y voy a consolar a mi adorado hombrecito. Me voy a su habitación, hablo con mi pequeño tesoro, le digo que siempre estaré con él y entre tiernos besos y susurros se queda nuevamente dormido.

No sabía que había tantas y tan placenteras maneras de hacer el amor, o debo decir, no conocía ninguna en realidad.

Como la mayoría de los días, a las cuatro de la mañana mi amado se despierta y yo trato de retenerlo con mis piernas.

—Sabes que me quedaría contigo pero me tengo que ir. Son las reglas y hay que cumplirlas, o me castigan y prefiero tener estos encuentros furtivos y a escondidas a no tenerte nada.

—Amor, no quiero que te sientas así —le digo con el corazón destrozado, por tener que dejarlo ir. Soy consciente de que esta relación tiene fecha de caducidad, pero quiero que la felicidad me dure un poquito más. ¿Es que no tengo derecho de reclamarle o robarle a la vida aunque sea estos ratitos?

# *Capítulo Diecisiete*

Es fin de semana largo, el lunes es feriado y un grupo de padres del equipo de balompié habían planificado un fin de semana de *camping* con los chicos. A mí en particular no me encanta la idea, mis hijos y yo somos una de las familias "disfuncionales". Es decir, de padres divorciados. La otra familia no tradicional es Eva, una hermosa morena que es pediatra, pero su caso es diferente. Ella enviudó muy joven, cuando su esposo sufrió un infarto masivo mientras realizaba un evento de *Ironman*, lo cual lo ponía a él como un héroe y a la madre como una víctima. Todos, hombres y mujeres, se desviven por ayudar a la pobre viuda. En cambio, a la pecadora divorciada los hombres la quieren ver lejos de sus mujeres por ser una mala influencia y las mujeres lejos de sus hombres por ser una mujer peligrosa, casi una libertina caza marido.

La situación es complicada tanto para mis chicos como para mí, por lo que esta actividad de acampar, en lugar de ser un espacio para pasarla bien y compartir con los amigos, es una especie de tortura. Yo como mujer práctica me ocupo de comprar todos los artículos que sean los más prácticos posibles, con instrucciones aptas para bebés, o aprueba de morones como diría mi asistente Miguel. De esta manera se evita tener que pedir ayuda y levantar alguna manifestación por parte de las mujeres. Esto hace que mis hijos se pierdan parte de la diversión del momento que representa armar las casetas, las nuestras vienen prácticamente listas para instalar. De igual manera usamos estufa de gas propano, duchas portátiles y todo lo más práctico posible.

Especialmente a mi hijo mayor Diego estos detalles le fastidian pues se le van los ojos alrededor de otros chicos de su edad que arman las casetas con la ayuda de sus padres y es toda una aventura. No es que sea incapaz de armar una caseta o una barbacoa, es evitarme el mal rato de que falte o sobre alguna pieza y tener que ocupar a algún caballero del grupo y levantar la alarma de las mujeres las cuales en su mayoría asisten a la acampada sólo para sentarse a leer y tomar el sol.

De todos modos estas nimiedades no les quitarán a mis hijos la oportunidad de vivir esta aventura. Así que nos anotamos para acampar, pagamos nuestro espacio y el viernes a las tres de la tarde todo está listo para el gran fin de semana de aventuras.

Con algo que no cuento es que mis traviesos hijos me tienen la sorpresa de un invitado especial e inesperado.

Yo dejé todo en orden desde la mañana con la ayuda de María y lo único que falta es recoger a los chicos en el colegio. Ese día hice los arreglos en el trabajo para salir más temprano, con anticipación indiqué a mi asistente que bloqueara mi agenda a partir del mediodía del viernes.

Mientras estoy saliendo me encuentro con Miguel y como de costumbre sale con uno de sus comentarios.

—¿Eh, jefa adivine cuál es el plan? Fin de semana de sexo desenfrenado con un muñeco de chocolate.

Poniendo una fingida cara de enojo, le digo a mi asistente—: Miguel, tú y tus sandeces, no te había dicho el lunes que te separarás en mi agenda la tarde de hoy. ¿Es que solo piensas en sexo?

*Últimamente yo no me estaba comportando de manera diferente con referencia al sexo, pero Miguel no tenía porque saberlo*

—No siempre jefa, pero sí la mayoría de las veces o al menos cuando la tirana de mi jefa me da tiempo.

Hago amago de lanzarle un objeto del escritorio y él hace lo mismo tratando de cubrir sus genitales.

—Es decir que tus genitales son más importantes que tu cabeza. El resto de la humanidad se hubiese tratado de cubrir la cabeza por instituto y tú te cubres allí. —Señalo sus manos entre las piernas.

—Mi cabeza ya está perdida, tengo que cuidar lo mejor que tengo y lo que me da más felicidad, ¿no es para ser felices que venimos a este mundo?

—No puedo contigo, eres demencial. No voy a ningún maratón de sexo, me voy con los chicos de camping. Te invitaría, pero no te aguantaría protestando todo el fin de semana por los mosquitos, el calor, la incomodidad de la cama, el agua fría y todo lo que se te ocurra. No, mejor soporto a las madres de los chicos que me miran como una engendra del diablo que va tras sus maridos.

—¿Tu una caza maridos? Coño si tienes una bomba sexual, un hombre esculpido por un artista y todavía creo que le das de comer una vez a la semana y por raciones —dice Miguel riendo a carcajadas.

—Miguel, quítate de mi vista, eres un enfermo.

—Y tú una aburrida.

—¿Aburrida, yo? Eso es lo que tú crees, si te contara te mueres, pero como dice María: "*del agua mansa líbreme, Dios que de la brava me libro yo*". Yo no tengo que pregonar lo que hago o no, pero la Adriana aburrida murió —le digo imitando su anterior carcajada.

—Ver para creer.

—Las ganas tuyas, vete ya.

Cuando recojo a los chicos en el colegio noto algo raro en ellos y lo atribuyo a la emoción del fin de semana. Diego mira su reloj de superhéroes con insistencia y Sebastián pregunta la hora cada cinco segundos.

—¿Mamá vamos a llegar a la casa verdad? —pregunta nuevamente Diego.

—Claro tenemos que recoger la nevera con las cosas congeladas es lo único que nos falta y ponerme algo más cómodo, pero eso nos tomará menos de media hora.

—No importa. —dicen los dos a coro con una expresión de alivio.

Cuando llegamos a la casa lo primero que veo frente a la entrada es la camioneta de José Alejandro. Pienso que se le ha dañado y la ha dejado allí por alguna razón. Para mi sorpresa inmediatamente estaciono mi galán sale de su vehículo ataviado con uno de esos indecentes pantalones cortos y camisetas sin mangas que dejan poco a la imaginación y con una mochila a cuestas.

Sebastián corre y se arroja a sus brazos cargado de toda su energía y entusiasmo. Diego también va a su encuentro realizando un saludo extraño que incluye palmadas, puños, codos y otras señales más.

—José Alejandro viniste, no lo puedo creer, eres genial —dice Sebastián colgándose a su cuello.

—Socio, cómo podría faltar a una invitación tan especial. Esta aventura no me la perdería por nada.

—Gracias —dice Diego con cierta timidez que no es más que la preocupación de lo que le espera por haberme ocultado su plan. José Alejandro tampoco me sostiene la mirada está igual que mis hijos como un niño cuando ha sido pillado en una travesura.

—Ni modo tres contra uno, estoy en minoría. Esta no me la esperaba de ninguno de ustedes, conspirando en mi contra.

—Mamita, yo te amo mucho —me dice Sebastian con su voz melosa, siendo el más manipulador de los tres.

—No te enojes invitamos a José Alejandro porque él es bien *cool*, sabe de todo y además nos puede ayudar con las casetas y la fogata mientras tú te diviertes con cosas de mujeres.

—¡Sebastian! ¿y ese comentario tan fuera de lugar? ¿Qué te he enseñado? No hay cosas de mujeres o de hombres, todos y todas tenemos la capacidad de hacer cualquier cosa que nos propongamos.

—Mamá —comienza Diego—, ¿entonces porque todo lo de nosotros es diferente a los otros chicos?

Nuestras casetas están listas desde que las abrimos, no hacemos fogatas como todos los demás, usamos estufas de gas, nos bañamos con ducha en lugar de ir al baño público como todos. ¿Sabes lo que dicen los chicos del grupo?

—No, ¿qué dicen? —pregunto con preocupación por lo escucharé y por la cara de sufrimiento de Diego.

—Dicen que Sebastian y yo somos las niñas finolis del grupo, las nenas de mami.

—¿Quienes dicen eso?— cuestiono con los ojos llenos de lágrimas producto del coraje.

Tomo aire para calmarme, miro a José Alejandro que se pone las dos manos en el pecho en señal de perdón.

—No pasa nada y gracias por venir —le digo para no hacerlo sentir fuera de lugar.

—Mis amores los entiendo, sé que no es fácil crecer si una figura paterna. Lo lamento mucho, pero también debo decirle dos cosas muy importantes: no es una vergüenza ser niñas o ser llamadas niñas, ustedes tienen sus nombres y serán lo que deseen ser y siempre yo estaré allí para apoyarlos. Quienes los llaman niñas para ofenderlos son una partida de ignorantes. Las mujeres y los hombres tenemos el mismo valor. Mamá como todo ser humano comete errores, pero nada tienen que ver con el hecho de ser mujer. Así como hay mujeres que no son buenas haciendo algunas tareas también algunos hombres tienen dificultades haciendo otras cosas. Es parte de ser humanos no de géneros. Lo único que les pido es que nunca permitan que nadie les falte el respeto por ninguna razón y menos por ser criados por una mujer.

Ahora vamos a subir las cosas que faltan al vehículo que se nos hace tarde.

Todos se mueven para la casa a recoger las cosas mientras yo cambio la ropa de trabajo por algo más apropiado.

Me quedo un rato pensando en las expresiones de mis hijos. Me preocupa que tengan más confianza hacia alguien prácticamente desconocido que hacia su madre. Es difícil aceptar que él pueda entender mejor a mis propios hijos que yo misma. Con eso en mente salgo al encuentro de los tres hombres más importantes de mi vida.

Doy una última inspección a nuestras provisiones, reviso el botiquín de primeros auxilios, la nevera y todo lo demás.

—Chicos estamos listos, vámonos —anuncio con entusiasmo.

—¡Si! —gritan los tres.

—¡Dios que peste a hombres! No sé si podré soportar esto por dos días. —expreso muerta de risa.

José Alejandro se relaja finalmente. Lo veo soltar el aire contenido y aflojar su fruncida frente. Toma mi mano con disimulo mientras los chicos siguen en sus planes en la parte de atrás.

—Adriana por favor perdona mi intromisión en tu vida y la de tus hijos. De verdad debí decírtelo. Los chicos me convencieron de que sería una agradable sorpresa para ti.

—Tranquilo, no pasa nada y tengo admitir que ha sido una gran sorpresa. Me agrada que apoyes a los chicos. Lo único que me duele un poquito es que ellos no hayan tenido la confianza de hablar conmigo sobre cómo se sentían y las cosas tan feas que les decían sus compañeros. Tú no tienes nada que ver, les hiciste una promesa y cumpliste, es así como se gana la confianza de los niños. No te sientas mal.

Pongo cara seria y levanto el dedo señalando con mucha determinación a mi asustado amante.

—Ahora si te digo una cosa.

—¿Cuál es el ultimátum o la sentencia?

—Mira a ver si te pones algo más decente de ropa. Algo que por lo menos no deje ver ciertas partes que se asoman por las aberturas de esos supuestos pantalones y esa camiseta por donde se salen hasta tus tetillas. No quiero a ninguna de esas víboras hablándose por mi hombre.

—Ah, ¿era eso? Yo pensé que estabas cuidando mi imagen y mi castidad.

—Hablo en serio José Alejandro te pones algo más rescatado o te pongo a dieta de lo que tú sabes hasta el próximo siglo.

—¿Y tú, vas a aguantar la dieta? Lo dudo, la señora Masías hace un tiempo que dejó de ser la señora rescatada y se convirtió en una fiera insaciable.

Le doy un codazo en las costillas.

—Cállate que te pueden oír los chicos.

—Yo creo que lo que te preocupa es que no podrás usarme a tu antojo este fin de semana y dejarme como un despojo humano —me dice con cara de picardía

—Hablando de eso, ¿con quién piensas pasar la noche? Solo tenemos tres casetas.

—Tremendo dilema para ti, recuerda yo soy el invitado de honor de tus hijos y lo mismo puedo dormir con Diego que con Sebastián a menos que la señora se apiade de mí y me dé un rinconcito en su guarida. Yo por mi parte prometo portarme todo lo bien que las circunstancias me lo permitan.

—Te vas a portar bien y yo también, nada de travesuras.

Sebastián interrumpe la conversación con su característico entusiasmo.

—Mami llegamos y por primera vez somos los primeros, eso —dice mi torbellino Sebastian.

—Muy bien, ahora hay que esperar que lleguen los demás para saber qué lugar nos tocó.

—Yo tengo el mapa. —dice mi hermoso preadolescente Diego.

José Alejandro se gira hacia mi pequeño gigante.

—Déjame ver si está fácil de localizar. Vamos a buscar nuestro lugar y cuando todos lleguen nosotros estaremos instalados y listo para irnos de excursión a buscar leña para fogata y el mejor lugar para pescar.

—¿Haremos fogata y vamos a pescar? —La cara de felicidad de Diego vale una fortuna.

—Si, este camping va a ser el mejor —dice Sebastian—. El mejor de todo el mundo.

—Vamos chicos avancemos tenemos que ganar terreno ahora y adelantarnos.

—Lo único malo es que nuestras casetas son de las que vienen listas, no tenemos mucho que hacer, esto es una mierda.

—Diego, no digas eso, hay que ser agradecidos. Tu madre hace hasta lo imposible para que ustedes tengan todo cuanto necesitan. Hay muchos niños que darían la vida por tener una pequeña parte de lo que ustedes tienen y sobre todo por tener una madre tan comprometida y amorosa. Tú madre no se merece eso.

—Perdón mami, es que todo es tan complicado, yo solo quiero ser como los demás chicos.

Intento replicar las palabras de mi hijo, pero me contengo y dejo que mi amado hable. No puedo negar que se le da muy bien lidiar con los chicos.

—Chicos hay que aprender a disfrutar de las bendiciones y los privilegios de la vida. El hecho que sus casetas estén pre-armadas es una ventaja, nos da la oportunidad de aprovechar el tiempo para otras cosas. Aún está claro, podemos visitar las cuevas y dejar unas trampas para coger cangrejos. Podemos conseguir los mejores troncos para que nuestra fogata sea la más brutal.

Me quedo más que impresionada con las habilidades de este hombre divino. No sólo es un dios en la cama, también tiene magia con los niños.

Bajamos todas nuestras pertenencias y en unos minutos todo está en orden y veo como mis tres hombres desaparecen de mi vista camino a la aventura y ni se molestaron en invitarme.

—Nos vemos más tarde, vamos a hacer cosas de chicos. Descansa mientras yo los entretengo hasta que se le acabe la energía —me dice al oído y se despide con una sonrisa cargada de picardía.

Cuando comienza a caer el sol van llegando las demás familias, todos extrañados de que yo ya estuviera en el lugar instalada y de la ausencia de los chicos.

—¿Todo bien Adriana?

—Si todo bien de maravilla diría yo.

—¿Y los chicos dónde están?

—Por ahí andan jugando exploradores con un amigo.

—¿Trajiste un amigo?

—Algo así, pero a decir verdad lo trajeron ellos. Aunque yo encantada de la compañía.

—Ah bien, nos vemos más tarde, un placer saludarte.

—Igual para mí, nos seguiremos viendo.

A lo lejos diviso la llegada de mis tres torbellinos porque definitivamente los tres eran míos. Cargados troncos de madera, flores y frutas silvestres y mucha alegría e ilusión.

—Vamos a ver que encontraron estos guapos chicos exploradores.

—Mami yo te traje una flor de amapola, José Alejandro dice que es tan linda y resplandeciente como tú.

—Oye Sebastian ese era un secreto, solo tenías que darle la flor.

—Mami yo te traje un caracol y como estamos revelando los secretos alguien por aquí dijo que las buenas mujeres son como las perlas preciosas que para encontrarlas hay que buscar bien y esperar pues ellas se guardan con mucho cuidado.

—Gracias mis lindos regalos, pero Diego a ti te falta mucho para pensar en buscar buenas mujeres.

—No mucho mami —dice Sebastián entre risas—. Diego ya le tiene el ojo echado a una chica y ella a él. Los dos se pasan babeando en el patio del colegio.

—¿Como que babean, explícame eso?

Diego hace ademán de golpear a su hermano y José Alejandro lo sostiene en el acto levantándolo por las axilas.

—Tranquilo campeón, si vas a pelearte con alguien cada vez que te digan que pareces bobo cuando te guste una chica te van a faltar puños. El amor siempre nos pone un poco tontos, pero es el mejor estado de la vida.

—Diego está muy pequeño para estar enamorado.

—Mami ya no soy tan pequeño, ya no soy un bebé.

—Está bien, no vamos a discutir por eso. Gracias por tan hermosos regalos.

—Todavía falta mi regalo. Yo no me podía quedar atrás después de estos dos caballeros. Bueno, primero tengo que confesar que jugué con ventaja e hice un poquito de trampa, ¿verdad chicos?

—¡Sí!

Entra la mano en la mochila y saca un hermoso dibujo donde aparecemos mis hijos y yo, uno a cada lado con sus uniformes de deporte, conmigo en el centro vestida de porrista. Se me estruja el corazón y se me llenan los ojos de lágrimas. Los chicos me dan un gran abrazo de oso que casi me tumban de la silla de playa. José Alejandro se retira y se va a caminar por la playa. Imagino que la imagen lo puso vulnerable, él se está perdiendo estos momentos con sus propios hijos y sé que debe ser duro.

—Chicos vayan a preparar la fogata mientras yo preparo algo de comer.

Mi intención es que vayan tras mi atormentado galán y lo saquen de su estado de tristeza.

La noche es expendida, los chicos se divierten como nunca, juegan con sus amigos contando cuentos. De momento, la que había sido la caseta más solitaria en todas los *camping,* incluso cuando estaba casada con Isaac, ahora se ha convertido en el centro de atracción. Mi adonis es un imán para los chicos y para las mujeres.

Al filo de la media noche ya los chicos están agotados, no le quedan ni energías para darse un baño. Veo el cansancio en sus ojitos y me da pena por lo cual rompo una de mis reglas, siempre hay que ir limpio a dormir.

—Solo por hoy se pueden acostar sin bañar, pero mañana a primera hora a bañarse que huelen a osos.

—Sí, mami.

Los mando a pasarse unas toallitas húmedas por el cuerpo y lavarse los dientes.

—¿Yo también huelo oso, a mí también me vas a perdonar el baño?

—Tú no te hagas y déjate de jueguitos que te vi hace un rato cuando fuiste a bañarte.

—¿De verdad? Pensé que no te habías dado cuenta.

—Me dí cuenta de eso y mucho más. También vi que más de una se quería apuntar a lavarte la espalda y otras partecitas.

—¿En serio?, yo no me di cuenta, ¿quiénes serían esas? Yo quería que otra me siguiera, pero ella como si yo no existiera.

—¿Eso crees? Tú sabes que es una tortura tenerte tan cerca con esos pantaloncitos que deja todo a la vista. Pero hoy estoy en mi rol de madre abnegada y tendré que dejar pasar la calentura y los pensamientos lujuriosos para otro momento.

—¡Señora, jamás pensé que este pobre hombre le provocara esas emociones!

—Déjate de juegos, por favor. Tu sabes muy bien lo que me provocas.

—Princesa deja de pelear conmigo, yo me he portado bien, sé que solo te pones así en dos momentos.

—¿Así cómo y en qué momentos?

—Solo te enojas cuando algo se sale de tu control o cuando necesitas un orgasmo y creo que tu rabia se debe a la última y yo tengo la solución para eso.

—Estás loco, aquí no, están los chicos y todas estas mujeres estarán pendiente al menor ruido.

—¿De verdad tú crees que con lo cansados que están los chicos se van a despertar por algún suspiro que se escape de tu boca? porque de la mía no, yo soy una tumba. Además, si tus amigas están pendientes a los ruidos de sus vecinos en la madrugada sus maridos son unos ineptos y ellas son unas pobres infelices.

Mi amado me mira con una cara de niño hambriento que me hace cogerle pena. Aunque no creo que pena, más bien despierta mi deseo.

—Vamos bella dame un espacio al lado tuyo. Sebastian ronca mucho y da patadas y Diego está muy grande para ese espacio tan pequeño. Prometo portarme bien y regresar al destierro tempranito antes que alguien se despierte.

—Está bien, pero nada de jueguitos extraños, solo a dormir.

—Pero podemos abrazarnos de cucharita, solo para aprovechar el espacio.

—Sí, solo abrazarnos, nada más.

—Y un besito de buenas noches, aunque sea de piquito.

—Está bien de piquito ¡No puedo contigo!

—No te enojes conmigo por pedirte un besito.

Si claro, un besito. Ese es mi error, ceder a dar ese besito. Hace horas que agoté mis límites de abstinencia. Máximo cuando ví a una cuántas mujeres revoloteando alrededor de mí hombre y restregándose sus protuberancias mamarias en la cara.

Cuando él hace el supuesto intento de darme el beso de piquito soy yo quien le come la boca con desesperación. Una cosa trae a la otra y terminamos haciendo el amor.

Después de besarnos y degustarnos por todas partes, nuestros deseos escalan montañas cada vez más elevadas. Aunque nos comemos la boca para no hacer ruidos, los latidos de nuestros corazones galopan a tal velocidad que creo son escuchados por toda el área. En este instante me encuentro en la cúspide del deseo y, sin pensarlo dos veces, apoyo mis rodillas y mis codos sobre el frágil colchón de la casa de acampar y le doy libre acceso para que mi adonis me penetre desde atrás con todo el ímpetu del que fuera capaz.

—Así mi amor que rico, que divino se siente poder tomarte desde esta posición. Mirar tus hermosas montañas como se mueven cada vez que te penetro y tener acceso a poder tocarte toda. Esta sensación es exquisita y me eleva de tal manera que me siento el hombre más poderoso de este planeta.

Esas palabras son ciertas, las manos de mi experimentado amante está en todas partes, en mis nalgas, acunando mis dos senos, mientras continúa lamiendo y mordiendo el cuello y describiendo en mi oído todo lo que está haciendo y sintiendo.

—Princesa dime lo que quieres. Pide todo cuanto desees que yo estoy aquí para complacerte. Mi misión es que conozcas el paraíso sin haber salido de la tierra, mientras estás entre mis brazos.

—Cielo no tengo que decirte nada, tú conoces mi cuerpo mejor que yo misma. Solo no me trates con tanta delicadeza, penétrame más duro. No te contengas, lléname completa, yo puedo con todo lo que tu tienes para darme. Solo quiero que me trates como tú mujer, que lo tomes todo de mí y me lo des todo sin temor a lastimarme.

—Haré como tú quieres mi amor, más que tu dios, soy tu amante, tu servidor.

Se hunde dentro de mí de manera tan profunda que siento como sus testículos tocan la entrada de mi vagina. Sus embestidas son cada vez más fuertes, entra una mano en medio de nosotros toca ese manojo de nervios sensibles entre mis pliegues y me hace explotar en un millón de partículas.

Muerdo mis propios brazos para no despertar a todas las personas a nuestro alrededor. *¡Dios que cosa maravillosa!*

Dos o tres embestidas más tarde de la espada de mi dios dentro de mi agónica vagina, lo siento vibrar y tener su propia liberación. Abrazados como un solo cuerpo siento como poco a poco el latir de nuestros corazones se va acompasando hasta caer en un sueño placentero.

No han salido bien los rayos del sol cuando una voz profunda y el olor particular de café recién preparado me despierta.

—Princesa voy a despertar a los chicos. Quedamos en ir a pescar hoy temprano, queremos coger un buen lugar. Preparé unos *sándwiches*, chocolate y agua, no te preocupes por nada, ellos están en buenas manos. Los cuidaré con mi vida.

—Lo sé, no lo dudo —le digo con cara adormilada—. Asegúrate de tener el teléfono a mano y pendiente de Sebastián que es muy inquieto.

—Tranquila descansa y mejor piensa en mí y en nuestra travesura de anoche.

—Esa no la podré olvidar en un par de días.— le digo poniendo cara de dolor, pero una media sonrisa.

—Princesa no pongas esa cara de dolor, lo menos que deseo es lastimarte, pero es que eres muy golosa y yo muy flojo para decirte que no.

—No seas payaso —le doy un empujoncito—, mueve ese hermoso cuerpo antes de que los chicos vengan a buscarte.

A las nueve de la mañana mis chicos están de regreso agitados y llenos de entusiasmo. Sebastián casi me lleva de encuentro con la emoción. Hicieron una buena pesca, los tres muestran sus pescados como trofeos. Lo que más me conmueve es la cara de felicidad de mis hijos. Hace tiempo que no los veo de esa manera.

—Mami a las diez vamos a jugar el partido de balompié. Este año nuestro equipo está completo. No necesitamos refuerzos, tú vas a de portera y nosotros tres a meter goles.

El partido es de lo más divertido, mis chicos lo disfrutaron y lo más que les encanta es que por primera vez somos campeones. Para ellos eso es como ganar el torneo nacional.

El domingo en la tarde regresamos a la civilización todos agotados después de un fin de semana intenso y cargados de nuevos recuerdos. Mi corazón de madre está henchido de felicidad pues sabe que esta experiencia será inolvidable para mis dos hermosos retoños.

# *Capítulo Dieciocho*

Nuestros encuentros a escondidas se tornan rutinarios. Algunas veces todo transcurre con absoluta normalidad, en otras ocasiones con visitas sorpresivas y salidas novelescas.

—Mi cielo, yo te amo y no me gusta verte así. De nuevo veo en ti esa mirada que anoche me partió el corazón y me hizo buscar la manera de sacarte de ese lugar donde te escondiste.

—Y lo lograste al mil porciento, tú logras hacer conmigo todo cuanto se te antoja/ Soy tuyo en cuerpo y alma, Adriana Masías.

—Yo también te amo, mi vida, y daría todo para hacerte feliz.

— ¿Qué tanto estás dispuesta a dar, Adriana? ¿Te atreverías a dejarme entrar en tu vida de verdad? ¿A dejar de lado los prejuicios sociales y hacerme parte de tu vida de manera oficial? Sé la respuesta, no me la tienes que decir y también sé que es mucho pedir. Yo sabía desde un principio que había un abismo entre nosotros y no tiene nada que ver con mis veintinueve años y tus cuarenta recién cumplidos, ni con tus hijos tampoco. Tus hijos saben de lo nuestro, y lo saben hace tiempo, y además lo aceptan y me quieren.

—¿Cómo sabes eso?

—Me lo han dicho, me lo dijeron el día que acampamos en la playa, me lo dicen en las notas que me dejan por la mañana para darme gracias por el desayuno. Cuando me dicen en secreto que saben que soy yo quien lo hago pues tú no sabes hacer tostadas francesas. Cuando Sebastián reconoce que las caritas felices en el *pancake* y los emparedados los hago yo para ellos como una muestra de amor. Si te enseño todas las cartas que me han escrito en este año te sorprendería, pero es un asunto de hombres y así se va a quedar. ¿Acaso hay algo más que impida que estemos juntos que no sea el que dirá la gente a ver a la bella y la bestia?

—Esa fábula no se ajusta a nuestra realidad. Tú eres un hombre divino, en todo caso yo sería la bestia y tu el bello de este cuento.

—Sé que esto no es un cuento de hadas, y que la vida no nos tiene planificado un final feliz, pero también sé que he puesto todo de mi parte para demostrarte que a pesar de mi edad, de mi falta de estudio y todos mis defectos soy el hombre que te va a amar para toda la vida, estemos juntos, o no.

Veo sus hermosos ojos negros llenos de lágrimas y sus labios carnosos reflejar un pequeño temblor y me siento la mujer más miserable del mundo. Todas sus palabras son ciertas: el miedo me paraliza, no quiero afrontar esa realidad que José Alejandro asumió con toda la madurez de un hombre joven pero que ha vivido y luchado más que yo en toda mi vida. No sé qué contestar y lo dejo ir sin pronunciar una palabra más. Con él se va un pedazo de mí y me quedo con la certeza de que este es el principio del fin y lo es hasta cierto punto.

Días después, sentado en nuestro lugar favorito, aquel rinconcito desde donde observamos el vaivén de las cálidas olas del mar Caribe, nos tomamos de la mano como dos adolescentes enamorados. Nuestras almas navegan hacia el infinito hasta que somos traídos a la realidad por las palabras del mesero.

—Disculpen, ¿los señores están listos para ordenar o necesitan un poco más de tiempo?

Los dos decimos al unísono:

—Estamos listos.

Ordenamos nuestra pizza clásica mitad marisco, mitad carne. Durante la espera nos deleitamos dándonos inocentes besos y caricias. En ese mismo ambiente de romanticismo nos damos de comer el uno al otro la deliciosa pizza acompañada de cerveza artesanal. Nuevamente me detengo en su mirada taciturna y siento una opresión en el pecho como señal de que algo no está bien.

Jose Alejandro contrae su diafragma apoderándose de todo el aire del ambiente, para luego soltarlo sacándolo poco a poco como si espirales de ansiedad se desprendieran de sus fosas nasales. Sus musculosos pectorales suben y bajan en busca de más aire cual pez fuera del agua.

—Princesa, he tomado una decisión que le pone una pausa a nuestra relación. Como sabes, el mercado inmobiliario y la construcción están complicados en este país; apenas tengo trabajo para mantener a mis hijos.

Mi madre me consiguió un contacto para remodelar un complejo habitacional de cien apartamentos en la isla vecina y he aceptado darme la oportunidad. Tendré trabajo seguro y bien remunerado por espacio de un año, luego de eso pienso poner mi propio negocio y quién quita hasta pueda estudiar y ponerme a tu altura para hacerme digno de tu compañía.

—Mi cielo...

Trato de hablar pero él sella mis labios con sus dedos.

—Shhh, no digas nada. Esto es solo un hasta luego. Cuando esté listo para ti pienso regresar, y si tu corazón aún está disponible, y si algo de mí habita en él, aquí estaré para amarte como lo he hecho desde el primer día.

La expresión de la cara de mi Adonis de Ébano y su visible desesperación me están destruyendo por completo. No sé qué hacer, si salir corriendo o arrojarme entre sus brazos.

—Adriana, disculpa que haya elegido este lugar tan nuestro para decirte esto. Traté de hacerlo la otra noche pero cuando estoy cerca de ti pierdo la cordura y si tú te pones juguetona y atrevida como esa noche me olvido hasta de respirar. Me voy mañana en el vuelo de las diez de la mañana. Me gustaría decirte que te jugaras conmigo lo que queda del día y que hagamos el amor desde ahora hasta que salga el sol, si es que sale. Pero puede que no tengas tiempo, o no te gustan las despedidas.

Solo pienso por un segundo "¿Y si tenemos derecho a pasar este corto espacio de tiempo que nos queda juntos, como él dice, por si no hay mañana?". Sé que es prolongar la agonía, pero qué más da. Soy una cobarde acomplejada y muchas cosas más, pero amo a este hombre como nunca he amado a nadie.

—Dame unos minutos y arreglo unas cosas en la oficina para tomarme la tarde libre y llamo a María para que se quede con los chicos.

Hago todos los arreglos. Bueno, los que entiendo que debía hacer. Estoy paralizada por el miedo. Miedo a perderlo, a perderme. Miedo a la maldita sociedad que nos impone tantas normas a las mujeres. Miedo a mi familia y miedo a tronchar el futuro de Jóse Alejandro al pedirle que se quede y que luego las cosas no funcionen. Dejaré que se vaya por un tiempo mientras organizo mi cabeza y puedo arreglar las cosas para que podamos estar juntos sin temores y sin prejuicios.

Vamos al apartamento de José Alejandro y recogimos sus pocas pertenencias. Nos vamos a un hotel en la ciudad frente a la playa y muy cerca del aeropuerto, ya Jóse Alejandro tiene todo su equipaje en mi todoterreno y su vieja camioneta la dejó en casa de un amigo. Rento la habitación por todo el fin de semana. Sé que después de esta noche mi vida amorosa estará destruida, o mejor dicho, volverá a la monotonía de la cotidianidad, pero viviré estas horas que restan antes del amanecer con la mayor intensidad que mi adolorido corazón me permita. El universo conspira a nuestro favor y tenemos una luna llena posada sobre nuestra ventana que da hacia la playa. El hotel está poco habitado en esta época del año, por lo cual es prácticamente para nosotros. Hacemos el amor toda la noche, lloramos, reímos, nos propusimos no dejar apagar esta pasión que nos consume ni en este momento ni en la distancia.

—Te prometo que dejaré a un lado mis inseguridades y sin importar los medios que tengamos que utilizar no permitiremos que la hoguera de nuestra pasión se apague. La alimentaremos a diario con los medios que estén a nuestro alcance, el teléfono, la computadora, la cámara, el aire, el sol, la luna, los recuerdos, la imaginación y nuestro amor.

—Princesa de mi parte no hará falta ningún aliciente adicional con solo escuchar tu voz e imaginarte al otro lado de la línea deseándome y extrañandote será más que suficiente para que todo mi cuerpo estalle de pasión.

Mi mente racional libra una batalla campal con mis sentimientos y más fuerte aún con mis ardientes deseos, inspirados por este dios del sexo que me hizo romper todas las ataduras de castración de sexual y liberal a esta mujer apasionada que es esta nueva Adriana. A pesar de todo el despliegue de liberación sexual del cual he disfrutado durante todos estos meses, mis inseguridades y mis prejuicios sociales están más arraigados en mi psiquis de lo que pensé. Esto me paraliza y no me permite avanzar ni retroceder. Lo que da paso a que sea José Alejandro sea quien diga las palabras mágicas.

—Te dejo libre. Princesa, no quiero que te sientas obligada a mantener una relación que a todas luces no quieres prolongar. Mientras sea posible mantengamos esa llama de la pasión encendida sin ataduras; de mi parte sé que eres la mujer de mi vida y que no habrá nadie que me llene en todos los sentidos como tú lo haces, y cuando digo en todos los sentidos es en *todos*: emocional, sexualmente, espiritualmente y hasta intelectualmente.

Contigo he aprendido más sobre el amor y la vida que con cualquier otra mujer.

Quiero contestar, o mejor, replicar a su propuesta de "Te dejo libre", pero no me lo permite. Con sus dedos sella mis labios.

—Escucha, Adriana, con esto no te estoy diciendo que una vez suba a ese avión lo nuestro habrá terminado, sé que no es lo que queremos, pero la vida a veces nos juega pasadas inesperadas. Eres una mujer exquisita, hermosa, inteligente y tarde o temprano se cruzará alguien en tu vida que reúna todos los requisitos que yo no reúno y que esté dispuesto a darlo todo por ti, entonces seremos historia.

Veo como esos dos luceros negros se llenan de lágrimas y quiero liberarme de toda esta carga social y arriesgarlo todo pero ya es tarde. No hay un nosotros y mucho menos un mañana. Dejando salir todo el torrente de lágrimas que inundan sus hermosos ojos y con un palpable temblor en su cuerpo me atrae a esa muralla donde me siento tan bien y me dice al oído.

—Solo dos cosas más, princesa: gracias por este año de felicidad, cuidate mucho y recuerda que siempre habrá un espacio en mí y en mi corazón para ti.

Trato de hacer un chiste para salir del dolor que azuza mis entrañas:

—Dijiste que eran dos cosas más y fueron tres.

Le doy un casto beso en cada uno de sus hermosos y húmedos ojos.

—Ahora soy yo la que quiero hablar: gracias por tu entrega total, gracias por hacerme descubrir a esta nueva mujer, gracias por tu paciencia, por regalarme tu juventud y gracias por ser. Una última cosa y perdona que te lo diga... Sé que serás tú el que primero encuentre esa persona que llenará tu vida a todos los niveles. Cuando alguien es capaz de amar como tú, de entregarlo todo sin esperar nada, la vida le tiene que recompensar de alguna manera.

Me suelta con tanta prisa, parece como si mis palabras se hubieran quemado.

—¿Tú por qué afirmas eso? Adriana, yo estoy claro en mis sentimientos hacia ti, no tengo ni la más mínima duda de que eres la mujer de vida. Espero que no estés asociando ni mi edad ni mi pasado con esas palabras que dices y mucho menos el hecho de ser hombre. No voy a salir a buscar en otra mujer lo que tú me has dado, estoy seguro de que no lo voy a encontrar jamás.

—José Alejandro, escúchame y perdona si te ofendí, solo quería decir que eres un hombre atractivo, seguro, galante, encantador, sin dejar de lado que eres un amante maravilloso y generoso lo cual te pone el radar de que en cualquier momento aparezca esa mujer que esté dispuesta a darlo todo por ti sin restricciones. Lo único que te pido es que cuando esto ocurra, porque no me queda la menor duda de que ocurrirá, seas honesto y me lo digas.

—Lo mismo espero de ti.

Este final de la conversación detona una explosión de emociones desconocidas hasta entonces. Volvemos a amarnos esta vez con desesperación, un sentimiento desconocido para mí. Mi ruptura con el padre de mis hijos, no causó ni por asomo el dolor que siento en ese momento; más bien mi divorcio fue una liberación. Esto que estoy sintiendo con Jóse Alejandro es lo que realmente los psicólogos llaman el dolor irreparable de la pérdida y lo siento en cada fibra de mi ser.

Luego de nuestra despedida en el aeropuerto paso por todas las etapas de la pérdida: la negación, albergando la esperanza de que hay un futuro para nosotros. La ira, siento un coraje inmenso contra mí por no ser capaz de afrontar mis miedos y darle paso a esta relación fuera de las reglas que demarca la sociedad. Luego paso a la impotencia, pues estoy segura de que no hay marcha atrás.

Regreso a la habitación del hotel donde pasamos nuestras últimas horas juntos. Había dejado colgado en la puerta el cartel de no molestar por lo cual todo está como lo dejamos. Las sábanas revueltas, el edredón tirado por el piso junto a las toallas que utilizamos durante nuestra corta estadía de despedida. Recojo todo y lo subo a la cama para buscar en cada una el olor único y exquisito de mi amado, los rastros de nuestros fluidos corporales y cualquier otra huella que me acerque a él. Me invade un sentimiento de desamparo que me impide el paso del aire. Dejo caer mi cuerpo en la cama como si se tratara de una muñeca de trapo sin nada que sostenga esta masa amorfa y sin vida. Envuelta en esa mole de ropa de cama y toallas mojadas hundo mi cabeza y me doy el permiso de llorar hasta el agotamiento de esa manera me quedo dormida y despierto con la puesta del sol.

Como puedo arrastro mi cuerpo hasta el balcón de la habitación y desde allí puedo ver como cae la tarde con la misma parsimonia con que se mueve mi cuerpo. Salgo a la playa descalza y con el arrugado traje, con el cual había ido a trabajar el día anterior y el mismo que usé en la mañana, y camino como autómata de un lado a otro con la mirada perdida en el horizonte. Viendo como poco a poco se van apagando los rayos del astro rey para dar paso a la noche. Mis pies son acariciados por el roce del área y el vaivén de las olas que en lenta agonía llegan a la orilla. Jamás pensé que separarme de José Alejandro me dejaría tan mal. Entrada la noche y nuevamente agotada me obligo a regresar a la habitación, debo sacar fuerzas para llamar a María y saber cómo está mis hijos de los cuales solo tengo noticias por los mensajes de texto que le envié a mi fiel colaboradora.

Mis chicos necesitan hablar con su madre y, aunque me costara un gran esfuerzo debido a mi pobre estado de ánimo, no les puedo fallar. Tomo el teléfono que tengo cargando en la mesa de noche y me preparo para ejecutar mi papel de madre. María contesta al primer timbre.

—Hola María, ¿cómo estás? ¿Cómo están los chicos?

—Todo bien, señora Adriana. ¿Cómo está usted?

María sabe la razón de mi ausencia. Aunque les había dicho una pequeña mentira a los chicos, aludiendo a un repentino viaje de trabajo, a ella no le podía mentir. Máximo cuando ella está enterada de la partida de José Alejandro.

—Todo lo bien que se puede estar en estas circunstancias, pero lo superaré. Solo necesito un poco de tiempo para poner en orden mi cabeza. Mañana temprano regreso a casa. Por favor, pásame a los chicos al teléfono.

—Cómo no, señora. Aquí está Sebastián dando saltitos desesperados.

—Mami, ¿llegarás mañana para poder ir al juego?, ¿no lo has olvidado, verdad? Tenemos partido a las nueve y no puedo llegar tarde. Si lo hago comeré banco todo el día. Mami, prométela, vendrás temprano. Por favor, mami.

Siento un ardor en el pecho y se me estrujo el corazón de solo imaginar la carita de mi inquieto hombrecito, y su desesperación pensando que mami no va a llegar a tiempo para su partido de balompié.

—Hola, mi amor. Me alegra saber que me extrañas —le digo con un poquito de ironía mientras me sonrió por primera vez en las pasadas veinte horas—. Yo también te extraño mucho y te amo mi vida. No te preocupes como siempre mami estará allí a tiempo para llevarte al juego y que no te penalicen y te dejen comiendo banco como tú dices. ¿Cuéntame que han hecho?, espero que tu hermano y tú no le estén dando que hacer a María.

—Mami, nos hemos portado bien. Aunque Diego ahora se cree artista y siempre está pintando, no me hace caso para nada, ya no quiere jugar conmigo por lo que estoy súper, pero súper aburrido.

—Está bien mi amor, Dios te bendiga dale el teléfono a tu hermano, un besote, te amo.

La historia con mi hijo mayor Diego es idéntica, enfatiza que no me olvidara que tengo un compromiso para ir al cine con unos amiguitos en la tarde. Además, tenemos que ir al centro comercial para comprar unas zapatillas de balompié porque las que tiene le quedan apretadas y no combinan con el nuevo uniforme. De momento pienso que mi bebé está a un paso de la adolescencia y ya se está preocupando por cosas como estar combinado, ir al cine con amiguitos y amiguitas. *¿Dios cuando había crecido no me di cuenta?*

—Mami, ¿sabes que te amo verdad?, que te extraño un montón.

—Si mi amor lo sé, yo también te amo y te extraño. Dios te bendiga mi rey, que tengas lindos sueños.

Mi hermoso siempre ha sido bien cariño y apegado a mi y como es el mayor también era quien más había sufrido con el divorcio.

# *Capítulo Diecinueve*

Voy al baño para ducharme y sacar toda la arena y el salitre del mar que tengo impregnado por todas partes. Después de darme un baño reparador con agua caliente, me cubro con una toalla y me dispongo a tratar de dormir cuando suena el teléfono. Tan pronto escucho el timbre mi corazón da un salto de alegría al reconocer la canción *"Quiero que me hagas el amor"* que es la melodía que tengo identificada con el número de José Alejandro.

Con el corazón acelerado me apresuro a tomar el teléfono.

—Buenas noches, ¿cómo está la dueña de mi corazón?

El tono barítono de su voz reverbera por todo mi cuerpo y me hace vibrar de solo escucharlo.

—Estoy bien. ¿y tú cómo estás?, ¿qué tal el vuelo?, ¿cómo está tú mamá?

—Yo extrañándote, anhelando el roce de tus manos en mi cuerpo, desesperado por perderme en el aroma de tu cabello. Todo lo demás bien: el vuelo fue tranquilo y rápido, mi madre está bien, un poco más vieja y cansada, pero bien en términos generales. ¿Cuéntame tú qué haces?

—Acabo de salir del baño e igual que tu extrañándote, me parece que hace un siglo que te fuiste.

Lo escucho tomar aire y respirar profundo, es un gesto que siempre hace cuando está excitado o preocupado.

—Princesa me gusta eso de que acabas de salir del baño. Te imagino toda húmeda con un millar de gotas de agua resbalando por tu piel sedosa y unas cuantas gotas más suspendidas en tus espesas pestañas.

—Cielo no me lleves por ahí que en estos momentos no tengo fuerzas ni para respirar.

—No, ¿ya comenzamos a romper las promesas tan rápido?, ¿dónde quedó esa mujer que hace unas horas me decía que no habría barreras que no traspasará para mantener encendida la llama de nuestro amor?

—Sí lo dije, pero es demasiado pronto, aún no me he recuperado de tu partida, no tengo energía para pensar en nada que no sea en el vacío que siento en el alma.

—Tesoro yo estoy igual o peor que tú, pero eso no impide que mi imaginación vuele hacia a ti y que mi cuerpo te desee con delirio. ¿Cuéntame qué tienes puesto, dónde estás? Vamos a jugar un rato.

—Todavía estoy en la habitación del hotel, estoy envuelta en una toalla y lista para tratar de dormir un poco.

—Perfecto. Suelta y ve a la cama, acuéstate mirando hacia el techo. No te seques, yo voy a recoger con mi lengua cada gota de agua que hay en tu hermoso cuerpo comenzando por esas que se agolpan en tus pestañas. Cierra los ojos mi cielo e imagíname entregado a la tarea de saborear cada poro de tu piel con todos mis sentidos.

Como si de magia se tratara siento el cálido aliento de mi dios de ébano sobre mi piel. La transpiración de él llega a mí a través del sonido del altavoz del teléfono y traspasa mi sentido como si no existiera la distancia.

—Así, princesa, déjate llevar. Estoy contigo, siénteme. Casi puedo palpar como se eriza tu piel al contacto de mi aliento y de mi lengua. Toca tu piel, siente cómo el frío del agua es sustituido por el caliente de tu excitación. Usa tus manos. bebé, tócate como lo haría yo, pero hazlo con calma paso a paso, no te apresures. Tienes un cuerpo hermoso que merece ser amado con reverencia y sin prisa.

—¡Dios! ¿Cómo es posible que mi cuerpo haya pasado de la inercia y el abandono total a estar ardiendo de excitación?

¡No lo puedo creer, dije eso en voz alta!

—No lo pienses, mi amor. Solo siéntelo. Sí, es posible, yo también estoy sorprendido de la reacción de mi cuerpo. Me siento como tú perdido en un universo de sensaciones desconocidas. Voy a poner el teléfono con el altavoz en la cama para poder tocarme y unirme a ti en este nuestro primer viaje al paraíso desde la distancia.

—Sí —le digo con voz entrecortada por la ardiente excitación que me consume.

—Princesa, no quiero que te guardes nada. Quiero escucharlo todo, tu respiración, tus movimientos y hasta el roce de tus manos. Yo haré lo mismo. Vamos a vivir esta nueva experiencia juntos, no existen barreras que puedan acallar el grito de nuestra pasión.

—Sí, mi vida —le digo con un profundo suspiro.

—Ahora desliza esas delicadas manos desde tu esbelto cuello hasta tus hermosos pechos. Tócalos para mí, siente su peso, toma esos dos lindos botones en tus dedos. Acarícialos, apriétalos. Así, sí, sigue quiero escucharte.

Tomo mis pezones entre los dedos y comienzo a acariciarlos. Luego los roto con más fuerza de un lado para el otro.

—Dios, que rico, José Alejandro. Te puedo sentir aquí conmigo, no me dejes sola por favor, siento que voy a desfallecer…

—No me voy a ninguna parte, princesa. Estoy aquí contigo, puedo imaginar lo hermosa que te vez dándote placer para mí. Me siento como un dios todopoderoso solo con oírte gemir y decir mi nombre. Sigue, mi amor, sigue tocándote. Baja tus manos, ve con calma y llega hasta mi guarida predilecta. La imagino mojada, resbalosa y oliendo divino. Oliendo a tu embriagadora fragancia de mujer en éxtasis.

Mis manos cogen vida propia y dejan de ser mías para convertirse en las manos de mi amado y me tocan como él solo sabe hacerlo. Primero con ternura infinita y luego con pasión desmedida. Levanto mis caderas de la cama, haciendo un arco con mi espada, en esta posición encuentro la manera de profundizar cada embestida de mis dedos para llenarme como él lo hacía.

Al otro lado de la línea telefónica escucho la respiración agitada de mi amado que, junto al sonido de los azotes de sus manos sobre su miembro, es la melodía más sensual para mis oídos.

—Sigo aquí, mi cielo. No detengas el vuelo, estamos cerca. Dale elevemonos los juntos, usa tu otra mano para tocar tu botón de placer y mueve tus manos más rápido dentro de ti. No puedo resistirlo más me voy a venir y quiero hacerlo contigo.

Ese es el comando para desatar el nudo que estaba aprisionado en la parte baja de mi cabeza y hacer que todo en mi explote en una amalgama de colores brillantes.

—¡Por Dios!, me voy a morir José Alejandro.

—Así, bella, dámelo todo. Soy tuyo, princesa, todo tuyo. Siente como mi corazón galopa cuando viaja contigo al infinito.

Escucho el gruñir prolongado que hace mi Adonis del sexo cuando llega al paraíso, esa es el sonido más hermoso para mis oídos y el bálsamo para mi alma atribulada.

—¿Bella, estás bien?

—Sí, mi amor, estoy bien. Gracias por este regalo, por ser mi amante perfecto hasta en la distancia.

—No soy para nada perfecto, solo soy un poquito mejor cuando estoy contigo. Ahora vamos a descansar que mañana será otro día. Come algo antes de dormir, aunque sean las frutas que están en la nevera u ordena algo para que te lo traigan a la habitación. Estoy seguro de que hoy no has comido nada.

—Así lo haré, te lo prometo. Felices sueños, hasta mañana.

—Serán felices porque soñaré contigo, te amo.

Los dos nos quedamos esperando quien tendrá el valor de terminar la llamada y ninguno se atreve a romper ese fino nexo de nuestra unión.

—Hasta mañana, Adriana.

—Hasta mañana, mi amor.

—Vamos, dejemos de jugar. Cuelga.

—Hazlo tú.

—No tú.

—Vamos a la cuenta de tres, uno, dos, tres.

Río con ganas después de tantas horas de angustia. El amor es extraño y nos hace comportarnos a veces como niños. Ya es tarde para ordenar comida y además no tengo muchas ganas. Tomo la primera opción, me como una manzana de la nevera con una botella de bebida carbonatada. Minutos más tarde estoy profundamente dominada.

Las siguientes semanas las pasamos en la misma dinámica. Hablábamos todas las noches de nuestras cosas particulares. Yo me enfoco en hablarle de los chicos, le cuento algunos asuntos o novedades de mi trabajo, José Alejandro permanece más reservado cuando hablamos de asuntos particulares de nuestras vidas. Solo recobra el uso de la palabra cuando es el momento de expresar sus sentimientos hacia mí. En este tema no tiene reservas, siempre pone sus sentimientos sobre la mesa y sus deseos de jugar a los chicos malos a través del celular.

*"Princesa, hoy tengo ganas de verte para que mis ojos se puedan comer lo que mi boca no puede".*

Ese es el mensaje que recibo a las cinco de la tarde cuando me dispongo a salir de la oficina para recoger a los chicos en las tutorías supervisadas y llevarlos a la práctica de balompié.

Salgo de mi oficina con una enorme sonrisa y mirando la pantalla del celular como si fuera la lámpara mágica de un genio desde donde se materializan mis deseos. Como de costumbre, el incordio de mi asistente Miguel sale a mi encuentro para gastarme una broma.

—Jefa, ¿qué será lo que tiene ese teléfono que lo mira con ojos de deseos y le hace sonreír? Esa cara me dice que lo que está viendo es apetitoso y se lo quiere comer. El bombón de chocolate te envió una foto de sus encantos o mejor aún un video más detallado. Déjame ver, qué es eso que te tiene embobada.

—Miguel, respeta. No pasa nada. No hay nada que tengas que ver, atrevido, es solo un mensaje.

—Así de caliente debe ser el mensaje que te pusiste tan nerviosa.

Con su juego me quita el teléfono y comienza a leer en voz alta. Menos mal que estamos solos en la oficina. Si no fuera porque lo quiero como un hermano, y por ser tan buen asistente, lo despedía por su atrevimiento.

*Dios mío si es que este hombre hasta de lejos es capaz de hacer que uno tenga un orgasmo con un mensaje de texto.*

—Me imagino que estás loca por llegar a tu casa y darle de comer a las pupilas de ese hombre. Mira que si me dicen eso no espero llegar, pongo seguro a la puerta de la oficina y le enseñó hasta las amígdalas.

No me queda otra cosa que reír y quitarle el teléfono.

—Miguel, de verdad eres atrevido. Imagina que José Alejandro me hubiese enviado una foto íntima, yo te mato.

—Querida, solo le estarías haciendo un favor a un hambriento, dejándolo que vea el manjar. Aunque no se lo pueda comer.

—Deja eso ya, que tengo que irme.

Salgo a toda prisa a buscar a los chicos y continúo riendo por todo el camino. Es increíble como unas simples palabras pueden alegrarme el momento. Aunque a decir verdad no son tan simples.

Ya en la cancha de balompié, mientras los chicos practican cada uno con sus respectivos equipos, yo no paro de pensar en cuáles son los planes de José Alejandro para esta noche.

No puedo negar que me siento súper emocionada con la idea de tener esta nueva aventura con ese hombre divino que me ha hecho romper todos mis esquemas, pero también me da mucho miedo la idea de exponerme de esa manera. Son tantas las noticias que se manejan en los medios sobre mujeres que han practicado el *sexting,* y que luego su intimidad ha sido expuesta al escarnio público, que me da terror. No desconfío en lo absoluto de José Alejandro, pero temo que el contenido pueda quedarse en su celular y caer en otras manos.

Aprovecho el momento a solas en el parque para buscar más información sobre el tema y si existen algunas medidas de seguridad que yo pueda tomar. Encuentro mucha información con puntos a favor y encontra. Para algunos autores esta actividad es saludable para mantener la chispa en la relación mientras que otros sostienen lo contrario. Se mencionan casos en los cuales algunas personas se han suicidado después que su información cayera en manos inadecuadas, y su intimidad fuera expuesta en las redes sociales.

La algarabía de mis hijos me saca de mis divagaciones y me hace regresar a mi papel de madre.

—Mami, muévete terminamos y el dirigente quiere hablar de la inauguración del torneo. Todos los padres deben acercarse para la reunión. Vamos, dale, que después no te enteras de las cosas.

—Tranquilo, Sebastián. Suéltame, ya voy. No me arrastres pareces un torbellino.

Después de una hora de instrucciones repetitivas nos subimos en la guagua para dirigirnos a la casa. El día ha sido largo y, además de agotada, continúo inquieta por mi encuentro de esta noche.

—Chicos, hoy no hay parada en ningún lugar y no quiero protestas.

—¿Mami, ni siquiera a comprar comida? —pregunta Diego.

—Ni a comprar comida, tesoro. María dejó comida lista y todos vamos a darnos un baño, comer, revisar las libretas de colegio y adormir, todo en ese orden.

Me concentro en la carretera para no mirar la cara de circunstancia de mis amados retoños y así evitar ceder a sus chantajes.

—No tenemos tareas, todas las hicimos en las tutorías. ¿Será que podemos ver un poco de tele? —dice de nuevo mi impetuoso Sebastián.

—No. Ya dije cuál será el orden de las cosas y no hay cambios.

—Te amo, mami.

—Yo también los amo a los dos.

Con los chicos acostados en sus respectivas habitaciones voy a revisar que todo esté en orden para la jornada del próximo día. Y me retiro hacia mi habitación rogando al

Divino Creador que a José Alejandro se le haya olvidado la idea de nuestro encuentro por videocámara. No es lo mismo decirse unas palabras atrevidas y emitir unos sonidos por el teléfono, que hacer las cosas ante una cámara. Si por lo menos tuviera alguna amiga con quién hablar del tema, pero en realidad no tengo amigas. Las personas más cercanas a mí son las madres de los chicos del equipo y el colegio de mis hijos y todas son unas estiradas, lo más probable es que se escandalizarían con la idea y algunas hasta pedirían mi excomulgación. También cuento con la confianza de mi querida María con la cual no puedo hablar de este tema, y el loquito de Miguel. Con este último podía hablar en confianza, pero primero tendría que soportar sus chistes. En fin, lo mejor es esperar el momento y hablarlo con el propio José Alejandro. Él sabrá qué hacer y estoy segura que no me pondrá en riesgo.

A los pocos minutos de estar en la habitación el teléfono suena con mi característico "*Quiero que me hagas el amor*", el tiempo se había ido volando son ya las diez de la noche.

—Buenas noches, princesa.

—Buenas noches, amor, ¿qué tal tu día?

—Bien, bien todo bien ¿Y tú qué tal? Te llamé a esta hora porque sé que hoy era día de práctica de los chicos y no quería ocupar su espacio. Además, hoy más que nunca necesito este ratito para mí solo. Princesa, te extraño tanto que duele. Te necesito con desesperación. Todo habría sido más fácil contigo a mi lado. Creo que me desesperé al tomar esta decisión y tu ausencia me está matando.

—Cielo, yo también te extraño. No hay un solo momento del día que no piense en ti.

—¿Bella, pensaste en el mensaje que te envíe esta tarde? No me contestes. ¿Te hice sentir incomoda? Sé que a veces soy muy impulsivo, pero me muero de ganas por verte. Si te ofende o molesta no tenemos que hacer nada, solo déjame ver tu cara. Por favor. Necesito verte a los ojos y saber si tu estás tan desesperada como yo.

—Disculpa que no te contesté. Me encanta que me pienses de esa manera, pero también tengo un poco de miedo sobre cómo se pueda manejar nuestra información. si queda grabada y si puede caer en manos inapropiadas. No quiero poner excusas, también te deseo con intensidad y me encantaría ser esa mujer atrevida que tú quieres, mas no puedo evitar sentir cierta inquietud.

—Adriana, entiendo tus dudas, ¿confías en mí? Sí es así, sabes que nunca te pondría en peligro. No te estoy pidiendo que hagamos un video o que me envíes una fotografía, es solo que pongamos la cámara a través de una llamada. Tú decides que quieres mostrar y que no. Te digo que me encantaría verte completa y disfrutar mientras te das placer.

—Amor, confió totalmente en ti, si tú dices que es seguro lo intentamos. No te prometo que será alucinante para ti pues yo no sé cómo actuar en estas circunstancias.

—Princesa, no tienes que actuar solo sentir y dejarte llevar. Cuando quieras quitar la cámara o simplemente colgar la llamada lo puedes hacer. Cualquier cosa que tú hagas será suficiente para que mi soldadito te haga reverencia por toda la noche. ¿Qué tal si te sirves una copita de vino para que te relajes un poco? Ve por él yo te espero y cuando regreses te llamo por la cámara.

Voy por el vino, tomo la primera copa como si fuera agua antes de llegar a la cama y pongo el resto que quedó en la botella en la mesa de noche. El teléfono vuelve a sonar y nuevamente se me acelera el corazón con anticipación.

*Tranquila, Adriana, tranquila. Nada va a pasar, vive, tú también te mueres por verlo, por contemplar ese hermoso cuerpo que te vuelve loca.* Contesto con un inaudible, hola, aquí estoy.

—Yo también estoy aquí tesoro listo para ti.

No me esperaba encontrar la imagen de mi Adonis como acabado de salir de la ducha, cubierto con una diminuta toalla blanca que apenas cubre una parte de su divina anatomía. El blanco hace un contraste de locura con su piel de ébano y el brillo de las gotas de agua titilando por su piel reseca mi boca y me obligan a sacar la lengua y pasarla por mis labios para luego morderlos con fuerza.

—¡Te ves hermoso, eres como un dios acabado de bajar del cielo!

—¡Wao me encanta ese recibimiento!, pero no creo que en estos momentos sea yo precisamente la imagen de un dios, me idealiza. Mas bien soy la imagen de un diablito con su tridente a punto de explotar.

Un profundo jadeo sale de mi garganta y no puedo quitar la mirada de la cámara. Mis manos hormiguean del deseo de traspasar la pantalla e ir a tocarlo. Me muero de ganas de tocar esa piel tersa y firme. Como si no fuera suficiente José Alejandro deja caer la toalla al piso con una gracia sin igual, dejando expuesta su hermosa y poderosa Excalibur en todo su apogeo. Lo he visto infinidad de veces de esta manera. Sin embargo, no sé si por la ausencia la vi más grande y poderosa. Su espada erecta se extiende hasta casi tocarle el ombligo.

—¡Santo Dios, este hombre hasta en una diminuta cámara de teléfono es capaz de enloquecerme!

—Amor, no quiero enloquecerte. Solo quiero que disfrutes de todo el placer que tú eres capaz de provocar y recibir. Dame la oportunidad de vivir la ilusión de estar contigo, aunque sea de esta absurda manera. Quítate la ropa y déjame verte. Me muero por ver ese cuerpo encantador, ver el contoneo de tus caderas y el movimiento ondulante de tus senos cuando llegas al clímax.

Hipnotizada por sus palabras y por la imagen de su hermoso cuerpo levanto la camiseta de mi piyama y me la saco por la cabeza dejando mis pechos expuestos.

—Bella, bella eres, bella, daría la mitad de mi vida por poder saborearte. No te escondas de mí sabes que eres perfecta tal como eres. Sigue, ahora quítate ese pantaloncito y déjame verte por completo.

Nuevamente sigo sus instrucciones y como por arte de magia me despojo de esa última prenda. No sabía qué hacer ahora. Ya estoy completamente desnuda frente a la pantalla de un teléfono que se encuentra colocado en el diván frente a mi cama apoyado por un par de cojines.

—Princesa, ve y busca a mi rival Tomy. Sácalo de su escondite, él va a ser mi aliado esta noche.

*Esto no me lo esperaba, me va a pedir que me masturbe con Tomy frente a la cámara. No voy a poder.*

Como si me leyera el pensamiento, me dice:

—Si vas a poder. Búscalo, amor. Vas a poder y verás como hacer el amor de esta manera será más intenso que solo con el uso de nuestras manos y nuestras voces. Quiero ver cómo te das placer para mí con tu juguete. No lo pienses, no creo que pueda aguantar mucho. De solo imaginarlo mi espada vibra inquieta.

Con las piernas como gelatina me dirijo a la gaveta de la mesa de noche para sacar a Tomy.

José Alejandro exhala un fuerte suspiro.

—Carajo, eres una diosa divina, eres mi mejor afrodisíaco. Mírame, mira cómo me pones cuando te veo caminar con esa gracia sin igual.

Cuando por fin levanto la cabeza y miro a la cámara, lo único que veo es la hermosa cabeza en forma de hongo del pene de mi adorado. Nuevamente de manera instintiva deslizo la lengua sobre mis labios con el deseo de recoger una por una cada gota de ese néctar transparente que brilla de manera espectacular.

—Princesa, eres la diosa Afrodita reencarnada. ¿Lo sabes verdad? Acabas de llevarme al borde del orgasmo con eso que acabas de hacer. Sentí como tu lengua recorría mi glande hasta recoger cada gota de lágrima de él.

—Amor, acércate más a la cámara. Siéntate frente a ella., déjame verte mejor. Me imagino que estás mojadita y resbalosa. Vamos regálame esa imagen para terminar de perder la razón, se que esto no va durar mucho ya que apenas puedo respirar.

Obedezco sus instrucciones, ajusto la cámara del teléfono de tal manera que de la vista hacia esa zona que lo hace enloquecer. Mi adonis ahoga un grito de satisfacción cuando sin pudor despliego mis piernas y separo con mis dedos mis labios vaginales para dejarlo ver todo cuanto quiera.

—Santo Dios esta visión es hermosa. Dale, princesa, invita a Tomy. Enciéndelo y hazlo bailar en tu interior. Enséñame cómo lo haces, quiero verte y escucharte.

Poseída por un espíritu desconocido complazco a mi amante. Doy pinceladas rabiosas con el tronco de Tomy por toda mi área vaginal. Lo mojo con los jugos que emanaba de ella y, sin quitar la vista de las manos de ese hombre que me hace perder la cordura, mientras éste manipula su hermoso miembro, con ímpetu yo dejo entrar a Tomy dentro de mí, pensando que aquella espada que agoniza en su expertas manos es la que me penetra y me eleva al infinito.

—Así, mi amor, ya casi lo tenemos, no te detengas. Mírame, estás conmigo, no cierres tus ojos, bella. Mírame, quédate conmigo, lo veo. Estás por llegar, no lo detengas, quiero verte y oírte. Dale, princesa, dámela, solo a mí.

—Si, cielo, soy solo tuya, eternamente tuya.

Este último grito es mi catalizador y me deshago en mil pedazos, dejando caer mi cabeza sin fuerza como una muñeca de trapo.

—Así, mi cielo, pero no te vayas, mírame. Yo también soy entero y eternamente tuyo, pase lo que pase, siempre seré tuyo.

Una explosión de su espeso fluido vital cubre la pantalla del celular de mi dios del sexo, opacando mi visión por unos segundos. Sin embargo su alarido de gozo y la fuerza con la cual dice mi nombre se quedan impregnados en mi cerebro como un mantra.

—¡Adriana, te amo!

Los dos seguimos tratando de recuperar el aire que se nos ha escapado durante el viaje que nos transportó a una dimensión desconocida donde solo existimos él y yo. Saco a Tomy de mi interior mientras observo la cara sonriente de ese hombre increíble que es capaz de llevarme a la locura.

Ambos decimos al unísono: —Gracias, mi amor, fue divino.

Reímos y continuamos hablando un rato más hasta quedarnos dormidos. Entiendo que la llamada terminó cuando los teléfonos celulares se quedaron sin carga pues nadie se atrevió a interrumpir la conexión maravillosa, única, carnal y espiritual que experimentamos en esta nueva dimensión del amor.

Continuamos teniendo encuentros sexuales a través de la tecnología, nos estimulamos con palabras, suspiros, sollozos, imágenes; nos masturbábamos mirándonos a través de la cámara y nos dormimos saciados físicamente. Pero me despierto vacía y agotada emocionalmente.

La sanación no llega a mí. Por el contrario, retrocedo a la etapa de la negación y continúo albergando esperanzas de un futuro juntos y felices.

En este retroceso del proceso del manejo pérdida es que tomo la decisión de ir tras los pasos de mi adonis y resuelvo darle una sorpresa. La principal motivación de esta riesgosa decisión es la disminución de nuestros encuentros sexuales virtuales y los cambios en el comportamiento de mi ahora amante tecnológico.

# *Capítulo Veinte*

Con el corazón latiendo a todo galope por la anticipación, y otras partes de mi cuerpo también, entro al internet y compro un vuelo de salida el viernes y regresando el domingo. Busco por el mismo medio un hotel cerca del área donde vive mi amado y rento la *suite* más hermosa que pude conseguir, con jacuzzi y vista al mar.

Me debato entre la incertidumbre de llamarlo y avisarle o llamarlo al llegar y decirle estoy aquí, lo dejé todo a un lado y vine a tu rescate, o mejor dicho a mi rescate, pues soy yo la que está locamente perdida sin él. Sin el toque de sus manos, sin el sabor de sus labios, sin su sonrisa, sin la magia que su cuerpo ejercía sobre el mío. Me decido por la última opción, darle la sorpresa al llegar al aeropuerto y así lo hago.

El vuelo es corto y muy tranquilo, todo lo contrario a lo que está pasando en mi corazón. Tan pronto aterrizamos y sin haberme soltado el cinturón de seguridad saco mi teléfono móvil, le quito el modo de avión y busco el número de Jóse Alejandro. Las manos me tiemblan, pero el momento ha llegado. Marco el número y al segundo timbre escucho la voz de mi amado.

—Hola, tesoro, ¿cómo estás? — es lo único que se me ocurre decir con una voz casi inaudible.

—Bien, mi princesa, ¿a qué debo el honor de tu llamada a esta hora?

—Perdón, disculpa si interrumpí algo importante.

—Nada más importante que escucharte y saber que me piensas.

*Si te pienso y no sabes cuánto,* y sin más preámbulos le digo:

—Amor estoy acabando de aterrizar en el aeropuerto Cyril E. King.

—Qué bien. ¿Estás en viaje de trabajo?

Al parecer mi adonis no registró la eminencia que estaba a unos minutos de él.

—No, solo he venido a encontrarme con el amor de mi vida, que al parecer no le emociona tanto como a mí que estemos a unos minutos de distancia.

—¿Adriana, en serio estás aquí? De momento no reconocí el nombre del aeropuerto.

—Sí, amor, estoy aquí. Vine a pasar el fin de semana contigo, si tienes tiempo para mí.

La atmósfera se carga de un aire denso y mi corazón se acelera aún más, si eso es posible. El silencio dura unos pocos segundos, que para mí son horas.

—Ah, que buena noticia.

Esas palabras me suenas frías y desprovistas de la alegría que pensé le causaría mi visita a Jóse Alejandro.

Al parecer intuye mi desilusión y trata de arreglar las cosas, pero el daño ya está hecho.

—Tranquilo, no te preocupes, eso se puede arreglar. Si estás ocupado puedo irme al hotel y regresar en el primer vuelo mañana.

—Princesa, no digas eso, estoy encantado de que estés aquí. Es solo que me sorprendiste y no supe cómo reaccionar. Espérame ahí, me despido de unos amigos y voy por ti.

A lo lejos noto una música de Calypso tan propia de esta isla tropical. Es viernes por la tarde y donde hay un latino el viernes después del trabajo, hay fiesta. Como ese no es mi estilo no lo reconozco hasta ahora. Ya estoy en el área de registro de salida cuando suena el teléfono.

—Estoy camino a recogerte en el aeropuerto. Ardo en ansias de verte y comerte esos labios tentadores y atrevidos.

Respiro profundo soltando todo el aire contenido durante estos minutos y me regresa el alma al cuerpo, mi Adonis ha regresado.

Llega al aeropuerto unos quince minutos después de la llamada. Lo reconozco de inmediato a pesar de que no se ha bajado de una camioneta muy parecida a la que tenía cuando vivía en mi país, pero está en mejores condiciones. Parece recién comprada. Diviso a lo lejos su rostro familiar con un color más intenso y brilloso. Ese era él, mi hombre, mi amante. Al fin podré sentirlo en todo su esplendor, olerlo, acariciarlo, saborearlo, degustar poro a poro.

Tan pronto me distingue, estaciona la camioneta y se baja exhibiendo su espectacular cuerpo, que está un poco más delgado y musculoso, pero, que de igual manera, altera todos mis sentidos. Tiene unos pantalones mahón azules y una camiseta blanca; como de costumbre, ambas prendas como si estuvieran tatuadas a su cuerpo. Da tres grandes pasos para acortar la distancia entre nosotros y abre sus musculosos brazos para recibirme como siempre, como antes, con su acostumbrado calor y su beso demoledor. Siento que regreso a casa, que este es mi lugar. Un lugar de donde nunca debí separarme y que si está a mi alcance así será. Ya no hay miedos, ya no importa lo que opine la sociedad, mi familia, mis colegas. Lo único importante es la aceptación de mis hijos, y ya eso está más que arreglado, y que yo me liberara de mis prejuicios y temores.

Nos fundimos en ese abrazo y ese beso por minutos, sin importarnos la gente que está a nuestro alrededor. Cuando nos separamos veo duda y preocupación en la mirada de José Alejandro.

—¿Puedo saber qué te pasa?

—Nada, estoy pensando dónde llevarte. Donde vivo no es el lugar adecuado para ti, tú te mereces algo mejor. De verdad no sé qué hacer, no estaba preparado para este encuentro.

—Amor, no tienes que preocuparte de nada, todo está solucionado. Alquilé una habitación para nosotros en el Emerald Beach Resort. Allí pienso tenerte secuestrado hasta el domingo en la tarde.

Por unas milésimas de segundo lo veo bajar la cabeza y parpadear, pero no le doy importancia. Pienso que es producto de la incomodidad al pensar que él no podría nunca proveerme esos lujos a los cuales yo estoy acostumbrada. Cosa que va a cambiar en cuanto él regrese a vivir conmigo, pues ya no sería lo tuyo y lo mío sino lo nuestro. Estoy dispuesta a compartir todo con mi adonis, sin restricciones. Me doy una patada mental para sacar de mi cabeza los malos pensamientos y dedicar este fin de semana a restaurar la llama de la pasión y plantearle mi propuesta a José Alejandro de una vida juntos y definitiva.

Llegamos al hotel Emerald y apenas abrimos la puerta comenzamos a besarnos con desesperación, desbordando todas las ansias contenidas durante estos meses. Con un movimiento de piernas, Jóse Alejandro cierra la puerta de la habitación y ese golpe sólido de la puerta es el aviso de que algo no anda bien. Mi adonis me suelta de sus brazos dejándome un vacío inexplicable.

—Princesa, tenemos que hacer una pausa. Por favor, toma asiento. Tenemos que hablar antes de que sea demasiado tarde y el daño sea mayor.

Dejo de respirar. Me dejo caer en el sofá de la sala de espera de la habitación.

—Te escucho, ¿qué ha pasado?

No me quiero adelantar pero mi mente hace mil y una conjeturas de esta repentina actitud de mi amado. Entre que ha adquirido una enfermedad maligna, que ya no me desea, que hay otra mujer y todas las demás razones imaginables para su extraño comportamiento.

—Princesa, no te adelantes a los acontecimientos. Primero escúchame y luego haz el juicio y toma la decisión que creas necesaria. Antes de decir nada quiero que tengas dos cosas claras: eres la mujer de mi vida, te amo y te deseo más que a nadie y a nada en este mundo.

—¿Entonces?

—Amor, a veces la vida nos pone encrucijadas muy terribles y en momentos de desesperación no tomamos las mejores decisiones. Sé que no tengo excusa ninguna pero, ya está hecho.

—Por favor, no me desesperes más, acaba y di lo que tengas que decir, ¿no ves que me estás matando con esta incertidumbre?

—Entiende, Adriana, esto no será fácil para ninguno de los dos, pero te amo y te respeto y debo ser totalmente sincero contigo. Cuando llegué a este país lleno de esperanzas e ilusiones lo único que pensaba era en trabajar duro para lograr una estabilidad económica, poder continuar con la manutención de mis hijos y ahorrar lo más posible para establecer mi propio negocio y que tú te sintieras orgullosa de mí y me aceptaras.

Hago un intento de hablar pero es silenciado por dos enormes dedos que tapan mi boca, como acostumbraba a hacer.

—Shhh, silencio no he terminado. Al principio llegué a casa de la amiga de mi madre, como te había dicho. Esta fue muy amable conmigo, y aunque no disponía de una habitación extra para mí, me dejó dormir en su sala de estar mientras yo conseguía donde acomodarme o se desocupara alguna habitación de las que ella rentaba. Contrario a lo que yo pensaba, la amiga de mi madre era una mujer entrada en los cincuenta años que había sido abandonada y defraudada por su anterior pareja. Te cuento estos detalles para que entiendas la situación y no pienses que tan pronto llegué aquí salí en busca de entretenimiento.

"Esa misma semana comencé a trabajar, no en el proyecto que me había prometido pues aquello era una falacia, necesitabas hacer veinte mil registros legales para operar en este país, comprar unas pólizas de seguros exorbitantes y mil requisitos más con los cuales no podía cumplir. Desesperado, y con mis pocos recursos económicos tocando fondo, comencé a realizar trabajos menores de reparación de baños, fregaderos, aceras, lo que apareciera. Ninguno de esos trabajos me daban para poder mandar la manutención a mis hijos, y mucho menos buscar un lugar decente donde vivir. Atrás quedó el sueño de trabajar duro y hacerme digno de tu amor. Comencé a beber, al principio para calmar el dolor que sentía, luego para aceptar la realidad que te había perdido para siempre. En una de esas noches de borracheras llegué a la casa y me encontré a Dorka en igual o peor estado de embriaguez que yo. Ah, Dorka es la dueña de la casa donde vivo. Me ofreció otro trago de licor, subió la música que estaba escuchando y entre un trago y otro terminamos teniendo sexo. Cuando desperté al otro día en su cama me sentí el hombre más miserable, me sentí un traidor. A pesar de que sabía que ya no serías mía, sabía que te había fallado, le había fallado a mi amor por ti. Desde ese día cuando me llamabas te daba cualquier excusa para no hablar mucho tiempo contigo, soy un libro abierto ante ti y no sabía cómo reaccionaría cuando te contara lo que estaba pasando.

Me paro del asiento para enfrentarlo.

—¿Lo que estaba pasando? ¿Quiere decir que no fue un asunto de una noche, producto de una borrachera?

—Quisiera decirte que sí, pero, no. Después de esa noche hubo otras noches. Me refugié en Dorka tanto para intentar sacarte de mi mente como por agradecimiento por el apoyo que ella me había dado con la situación de mis hijos. Un día, mientras me bañaba, ella tomo mi teléfono y contestó una llamada de la madre de mis hijos, uno de ellos se había roto una pierna en varias partes al jugar pelota y requería de una cirugía urgente. Como ella sabía que yo no disponía de los recursos económicos para sufragar los gastos de la operación, se quedó callada e hizo un pacto con la madre de mis hijos que le mandaría el dinero y que no mi dijera nada hasta que ella me lo comunicara.

"Como sabrás, cuando me enteré por mi mamá de lo que había hecho Dorka por uno de mis hijos, la deuda moral y monetaria era enorme y desde entonces no he sabido como salir de esta trampa en la cual me metí inconscientemente. Aunque soy adulto y no le puedo adjudicar la responsabilidad a nadie, fue mi error tomar la salida fácil, primero de refugiarme en el alcohol y segundo de no ser lo suficientemente hombre para detener las cosas y salir de su casa cuando aún estaba a tiempo.

Con lágrimas saliendo a borbotones de sus ojos, me mira a la cara.

—Esta es toda la verdad sin ocultar ni omitir ningún detalle. Haz de mí lo que quieras. Sé que me desprecias por esto y confirmarás lo que siempre has creído de mí, que soy un bueno para nada y que me aprovecho de las mujeres indefensas. Así ha sido mi vida y me arrepiento y avergüenzo de cada uno de mis errores. Los acepto y lo que más me duele es perderte, amándote como te amo.

Me quedo paralizada por esta sórdida historia. No sé qué decir, cómo actuar, si salir corriendo hacia la puerta o hacia sus brazos. El dolor atraviesa mi corazón como una daga incandescente. ¿Hasta qué punto yo soy responsable de este desenlace? O esto hubiera pasado de cualquier manera, si me hubiera liberado de mis prejuicios y le hubiera dado una oportunidad a nuestra relación, las cosas serían diferentes eso no lo sé y nunca lo sabré.

Ya los hechos están sobre la mesa, qué hacer ahora es lo importante. Estoy en un país desconocido, con un hombre que hasta hace unos minutos era mi Adonis y que ahora pertenece a otra mujer. ¡Dios! ¿Qué debo hacer?

Por primera vez en mi vida ser honesta con mis sentimientos y dejarlos salir sin tapujos. En un intento por llamar su atención le toco la barbilla para que levante la cabeza y me mire a los ojos.

—Jóse Alejandro, agradezco tu sinceridad. Aunque tu honestidad llegó un poco tarde. Según recuerdo nuestra última conversación esto era algo que debió haberse hablado desde el primer momento en que pasó; quizás juntos hubiésemos encontrado alguna solución. Pero también tengo que reconocer que tengo gran parte de la responsabilidad en todo este asunto. No te apoyé cuando estabas pasando por una situación difícil ni tampoco tuve los ovarios de afrontar a la sociedad y a mi familia para defender lo nuestro; partiendo de aquí soy tan responsable como tú, pero también mi honestidad llega tarde. He venido hasta aquí con la intención de demostrarte que mi amor por ti no tiene fronteras y que ya no había nada que me impidiera expresarte mis sentimientos de todas las formas posibles, en privado y en público. Quería proponerte que vinieras a vivir conmigo y con los chicos como mi compañero, mi amante, mi esposo si así tú lo querías. Que conjugamos este amor construyendo lo nuestro en todos los aspectos de la vida, pero mi honestidad y mi valor también llegaron tarde.

No sé qué producen mis palabras en él, se levanta como impulsado por un resorte, me atrae hacia sus brazos y comienza a besarme con la misma desesperación de aquella última noche. Yo le respondo con el mismo ardor, lo poseo con mi boca, lo hago mío nuevamente con mi lengua, arranco los botones de su camisa, sus pantalones y comienzo a acariciarlo a devorarlo con frenesí.

Él en un momento hace lo mismo con el traje de verano floreado que llevo como única prenda de vestir. Desde que concebí este viaje estaba preparada para ser suya en el primer momento que se diera la oportunidad y ahora sé que este es el fin. Quiero grabar en mi memoria cada uno de los rincones de su cuerpo.

—Jóse Alejandro, te deseo de una manera irracional. Por favor, regálame estos últimos momentos de locura, hazme el amor como jamás me lo has hecho antes. No quiero que te contengas como acostumbras a hacerlo, esta muñeca rota ya no puede romperse más. Penétrame hasta el fondo y por favor no guardes nada. Créeme, tengo la capacidad de resistir el golpe de tu espada en mi interior hasta el fondo. Quiero que me hagas el amor sin contemplaciones, quiero ser esa mujer que puede recibirte y entregarte todo sin temores. Por favor, aunque sea por esta noche.

Y con esas palabras lo tomo por el cuello, vuelvo a comerme su boca y lo invito a cruzar esa última barrera que se negaba a traspasar por temor a lastimarme. Lo que hacía su miembro es una tontería comparada con lo que habían hecho sus palabras con aquella confesión.

Continuamos haciendo el amor hasta las tres de la madrugada. Por esos momentos olvidé que mi dios del sexo, ya no es mío. Separa mis piernas que están enredadas con las suyas, me remueve el cabello de la cara y con dos palabras me saca de mi letargo y del paraíso para arrastrarme de nuevo al infierno.

—Princesa, lo lamento pero me tengo que ir. Dorka ha estado llamando toda la noche, la escucho desesperada y no quiero que por mi causa vuelva a intentar quitarse la vida. Debo regresar, creeme que me duele dejarte aquí sola, pero me tengo que ir. Vengo a primera hora de la mañana. Mejor dicho dentro de dos horas, a las cinco estaré aquí para que me digas lo que quieres hacer y yo respetaré tu decisión por dura que esta sea.

Le ruego que no me abandone. Trato de retenerlo de todas las formas posibles: con caricias sexuales, con lágrimas, con gritos, con histeria... Me aferro a sus poderosas piernas para no dejarlo ir. Pero se va y con él se lleva mi dignidad de mujer, mi seguridad y mis esperanzas de una vida juntos.

Durante esas horas que preceden a su regreso a mi habitación de hotel no puedo descansar. Abro la ventana, me asomo al balcón y contemplo el ir y venir de las olas. Respiro la brisa del mar y en una libreta de nota de las que dejan en los hoteles escribo este poema:

*No sabe escribir mi nombre pero dicho de sus labios*
*sabe a azúcar y sabe a sal.*

*No sabe quién fue Neruda, ni Márquez, ni Coello*
*pero cuando escribe sobre mi cuerpo lo deja a todos*
*por los suelos.*

*No conoce de Picasso, Ni da Vinci, ni Kahlo pero*
*cuando acaricia mi lienzo puedo ver el universo.*

*No sabe de vinos caros, ni de Burdeos, ni de*
*Champán, ni de Rioja mucho menos pero cuando*
*degusta mis labios ríos de lavas correr por mis*
*senderos.*

*No sabe nada de nada mi analfabeta intelectual pero*
*es un erudito en el arte de amar.*

José Alejandro regresa al hotel a las seis de la mañana del sábado.

—¿Cómo estás, princesa?

¿Cómo debía estar? Rota. ¿Qué se puede contestar a esa pregunta? No tengo una respuesta e imagino que él tampoco.

—Adriana, solo quiero saber qué quieres hacer en estos dos días que te quedan aquí si es que te vas a quedar. Yo me atendré a lo que tú decidas; si quieres que pasemos juntos estos dos días así lo haré, si quieres quedarte y no volver a verme cumpliré tus deseos y si quieres regresar a tu país en el primer vuelo también lo aceptaré. Arreglé poder quedarme contigo todo el día y aunque sé que es una situación incómoda, es lo único que puedo ofrecerte.

Creo que mi adicción a este dios de ébano es más grande de lo que pensé, o simplemente he perdido todo rastro de cordura y dignidad, pero acepto quedarme bajo sus condiciones. Me pongo como propósito absorber todo el amor y placer que este pueda darme durante este fin de semana. Luego me ocuparé de recoger los trozos rotos y reconstruir a la mujer que regresará a Puerto Rico. Pasamos dos días de ensueño amándonos como dos condenados a muerte en sus últimas horas. El sábado vamos a la isla de Saint John y pasamos todo el día jugando y toqueteándonos. Comemos, tomamos sol, regresamos al hotel cansados pero listos para amarnos con locura hasta que llegue la noche, y a la espera de la frase del momento, "Me tengo que ir".

El domingo a las seis en punto de la mañana llega Jóse Alejandro. Decidimos quedarnos en la habitación, pedimos el desayuno y comemos mientras nos dedicamos a despedirnos como solo nosotros sabemos hacerlo: amándonos con locura, devorando cada rincón de nuestros cuerpos y sintiendo que no hay manera de saciar este deseo de conectarnos, aún sabiendo que es el final. No hay pausas. Después de un orgasmo demoledor le precede otro más fuerte. No bien hemos bajado del paraíso, y aún estando todo dentro mío, siento levantarse de nuevo la espada de Excalibur de mi adonis. Así nos sorprende la tarde y la hora de partir, conectados en todas las partes de nuestros cuerpos, agotados, pero no saciados; rotos, destruidos y listos para partir cada cual por su camino.

Voy a dar una sorpresa y la sorprendida fui yo. Regreso de ese encuentro con las alas rotas, con la incertidumbre de lo que pudo haber sido y no fue. Todo pasa, mas el sabor de lo vivido y los recuerdos permanecen. El viaje de regreso es tranquilo, a pesar de la tristeza y la sensación de vacío que me embarga levito en la burbuja de un amor que había absorbido y me había absorbido hasta la última gota. Esta nueva mujer aprendió su lección y su mejor refugio es la satisfacción de haber cerrado un capítulo importante de mi vida y de haberse atrevido a vivirlo, aún con sus limitaciones y sus inseguridades.

Atrás dejé a mi dios del sexo en su paraíso tropical, mientras yo regreso al mío para retomar mi vida de madre abnegada y mujer emprendedora.

# *Epílogo*

Unos años más tarde en la ciudad de la luz, París, también llamada la ciudad del amor, recorro las calles con mi eterno amigo y asistente Miguel, quien con su entusiasmo habitual me arrastra por cada rincón de esta enigmática ciudad.

Hacemos una parada en cada café, en cada taberna, en cada tienda, en cada museo y galería. Estoy encantada viéndolo disfrutar de cada experiencia del viaje como un niño que descubre sus juguetes el día de reyes. Pasamos frente a una galería que tiene una exhibición que, según el anfitrión en la entrada, es el pintor del momento.

—Bienvenidos, por favor pasen a ver la exhibición del renombrado pintor J.A. Johnson, el pintor que rinde homenaje en su colección al proceso de metamorfosis de la mujer. Esta noche tendrán la oportunidad de ver al misterioso artista en vivo y escuchar de su propia voz qué ha inspirado esta espectacular colección —anuncia el anfitrión mientras nos invita al interior de la galería—. Sus anteriores dos colecciones: Bajo la sombra del amor y Diosa inalcanzable rompieron récords de ventas. J.A. como de costumbre dejó al público con ansias de más.

Miguel es más amante y conocedor del arte que yo, especialmente de la pintura. Por lo tanto con esa descripción no hay manera de evitar entrar a ver la puesta en exhibición del artista en cuestión.

—Vamos, Adriana, entremos. No me voy a perder esta oportunidad por nada del mundo. Sabes que soy un artista frustrado y tener la oportunidad de conocer un pintor de renombre en París es un sueño.

—Está bien, Miguel, entremos. ¿Qué podemos perder? Estamos de vacaciones —dije recordando como él se preparó para un viaje de veinte días en tan solo una semana. Considerando lo quisquilloso que es con la selección de ropa y las tendencias de la temporada, era todo un logro que hubiera aceptado —. Además, acompañarme en mi viaje de luna de miel, donde todas las actividades están pensadas para dos enamorados, te mereces un premio.

—Ya el premio me lo diste, el viaje de mi sueño sin gastar un centavo y hospedarme en una habitación de lujo. ¿Qué más puede pedir? Pensándolo bien tengo un deseo. Conseguirme un hermoso europeo y quedarme viviendo por estos lares. Además que me merezco el premio nobel de la paz —me dice sonriendo mientras me arrastra hacia el interior de la galería.

El tamaño de los cuadros es impresionante, es casi como si la modelo estuviera parada de pie frente al público. La expresión tanto corporal como facial te dejan sin aliento.

En cuanto pongo un pie en aquel lugar mi corazón empieza a latir como caballo desbocado, y a medida que nos adentramos en la exposición mi ansiedad se exacerba y mi corazón late con más prisa. Cuando llegamos al final del recorrido Miguel me da un codazo para que gire mi cabeza hacia la última pieza de la colección.

—Adriana, mira esa pintura. Para mí tiene algo que se parece a uno de los dibujos que te hizo el bombón de chocolate, los que tienes en tu habitación. Se parece mucho, la única diferencia obviamente es que este es un óleo a todo color y mucho más grande.

—¡Miguel, por favor, no exageres! ¿Cómo va a haber una pintura mía en una galería en París? De verdad que este viaje te está haciendo daño. Estás alucinando.

A pesar de esas aseveraciones mis manos sienten un cosquilleo que es como un deseo de tocar esa pintura, retirar el cabello de la cara de la mujer para develar su rostro.

*Adriana, déjate de sandeces, no ves que Miguel casi ha perdido el juicio con este viaje.*

Cuando estoy casi convencida de que esto es una estupidez, observo los pies de la modelo de la pintura y son los míos pintado de rosa viejo, color que casi es mi marca personal desde aquel día en que Miguel Alejandro me llevó al orgasmo con solo chuparme los dedos de los pies.

—¡Dios no, esto es como un déjá vu!

—¿Adriana y ese grito, qué te pasa? Mira, mandaron a hacer silencio, van a presentar al artista.

—Buenas noches, señoras y señores. Esta noche la Galería Polka se viste de gala para presentar a quien se ha convertido en muy corto tiempo en el pintor por excelencia de los amantes del arte moderno y sobre todo de los enamorados. Sus obras son récords de venta a nivel nacional. Sus pinturas están en las salas de las grandes celebridades y se ha convertido en tendencia el uso de su arte para hacer declaraciones de amor, petición de matrimonio y hasta epitafios para la pérdida de gran amor.

La voz del presentador llega a mis oídos como si viniera de una dimensión alterna. Mi mente sigue enfocada en esa última pintura, mis piernas están como gelatina y mis partes íntimas están mojadas con el recuerdo de aquella noche, con la imagen impregnadas de Miguel Alejandro succionando cada uno de los dedos de mis pies.

—Antes de presentar a nuestro enigmático artista invitado y autor de esta impresionante colección, solicitamos que venga a este escenario la famosa e incisiva periodista Margaret Pier, quien tendrá a cargo la entrevista del artista. Sabemos que esta va a ser una entrevista candente pues Margaret no se caracteriza precisamente por su sutileza a la hora de ejercer su trabajo como periodista y nuestro artista J.A Johnson hasta ahora ha sido muy reservado y parco en las pocas entrevistas que ha dado a la prensa.

Estoy viendo entre penumbra la espectacular figura de una mujer negra que sube al escenario y se acomoda en una silla al lado izquierdo de la tarima.

—Sin más preámbulos démosle la bienvenida a nuestro artista, el enigmático J.A Johnson y su colección Metamorfosis. Un fuerte aplauso.

Mi corazón está paralizado, no siento el aire llegar a mis pulmones, solo atino a agarrar de manera desesperada las manos de Miguel que está sentado a mi lado.

—¡Es él, Dios mío, es él!

—Tranquila, mujer, estás fría como una muerta. ¿Quién es él?

—Carajo, Miguel, deja el maldito teléfono y mira al escenario, es José Alejandro, J.A. Johnson es él.

Miguel levanta la vista del celular e igual que yo se queda de una pieza. —Coño sí, es el bombón de chocolate.

—Por favor dime que estoy alucinando, que no es él, que es solo un hombre hermoso de piel negra, dime Miguel. Dime que esto no es real.

—Cálmate, Adriana. Por favor, afloja un poco mis manos que me las vas a dejar en carne viva. Sin lugar a duda es él, aunque mil veces más comible.

Le suelto las manos y me concentro en observar aquel dios de ébano que hace una reverencia al público y camina con elegancia hacia el lugar derecho de la tarima. Mis ojos se posan primero por sus pies perfectamente cuidados y las uñas pintadas de lo que parece ser un rosa pálido natural, está calzado con unas sandalias de cuero color arena y me quedo un rato solo contemplando esa parte de su cuerpo. Tomo aire y subo la vista hacia su atuendo, un conjunto de pantalón casi del mismo color de su calzado en una tela de lino delgada que parece super suave al tacto. A través de la fina tela se puede apreciar la forma de sus bien formadas piernas. Recuerdo como esas piernas me aprisionaban mientras hacíamos el amor en cualquier rincón y nuevos manantiales de fluidos salen de mi interior. Subo la mirada hacia sus entrepiernas y la vista me quita el aliento, en la sombra puedo divisar su espada mágica y se me hace la boca agua. Llama mi atención el sonido de su voz al saludar al público. Aunque todo su cuerpo está cambiado, es como si le hubiesen dado una actualización y cada una de sus partes están más grande y hermosa pero su voz sigue siendo igual.

—Buenas noches, damas, caballeros y toda las demás personas que nos acompañan en esta nueva aventura llamada: Metamorfosis. Gracias por respaldar el trabajo de este humilde servidor. Espero disfruten la noche y que al finalizar su recorrido mis obras le inspiren a entregar amor a ese ser que comparte su espacio con usted, y si no lo tiene, a abrir sus mentes para que lo puedan encontrar. Yo sé y ustedes deben saberlo que ese complemento de sus vidas está por ahí en algún lugar.

—Mi querida Margaret, estamos listos. Espero que esta noche me trates mejor, que seas compasiva porque esta noche en especial mi corazón no se encuentra en las mejores condiciones. —Con esta expresión le guiña un ojo y le regala una sonrisa a la exuberante periodista.

Un sentimiento de celos y un deseo de subir allí y arrancarle los pelos a la hermosa negra me posee.

—J.A. sabes que la compasión no es una de mis cualidades así que prepárate para mis azotes que serán directos e intensos. Yo sé que tú puedes aguantar eso y más. —Tras estas palabras lo mira con aire de complicidad y me duele hasta el alma.

—La voy a matar, voy a matar a esa perra.

—Adriana, compórtate. Piensa lo que quieras, pero no lo digas. Luego yo mismo te ayudo a matarla y desaparecer el cadáver, pero tranquilízate por favor —dice Miguel y vira los ojos en señal de disgusto.

—J.A., podrías compartir con tus seguidores ¿por qué siempre tus colecciones están inspiradas en la figura de la mujer?

—Soy de la humilde idea que después del Creador no hay nadie más importante en la faz de la tierra. La mujer tiene la capacidad de dar vida, los hombres somos simples portadores de parte del producto. Ellas son las que en realidad dan vida. En mi caso la vida me regaló una hermosa y entregada mujer, quien me crió sola y luchó para dentro de sus posibilidades darme lo mejor. Materialmente no podía darme mucho, pero, emocionalmente me regaló el universo.

—¿Alguna otra mujer que haya impactado?

—En efecto, existen muchas otras más, pero en especial hay dos mujeres que han transformado mi vida: la madre de mis hijos, entregando su cuerpo y su alma para darme esa extensión de mi existencia a los cuales amo de manera indescriptible.

—¿Cuál es la otra mujer, nos dirás su nombre por fin? Descubriremos si es la musa de tus obras, si es ella esa incógnita mujer sin rostro.

—La otra mujer que en definitiva es mi musa, la mujer que motiva cada día de mi vida, la que inspira cada una de mis obras, de ella solo les puedo compartir aquello cual soy dueño, mis recuerdos. No tengo el permiso ni la autoridad para revelar su nombre y mucho menos su rostro.

En ese momento lo veo mirar al público y juro por Dios que está mirando hacia mí. Me ha reconocido.

*Adriana, vas a seguir siendo una ilusa, ¿cuántas mujeres no habrán pasado por sus hábiles manos y otras partes más memorables durante todos estos años? Despierta, no habla de ti.*

—Lo único que les puedo decir es que hay mujeres que cuando llegan a tu vida te marcan de tal manera que te dejan inservible para todas las demás, cuando digo te dañan es en el buen sentido de la palabra. Convierten tu vida en un antes y después de ella y no puedes estar con nadie más de manera plena sin pensar como era con ella. En como te hacía sentir, como haría ella tal o cual cosa.

—¿Eso quiere decir que el gran J.A. Johnson está dañado para cualquier otra mujer?, ¿qué hay de todas esas historias que circulan alrededor de tu vida sexual, todas esas historias suyas saliendo y entrando a los grandes hoteles muy bien acompañado?

—Aunque un caballero no tiene memoria en estos asuntos, no quiero ofender a nadie. No obstante, cualquier mujer que ha estado conmigo sabe que hemos compartido cuerpos que he tocado y me han tocado físicamente hablando.Sin embargo, mi corazón fue entregado a una mujer y que mientras ella no me lo regrese no podré amar a nadie. Espero que ella no lo haya tirado por el retrete y que aún se conserve caliente bajo su almohada.

Caigo en un trance y me transporto al pasado. Voy a mi habitación, levanto la almohada, tomo metafóricamente su corazón y lo llevo a mi pecho. Este acto no es necesario, él siempre ha estado ahí conmigo, pero necesito reafirmarlo. Siento como su mirada me penetra y estoy a punto de desmayarme. Si no es por Miguel, me caigo al piso en ese momento.

—Cálmate, mujer, te va a dar un infarto. Mejor celebra que unas simples vacaciones pueden convertirse en el mejor polvo de tu vida. —expresa Miguel con cara de preocupación, pero a la vez con una sonrisa.

—Vámonos de aquí, no soporto más. Siento que me va a estallar el corazón. Vamos, Miguel, por favor. Necesito tomar aire. —Me levanto como loca arrastrando con Miguel.

En ese momento la incisiva periodista realiza otra pregunta.

—¿De dónde sale el nombre de esta colección?

José Alejandro se pone de pie.

—Si me perdonan, le agradezco el tiempo, pero la entrevista ha terminado. Disfruten la noche —anuncia bajándose a toda prisa del escenario—. Adriana, espera, dame un momento.

—Mueve el culo, Miguel.

Miguel desaparece como por arte de magia dejándome sola, con las piernas temblando como gelatina y el corazón a punto de explotar. Es como si le hubiera dicho vete y déjame desamparada.

Estoy paralizada con solo escuchar el sonido de su voz pronunciando mi nombre y, cuando estoy a punto de caer desmayada, sus fuertes manos me sostienen por la cintura.

—¿Qué te pasa? ¿Estás enferma?

—No me pasa nada, solo necesito salir a tomar un poco de aire fresco. Aquí hace mucho calor.

Mi excusa era absurda, estamos en pleno otoño y el clima en Europa en esta época es más que fresco.

—Si me permite te acompaño afuera, espero que tu esposo no se enoje.

—¿Mi esposo?

—Sí, el hermoso y extravagante rubio que estaba sentado a tu lado hace un rato. Lo vi cómo te sostenía de la mano y te miraba con devoción. Es tu esposo, ¿no? Diego me dijo que te casabas en estos días.

—¿Diego, cuando hablaste con él?

—Hablamos con frecuencia y también con Sebastián de quien soy fanático número uno. De cualquier manera, eso no viene al caso. ¿Dónde está tu esposo? El hombre que estaba contigo hace un rato.

—Ah, ¿eso? Ese es mi asistente Miguel, mi amigo.

—Aquel asistente ¿Te lo trajiste también?, ¿vas a trabajar en tu luna de miel?

—No hay luna de miel, no hubo boda. Solo estamos aprovechando el viaje que ya había pagado.

José Alejandro, respira con profundidad como era su costumbre y me parece que sacude unas lágrimas que se asoman a sus hermosas y espesas pestañas. La neblina de sus ojos es sustituida por un brillo que no había visto antes, ¿o sí?

Mi clítoris vibra de anticipación y mi vagina llora de alegría. De momento pienso ¿Qué haríamos con Miguel? Pal carajo, pocas veces la vida te da segundas oportunidades y aunque solo durara una noche o veinte días valía la pena vivirla.

Nuestras decisiones en la vida siempre nos conducirán por dos senderos misteriosos, en ocasiones no sabremos cuál es el camino correcto hasta que se nos está acabando la vida. Es posible que con el final de esta relación se haya perdido la posibilidad más grande de ser feliz de nuestra protagonista, como también es probable que su decisión de dejarlo partir hace unos meses haya adelantado un final que era inminente. Adriana hizo lo que tenía que hacer con las herramientas que tenía a su alcance. Vivió, suspiró, sintió y disfrutó, lloró. Mientras lo tuvo a su lado fue feliz a su manera y como diría mi abuela, lo bailado ni Dios se lo quita.

No todas las historias de amor cuando terminan tienen un final triste, asi como, no todas las relaciones amorosas que perduran es porque hay felicidad. Todo depende del cristal con que se mire y como asumas las experiencias vividas.

# *Agradecimientos*

A mi adorada madre, Evelina Fell Richardson. La conjugación de ternura y fortaleza que la hicieron mi modelo a seguir.

A mi amado, Freddie Borrás Vargas, mi cómplice de aventuras, mi amigo inseparable, mi amante y mi ángel guardián.

A mis hijos, Harold y Joshua por darme el privilegio de ser su madre y enseñarme a amar sin límites, ustedes son el principal motivo de mi existencia.

A mi querida madre y los cojo con todo el amor y la entrega como si de mis propios hijos se tratarán.

Habría sido prácticamente imposible terminar esta historia sin el apoyo incondicional de mi hermana por elección y nacida de mi corazón Larissa Domínguez Jiménez, tu entusiasmo, dedicación, tu generosidad y tu ingenio están matizadas en cada una de estas líneas, gracias, por tanto.

A mi adorada sobrina Larimar Benítez Domínguez por regalarme su talento y creatividad, veo en ti a una gran editora en desarrollo.

Al señor Arley Ibarguen por posar para nuestra portada y deleitarnos a todas con su piel de ébano y su hermosura.

Mi último y más importante agradecimiento al Divino Creador por sincronizar el encuentro de todos nosotros en este proyecto y darme la energía y voluntad para ponerme de pie después de cada caída o tropiezo.

Printed in the United States
by Baker & Taylor Publisher Services